OKSANA ROBSKI | Kalinka, Kalinka

Das Buch
Wlad und Dascha haben wenig gemeinsam: Er gibt tausend Dollar für eine neue Krawatte aus, sie trägt Strumpfhosen mit Laufmaschen unter ihren alten Jeans. Sie träumt von der großen Liebe, er ist mit der Jet-Set-Blondine Lada verheiratet – Trennung ausgeschlossen. Als der Multimillionär in die Politik wechselt und Dascha für einen Rhetorikkurs bucht, kommt es, wie es kommen muss: Dascha verliebt sich und lässt sich von Wlads Charisma und seinen großzügigen Geschenken blenden. Mehr und mehr gerät Dascha in den Strudel einer Beziehung, in der ganz klar nur einer den Ton angibt. Stundenlang wartet sie auf einen Anruf von ihm. Noch ahnt sie nicht, dass er sie als Spielball seiner Machtintrigen missbraucht ...

Pressestimmen zu »Babuschkas Töchter«
»›Desperate Housewives‹ auf Russisch.« *Focus*
»Nie zuvor ist die russische ›Nouveaux riches‹-Gesellschaft mit so viel unverhohlener Freude am Skandal beschrieben worden.«
Der Spiegel

Die Autorin
Seit ihrem internationalen Bestseller »Babuschkas Töchter« zählt Oksana Robski zu den erfolgreichsten Autorinnen des modernen Russland. Die Autorin weiß, worüber sie schreibt: Sie gehört zu den Neuen Reichen, die in den Geschäften auf der schicken Rubljowka-Chaussee in Moskau ein- und ausgehen. Oksana Robski hat gerade ihren neuesten Roman beendet, betätigt sich als Verlegerin und Ghostwriterin und kreiert ganz nebenbei auch noch ein eigenes Parfüm.

Lieferbare Titel
»Babuschkas Töchter« (978-3-453-35131-8)

OKSANA ROBSKI

Kalinka, Kalinka

Roman

Aus dem Russischen von Margret Fieseler

Diana Verlag

Die Originalausgabe erschien 2005
unter dem Titel *Pro ljuboff/on* bei Rosman, Moskau

FSC
Mix
Produktgruppe aus vorbildlich bewirtschafteten Wäldern und anderen kontrollierten Herkünften
Zert.-Nr. SGS-COC-1940
www.fsc.org
© 1996 Forest Stewardship Council

Verlagsgruppe Random House FSC-DEU-0100
Das für dieses Buch verwendete
FSC-zertifizierte Papier *München Super*
liefert Mochenwangen Papier.

Deutsche Erstausgabe 09/2007

Redaktion | Gabriele Rupp
Umschlagfoto | © Carlo Allegri/Getty Images
Umschlaggestaltung | Hauptmann & Kompanie Werbeagentur,
München – Zürich, Teresa Mutzenbach
Herstellung | Helga Schörnig
Satz | Christine Roithner Verlagsservice, Breitenaich
Druck und Bindung | GGP Media GmbH, Pößneck
Printed in Germany 2007

978-3-453-35192-9

http://www.diana-verlag.de

Für D. Antonowa und M. Frolowa

*Mit Dank an den Abgeordneten der LDPR,
A. W. Mitrofanow*

Unsere Liebe ist durch diese tragischen Prüfungen gegangen ... und was machte es schon, dass sie jedes Mal, wenn sie mich traf, die Augen schloss, um mich nicht zu sehen, und bedächtig, wie ein echter Scharfschütze, ausspuckte.

Fernando Arrabal
»Der extravagante Kreuzzug eines verliebten Kastraten«

ERSTER TEIL

1

Wie sieht wohl ein Mensch aus, der sich ein Handy von Luxushersteller Vertu für sechstausend Dollar kaufen kann? Und kann dieser Mensch eine Frau sein?

Und wenn es tatsächlich eine Frau ist, womit beschäftigt sie sich? Saust sie von morgens bis abends in einem roten Sportwagen durch die Gegend und stoppt nur für ihre Maniküre? Nein, natürlich nicht nur dafür. Auch für die Pediküre.

Ihren Mann konnte ich mir nicht vorstellen. Meine Fantasie gaukelte mir eine sonderbare Mischung aus unserem Präsidenten und dem jungen Mann in Unterhose aus der GAP-Werbung vor.

So jemanden traut man sich kaum anzusprechen und in ein Gespräch zu verwickeln. Bestimmt artikuliert er jedes Wort fehlerlos. In den Pausen zwischen den Zügen an seiner dicken kubanischen Zigarre.

Dann stellte ich mir ihre Kinder vor. Zwei kleine Mädchen, vier und sechs Jahre alt, in identischen schwarzen Kleidchen. Das eine streckt seine winzige, perfekt manikürte Hand nach dem rosa Vertu-Telefon aus, das auf dem Couchtisch aus Elfenbein (wieso Elfenbein?) liegt, aber sofort ertönt der spitze Schrei ihrer Mutter: »Untersteh dich! Hände weg von meinem Vertu!«

Nein.

Ich seufzte.

Sie würde ihr Herzblatt wohl kaum wegen eines dummen Handys anschreien. Sie hätte mehr als genug Vertus …

Ich betrachtete die Telefone auf dem Drehgestell, als seien es Törtchen in der Vitrine eines Konditors.

Diese Vorstellung veranlasste mich, schnell in eine andere Richtung zu schauen. Nun heftete sich mein Blick auf eine Schaufensterpuppe in einem langen zotteligen Pelzmantel.

Es war eine Unisex-Puppe, deshalb zögerte ich, mir vorzustellen, wie ich in dieser Aufmachung aussehen würde.

Weit einfacher war es, sich die Puppe in meinem Mantel vorzustellen.

Das hätte ich besser nicht getan. Noch vor einer Minute war mir mein Mantel erheblich schicker vorgekommen.

Weil die Puppe eben nicht eindeutig einem Geschlecht zuzuordnen ist, sagte ich mir zur Beruhigung.

Es schneite in großen Flocken, die mir feucht in den Kragen fielen.

Mein Trolleybus kam.

Wie immer hauchte ich auf die vereiste Fensterscheibe und malte darauf den ersten Buchstaben, der mir in den Sinn kam.

Heute war es ein K.

Und wie immer überlegte ich mir Worte mit dem Anfangsbuchstaben K, die zu meiner heutigen Stimmung passten.

Kassandra.

Warum ausgerechnet Kassandra?

Kornfeld.

Bis zum Sommer ist es noch lange hin. Aber dafür wird es der erste Sommer ohne Studium und Doktorarbeit sein.

Freiheit!

Kaufen.

Kaufen? Was? Ach ja, ich muss noch Milch und die Teigtaschen Pelmeni besorgen. Und Käse.

Kino.

Ob ich mal wieder ins Kino gehen soll? Ausgezeichnete Idee! Genau das, worauf ich heute Lust habe. Heute Abend gehe ich ins Kino. Sehe mir »Mr. und Mrs. Smith« an. Oder »Madagaskar«. Ich schwärme für Zeichentrickfilme. Ich lächelte.

Draußen sausten die Autos vorbei.

Am Straßenrand hatte sich der Schnee mit Schmutz vermischt und sah aus wie die Speisereste auf den weißen Tellern in unserem Institutscafé.

Aber trotzdem liebe ich Moskau.

Meine Schülerin ist Nachwuchsmoderatorin beim Fernsehen. Ich bringe ihr bei, richtig zu atmen. Damit die Laute sauber und klangvoll herauskommen, muss man richtig atmen. Sie atmete wie eine Schauspielerin im Stummfilm beim Streit mit ihrem Geliebten – mit geschwellter Brust.

»Sprechen Sie beim Ausatmen pf«, bitte ich sie. »Pf, pf … Holen Sie nur ganz wenig Luft …«

Sie bemüht sich. Das Gesicht so konzentriert wie bei einer Geburt.

»Richtig?«, fragt sie mit dieser hohen Stimme, die wir unbedingt loswerden wollen.

»Quieken Sie nicht«, sage ich nicht besonders höflich. Sie lächelt.

»Richtig?«, wiederholt sie mit tiefer Stimme à la Marlene Dietrich.

»Der Pfostenputzer putzt den Pfosten, den Pfosten putzt der Pfostenputzer.« Ich schlage mit dem Zeigestock den Takt.

Sie wird es natürlich lernen. Alle lernen es. Alle machen es irgendwann richtig. Aber zwei Monate wird sie wohl brauchen. Und in zehn Tagen geht sie auf Sendung. Wir müssen jeden Tag üben.

»Morgen kann ich nicht …« Sie lächelt schuldbewusst.

»Quieken Sie nicht«, unterbreche ich sie.

Als ich fünfzehn war, glaubte ich, mit fünfundzwanzig würde ich eine ganz andere sein. Erwachsen, seriös. Mit Mann und Kindern. Und langen Haaren. Von alledem ist nur eins in Erfüllung gegangen – ich bin erwachsen. Mittlerweile fünfundzwanzig.

Nicht einen einzigen Mann habe ich getroffen, der aussah wie mein Ehemann. Kinder habe ich gern, aber bislang nur fremde. Das Haar trage ich kurz, genau wie meine Fingernägel. Demnächst lasse ich mich piercen.

Wie gewöhnlich kaufte ich mir die billigste Karte, setzte mich aber auf einen der teuersten Plätze.

»Mr. und Mrs. Smith«. Am Anfang ganz lustig. Nur Brad Pitt mag ich nicht. Sexy, aber ohne Leidenschaft. Serjosha hat immer gesagt, ich hätte Ähnlichkeit mit Angelina Jolie.

War vermutlich gelogen. Er selbst ist allerdings Brad Pitt wie aus dem Gesicht geschnitten. Und hat das gleiche Problem.

Ich trauere Serjosha nicht nach. Ich trenne mich leicht.

Es ist, als finge man ein neues Leben an.

Auf der Straße war es dunkel. Ein Hund lief mir beharrlich nach. Er zitterte vor Kälte, aber er grinste. Zum ersten Mal im Leben sah ich einen grinsenden Hund. Er ähnelte einem schwarzen Umhang, der über den schmutzigen Asphalt fegte.

Zu Hause fand ich eine alte Zahnbürste und putzte ihm damit die Zähne. Er schluckte Zahnpasta, hörte aber nicht auf zu grinsen.

Erst als Rita die Wohnungstür öffnete, sprang mir der Hund vom Arm und begann zu knurren. »Was ist das?«, fragte meine Freundin und blieb stocksteif stehen.

Im nächsten Augenblick hing der Hund auch schon an Ritas Schulter. Ein filmreifer Sprung. Mit den Zähnen verbiss er sich in sie.

Schwer zu sagen, wer von uns beiden lauter kreischte – ich oder Rita.

Gut, dass meine Freundin keine Zimperliese ist.

Wir banden dem Hund eine salatgrüne Kreppmanschette um den Hals und brachten ihn zum Tierarzt.

Rita gab mir ihr Wort, sie werde versuchen, den Hund lieb zu gewinnen, vorausgesetzt, er war nicht tollwütig. Der Hund hatte Rita lieb gewonnen, kaum dass er seine Kiefer wieder gelockert hatte. Nach rund zwei Minuten Geschrei und gutem Zureden unsererseits. Er wedelte mit dem Schwanz, grinste wieder und schaute Rita ergeben in die Augen.

Sobald wir wussten, dass er keine Spritze gegen Tollwut brauchte, gaben wir dem Hund einen Namen. Er war ein Mädchen. Wir nannten sie Terminator. Lang, aber ausdrucksvoll.

Unser Kühlschrank war leer. Terminator musste sich mit einer Dose grüner Erbsen und einer Tüte Zwieback begnügen.

Die ganze Nacht heulte sie schaurig im Korridor. Tief, in wechselnden Tonlagen.

Ich hätte sie am liebsten wieder auf die Straße gesetzt.

Rita wachte am Morgen mit Kopfschmerzen auf, ich mit Ringen unter den Augen.

Terminator schlummerte selig auf meinem Mantel, den sie von der Garderobe gezerrt hatte. Das Telefonkabel war durchgebissen. Sie grinste sogar im Schlaf. Aber jetzt kam mir dieses Grinsen höhnisch vor.

2

Im Institut hätte ich am liebsten nur geschlafen.

Wie gut, dass Ljubow Makarowna krank war. Wie gut, dass keine Schüler kamen.

Was wohl Terminator machte? Wir hatten sie in der Küche eingesperrt, weil wir dachten, sie könne dort am wenigsten Schaden anrichten. Wir hätten sie besser ins Bad sperren sollen.

Ljubow Makarowna rief an.

Ich sollte einen Schüler von ihr übernehmen. Eine dringende Arbeit. Sie sprach mit gedämpfter Stimme und bedeutungsvollen Pausen über ihn. Er kandidiere für irgendein Amt. Und brauche unbedingt Unterricht im Sprechen.

Ich seufzte. Schaute in den Spiegel. Trank meinen Kaffee aus. Verteilte die Kärtchen mit den Buchstaben und Silben auf dem Tisch. Schritt mit Zeigestock und kluger Miene durch den Seminarraum.

Vielleicht ein künftiger Präsident? Ljubow Makarownas Schüler sind wichtige Leute.

Was ich allerdings nicht begreife – warum lernen sie erst so spät richtig sprechen? Warum erst dann, wenn sie mit Messer und Gabel längst umzugehen gelernt haben, sich elegant anziehen und ein Heidengeld verdienen?

Einmal in der Woche arbeite ich im Kinderheim. Kinder sind die dankbarsten Schüler. Und diese besonders. Beim Abschied umarmen und küssen sie mich. Und schauen mir durchs Fenster nach. Ich habe ihnen beigebracht, Buchstaben auf die Scheibe zu schreiben und sich Wörter auszudenken.

Am Anfang malten sie alle sorgfältig nur einen Buchstaben – ein M.

Mein neuer Schüler hatte ein sehr sonderbares Gesicht. Wäre jemand auf die Idee gekommen, eine Schaufel zu nehmen und darauf Augen und Mund zu malen, so hätte man sein Porträt gehabt. Die Nase über die ganze Fläche verschmiert.

Wie sich herausstellte, war er es gar nicht. Sondern sein Chauffeur.

Wie nett: Ich werde mit dem Auto abgeholt.

Unvermittelt packte mich die Angst, man würde mir die Augen verbinden. Das hatte ich in irgendeinem Film gesehen.

Doch ich kam ungeschoren davon.

In einem Aufzug von den Ausmaßen einer Aula fuhren wir in die oberste Etage.

Die Tür wurde uns von einer untersetzten Kalmückin in einem Trainingsanzug geöffnet. Sie sprach das W wie ein F aus, obwohl das natürlich außer mir niemand bemerkte.

Im Wohnzimmer war eine Wand komplett aus Glas. Aber kalt war es trotzdem nicht. Und durch die Ritzen zog es auch nicht.

Ich nahm auf einer weichen Ledercouch Platz und begriff, dass ich bisher überhaupt nicht gewusst hatte, was eine Couch ist. Und was »weich« bedeutet.

Auf dem Tisch vor der Couch stand eine flache bauchige Schale mit Nüssen, Rosinen und getrockneten Aprikosen.

In der halben Stunde, die ich in Einsamkeit verbrachte, verringerte sich die Zahl der Nüsse um die Hälfte. Und von den Aprikosen blieb gar nichts übrig.

Ich hätte auch die Rosinen noch gegessen, aber ich dachte, wenn ich etwas übrig ließe, würde man eher glauben, ich hätte nur aus Langeweile ein bisschen von dem probiert, was mir schmeckte, und nicht vor lauter Hunger alles restlos aufgegessen.

Nach vierzig Minuten bot man mir Tee an. Ich lehnte ab, warum, weiß ich selbst nicht mehr.

Er hieß Wlad. Wahrscheinlich von Wladislaw.

Es lag ein gewisser entmutigender Charme in seiner Art, die Worte auszusprechen.

Nämlich vollkommen falsch.

Er sah so gut aus, dass es mir fast schon peinlich war, ihm ins Gesicht zu schauen.

Für seine Verspätung entschuldigte er sich so zerknirscht, als könne es dafür eigentlich gar keine Entschuldigung geben.

Ich kämpfte minutenlang gegen meine Verlegenheit.

Er gab sich edelmütig den Anschein, als bemerke er es nicht.

Dass er die halb leere Schale bemerkte, kam mir hoffentlich nur so vor.

Er trug eine weite Jeans und das Hemd offen über der Hose. Sehr schick. Aber die Kleidung war nicht sein wichtigster Trumpf. Das waren die Augen. Dunkel, mit ungewöhnlich langen Wimpern, schauten sie mich an, als existiere außer mir niemand auf der Welt.

Und die Stimme. Bezaubernd kratzig und heiser, so wie bei einem pubertierenden Jungen. Die Pubertät hatte Wlad allerdings seit rund zwanzig Jahre hinter sich gelassen. Aber die Stimme!

Ich stellte sorgfältig meine Karten auf dem Tisch auf. Sie waren zu kleinen Häuschen zusammengeklebt, damit man die Laute besser ablesen konnte.

Dann ergriff ich den Zeigestock.

Ich kam mir vor wie ein kleines Mädchen, das Schule spielt.

»Dascha«, bat mich Wlad mit dieser hinreißenden Stimme, »erzählen Sie mir zuerst, was wir machen werden.«

Er stand mir gegenüber, einen Ellbogen auf die Kommode gestützt, und lächelte.

»Wir werden die korrekte Aussprache trainieren«, erklärte ich so streng wie möglich. »Ach ja, wie viel Zeit haben wir?«

In diesem Moment bedauerte ich, keine Brille zu tragen. Das wäre jetzt die passende Gelegenheit gewesen, sie auf die Nasenwurzel zu schieben.

»Zeit? Eigentlich einen Monat. Aber zwei Wochen wären mir lieber.«

»Dann muss es ein Intensivkurs sein.«

Ich fand, ich schlug mich hervorragend.

»Einverstanden. Ljubow …« Wlad machte ein Gesicht, als müsse er überlegen, aber das war offensichtlich geheuchelt, »ich habe ihren Vatersnamen vergessen …«

»Makarowna«, half ich ihm.

»… hat mir gesagt, Sie stünden mir den ganzen Tag zur Verfügung. Ist das denn möglich?«

Ich wurde wieder verlegen. Aber dann stellte ich mir rasch Ljubow Makarowna vor und antwortete so, wie sie geantwortet hätte: »Wenn es nicht anders geht …«

Und seufzte dabei sogar tief.

Gehorsam sprach er die verschiedenen Konsonanten aus, die paarigen und die unpaarigen. Ich brachte ihm die richtige Mimik bei, und er ließ sogar einige Male das Telefon klingeln, ohne dranzugehen.

Nach anderthalb Stunden verabschiedete er sich sehr nett von mir.

Der Traum verflüchtigte sich aus meinem Kopf wie der Dschinn aus Aladins Lampe.

In Gedanken wiederholte ich noch lange die verschiedenen Laute und Zungenbrecher. Und überlegte mir, worauf ich morgen die meiste Zeit verwenden sollte.

Um zehn Uhr sollte ich bei ihm sein.

Ob ich den Chauffeur wohl bitten darf, am Supermarkt zu halten?

Ob Wlad wohl Hunde mag?

Ob überhaupt irgendwer Terminator mögen kann?

Bilder von meiner verwüsteten Küche zogen vor meinem inneren Auge vorbei, eins greller als das andere.

Der Chauffeur fuhr direkt vor den Eingang des Supermarkts, ohne die Passanten zu beachten, die sich an die Mauer drücken mussten.

Ich öffnete selbst die Tür, um auszusteigen, und kam dabei dem Chauffeur um einen Sekundenbruchteil zuvor. Ein unverzeihlicher Fauxpas.

Ich kaufte Kefir, Quark und Trockenfutter.

Ob Wlad wohl auch einkaufen geht? Mit seiner Frau? Ist er überhaupt verheiratet?

Vielleicht steht er jetzt gerade in einer Schlange an der Kasse.

Bestimmt isst er zum Frühstück Joghurt.

Oder vielleicht schwarzen Kaviar?

Oder vielleicht rührt er den Kaviar in den Joghurt?

Einer Freundin von mir tat ihre Mutter an alle Speisen roten Kaviar, als sie noch klein war. Weil er doch so gesund sei. Sogar an die Suppe. Meine Freundin hasst roten Kaviar bis auf den heutigen Tag.

»Geh besser nicht in die Küche!«, sagte Rita, ohne sich vom Computer abzuwenden.

»Ist Terminator dort?«

Terminator war dort. Sie bellte und winselte. Rita hatte sie an der Heizung festgebunden. Der Hund hatte die Tischbeine abgefressen, und der Tisch lag jetzt als Haufen abgenagter Holzklötze in der Ecke.

Ich setzte mich neben Terminator auf den Fußboden. Sie leckte mir freudig das Gesicht. Die Zähne hatte ihr offensichtlich niemand geputzt.

»Oleg holt mich gleich ab, wir fahren essen«, verkündete Rita, die in der Küchentür aufgetaucht war.

»Wer ist Oleg?«, erkundigte ich mich.

»Der von gestern«, antwortete meine Freundin lakonisch.

»Möchtest du vielleicht Terminator mitnehmen?«, schlug ich für alle Fälle vor.

»Nein, bis jetzt finde ich ihn ja noch nett. Seine Augen sind so sexy!« Rita verdrehte schwärmerisch ihre eigenen.

Ich ließ mich ins Bett plumpsen und wartete nicht einmal ab, bis das laute Schmatzen in der Küche aufgehört hatte. Immer wenn Terminator fraß, knurrte sie gleichzeitig.

Die Kalmückin öffnete im rosa Trainingsanzug die Tür. Von jetzt an würde ich sie immer mit diesem Kleidungsstück in Verbindung bringen.

Mir hat mal jemand beigebracht: Zum zweiten Rendezvous muss man in denselben Kleidern kommen wie zum ersten. Zwecks Verfestigung des Bildes. Ich finde das sehr einleuchtend.

Wlad war bereits ausgehfertig.

Er trug einen Anzug – dunkelblau mit schwarzen Streifen. So wie Armen Dshigarchanjan in dem Film »Guten Tag, ich bin deine Tante«.[1]

»Guten Morgen«, sagte er.

Und ich staunte erneut, dass es auf der Welt solche Stimmen gab.

»Guten Morgen«, skandierte ich. »Die Zunge muss geschmeidiger sein. Der Laut t wird unter starkem Luftdruck gebildet. Gu-ten Morgen!«

»Gu-ten Morgen.« Er lächelte.

»So ist es richtig. Tausend tapfre Templer.«

»Tausend tapfre was?«

Vor dem Aufzug standen Bodyguards. Ich hatte bisher noch nie Bodyguards gesehen. Aber ich wusste sofort – das waren welche.

»Templer.«

Hauptsache, er fragte mich nicht, was Templer waren.

Den Aufzug betraten wir allein.

Die Bodyguards erwarteten uns im Erdgeschoss. Misstrauisch musterte ich ihre Gesichter. Wenn sie über die Hintertreppe hinuntergerannt waren, hätte ich Anzeichen körperlicher Anstrengung sehen müssen. Aber sie waren kühl und leidenschaftslos. Über der Schulter hatten sie alle Maschinengewehre hängen.

Im Auto roch es nach Juweliergeschäft. Der Chauffeur trug nur ein Jackett, keine Winterjacke. Der Schnee und die frierenden Menschen auf der Straße wirkten wie eine Theaterkulisse.

Wlad telefonierte. Er sagte, das Budget für den Wahlkampf sei bereits bestätigt und er habe nicht vor, das zu revidieren. Er brüllte nicht und regte sich nicht auf, wie es die Geschäftsleute im Film tun. Er sprach so ruhig, als erörtere er mit einem Freund das Fußballspiel vom Vortag: Natürlich hat ihm nicht alles gefallen, aber so ist der Sport nun mal.

Wir fuhren durch ein Eisentor ohne Namensschild. Wir – das waren unser Auto und ein Jeep voller Bodyguards.

Das dreistöckige Haus stand bestimmt unter Denkmalsschutz. Die Sekretärin war eine auffallende Blondine. In Gegenwart solcher Frauen bekomme ich immer Lust, über Börsenkurse oder die Erweiterung der Europäischen Union zu reden.

»Leben sie noch?«, fragte Wlad die Sekretärin, ohne stehen zu bleiben oder zu grüßen.

»Ja«, erwiderte sie etwas enttäuscht.

Wlads Arbeitszimmer war riesig und sehr schön. In einem solchen Raum macht es Spaß zu arbeiten. Oder sich auszuruhen, zu essen, zu trinken, fernzusehen, zu schlafen und allmählich zu vergessen, dass noch andere Räume existieren.

Der Schreibtisch war vom Eingangsbereich durch ein Aquarium abgetrennt, das rund wie ein Globus war und so riesig, als hätte jemand versucht, die Erdkugel nachzubilden. Wlad drückte sein Gesicht an die Glasscheibe, und es verzerrte sich wie in einem Spiegelkabinett.

»Tatsächlich«, stellte er fest. Und erläuterte, als er meine Verwunderung bemerkte: »Sehen Sie her, das ist ein Hai.«

Ein großer weißer Fisch mit einem Körper, der einem teuren Designer-Flaschenöffner ähnelte, durchpflügte das Wasser des Aquariums, ohne auch nur einen Augenblick innezuhalten. Hin und her, von einer Wand zur anderen. Gleich unter ihm schwamm ein graziöser Schwarm lebhaft bunter, ungewöhnlich geformter Fischchen. Sie waren so klein und leicht, dass es den Anschein hatte, als würden sie nicht selbst schwimmen, sondern von einem unsichtbaren Wesen angeblasen und bewegten sich deshalb ein wenig vor und zurück.

»Früher oder später wird der Hai sie fressen«, sagte Wlad. Und hob bedauernd die Hände.

»Eine traurige Geschichte«, pflichtete ich ihm bei.

Er versprach mir, noch eifrig zu üben, während ich nach Hause fuhr, und das P der Reihe nach mit allen Vokalen auszusprechen.

Ich glaubte ihm. Bestimmt war Wlad als Junge ein Einserschüler gewesen.

»Pa-pier«, sagte er und betonte dabei die Silbe Pa. »Ein paar Ps mehr noch, nicht faul sein.«

»Ich pauke ohne Pause und Patzer.«

»Per-fekt, und nun mit den anderen Vokalen.«

Die Sekretärin betrachtete ungnädig mein zufriedenes Gesicht. Und lächelte dann unerwartet.

3

Terminator schaukelte an der Gardine irgendwo unter der Decke. Schade, dass wir keine Jalousien haben. Die Plastiklamellen hätten sich ihr schmerzhaft in die Schnauze bohren können.

Rita saß am Computer. Auf dem Tisch stand eine leere Konservendose, in der grüne Erbsen gewesen waren. Ich hatte zwei Portionen gefüllte Kartoffeln mitgebracht. Mein Lieblingsgericht. Dazu Salzgurken und Heringssalat mit Radieschen. Aber ohne Butter. Wegen des Cholesterins.

»Na, wie war's?«, erkundigte sich Rita statt eines Dankeschöns für das Mittagessen.

»Ganz gut.«

»Er gefällt dir?« Sie schaute mir misstrauisch in die Augen.

Ich zuckte die Achseln.

»Und ich habe mich verliebt!«, verkündete Rita pathetisch.

»In wen?«, fragte ich aus purer Höflichkeit.

Derartige Erklärungen hörte ich von meiner Freundin jeden Monat mehrere Male.

»In einen KRK«, erläuterte sie.

KRK ist eine Abkürzung, die sie vor ein paar Jahren erfunden hat. Kurz – reich – klug.

»Ja?«

An meinem Tonfall konnte Rita deutlich meine Enttäuschung hören.

»Nun ja. Ich weiß gar nicht, womit er's mir angetan hat. Er reicht mir bloß bis zum Hals.«

»Schrecklich.«

»Aber sympathisch ist er. Und küsst gaaanz toll!«

Die ganze Zeit tippte Rita dabei weiter auf der Computertastatur.

»Und was ist er von Beruf?«

»Irgendwas mit Finanzen. Er fährt einen BMW. Und läuft immer mit Krawatte rum. Kannst du dir das vorstellen? So ein Knirps, schicker Haarschnitt und immer mit Krawatte. Und lacht sich kaputt.«

»Worüber?«

»Hauptsächlich über mich.«

»Und das hat es dir angetan?«

Rita drehte sich mit einem verträumten Lächeln zu mir um.

»Weißt du, was er mir gerade geschrieben hat?«

»Was?«

Vermutlich glitzerte es jetzt in meinen Augen. Die Antwort auf eine solche Frage ist interessanter als das spannendste Buch.

»Dass ich die Königin des Metabolismus bin!«

»Die Königin des Metabolismus?«

Ist Metabolismus ein Synonym für Schönheit?

»Ja. Ich esse nämlich viel, aber ich nehme überhaupt nicht zu. Ich hab' ihm vorgeschlagen, dass wir heute Abend essen gehen.«

Die Gardinenstange polterte zusammen mit Terminator herunter. Das Zimmer wirkte sofort geräumiger und heller.

»Nicht!«, schrie Rita und stürzte sich auf den Hund. Terminator bekam einen Klaps auf die Schnauze und öffnete endlich ihre Kiefer. Als ob sie darüber selbst erfreut sei, kam sie schwanzwedelnd zu mir gerannt.

»Willst du auch mit?«, fragte Rita mich. »Dann bitte ich ihn, noch ein paar Freunde mitzubringen.«

»Ich kann nicht.« Ich versuchte, Terminator die Folie mit den Resten der gefüllten Kartoffeln aus dem Maul zu ziehen. »Ich bin den ganzen Tag bei Wlad. Bis zum Abend.«

»Bekommst du die vielen Stunden auch bezahlt?« Rita wandte sich wieder ihrem Computer zu.

»Ja. Ljubow Makarowna hat gesagt, ich bekäme hundert Dollar für jeden Tag.«

»Nicht schlecht!«, freute sich meine Freundin. Und vergaß sogar für einen Moment ihren Computer. »Was kaufst du dir dafür?«

»Ich weiß nicht. Wie viel kostet ein Pferd?«

»Ein Pferd?« Rita dachte nach. »Ich sehe heute Abend im Internet nach.«

Terminator leckte mir das Gesicht und grinste.

»Tjoma«, sagte ich. »Lass sie uns mit Kosenamen Tjoma rufen.«

»Wie du meinst. Aber vorläufig habe ich eigentlich noch keine Lust, ihr Kosenamen zu geben.«

»Dein KRK reicht wohl nicht bis zur Decke? Um die Gardinenstange wieder anzubringen?«

»Ach, da bitte ich Oleg.«

Ich nickte und tat so, als wüsste ich, wer Oleg war.

Ich überlegte, ob ich mir eine andere Bluse anziehen sollte. Nein, besser nicht. Sonst glaubte er noch, ich hätte mich eigens für ihn umgezogen.

Man servierte mir Tee und Schokoladentrüffel auf einem funkelnden Silbertablett.

»Wladimir Wiktorowitsch wird noch etwa eine halbe Stunde beschäftigt sein. Er spricht im Radio«, erklärte mir die blonde Sekretärin. Mit ihrer Haarfarbe und ihren 90-60-90-Maßen bot sie das klassische Bild, wie aus dem Lehrbuch.

Aha, Wladimir also. Wowka. Wowtschik. Kein Wladislaw.

Ich saß in einem kleinen Konferenzzimmer. Fast den gesamten Raum nahm der Tisch ein. Zehn Evian-Fläschchen standen auf ihm.

Genau eine Stunde später erschien Wlad.

»Wir fahren weg«, erklärte er geschäftsmäßig.

Ich sprang auf und hätte mich fast an einem Trüffel verschluckt. Wlad lächelte.

»Ein Freund von mir ist heute Vater einer Tochter geworden. Ich muss ihm gratulieren. Wir werden während der Fahrt arbeiten.«

»Oh, wie heißt sie denn?« Mein Gesicht drückte die zum Anlass passende Rührung aus.

Wlad blickte erstaunt.

»Keine Ahnung. Wahrscheinlich hat sie noch gar keinen Namen. Er hatte eigentlich mit einem Sohn gerechnet.«

Die ganze Fahrt über wiederholte Wlad: »Der Pfostenputzer putzt den Pfosten, den Pfosten putzt der Pfostenputzer.« Ich machte ihm vor, wie man solche Zungenbrecher sogar flüsternd noch deutlich aussprechen kann. Er bemühte sich, aber bald lenkten ihn eigene Gedanken ab, und er begann wieder laut zu sprechen und die Endungen gelegentlich zu verschlucken.

»Sauberer artikulieren«, bat ich. »Sprechen Sie jede Silbe einzeln aus.«

Wir fuhren zu einer Art Büro oder Geschäft. Möbliert war es wieder nur mit einem Schreibtisch. Dahinter saß ein Mann um die vierzig, eine ungewöhnliche Erscheinung. Ein Körper wie ein Berg, der Kopf darauf glich der Fahne des Bergsteigers.

Er verkaufte Geschenke. Für Leute, die schon alles haben. Alle möglichen ausgefallenen Dinge.

Letztes Mal hatte Wlad bei ihm eine Uhr gekauft – ein Geburtstagsgeschenk für seinen Geschäftspartner, der Linkshänder ist.

Diese Uhr hatte das Aufziehrädchen auf der linken Seite. Wlad zeigte sie mir auf einer Abbildung. Sie war außerdem noch mit einer Art Leuchtfarbe überzogen.

Ich folgerte daraus, dass Wlads Geschäftspartner wohl auch noch kurzsichtig war.

Man konnte hier sogar Uhren kaufen, die die Zeit in einem Schaltjahr anzeigten. Insgesamt achtundzwanzig Exemplare.

Wlad sprach darüber fast flüsternd, als ob er einen Zungenbrecher aufsage.

Außerdem wurden in diesem seltsamen Geschäft Sachen verkauft, die es nirgends gibt, die aber alle brauchen. Zu gewissen Zeiten.

Zum Beispiel rennt sich ganz Moskau die Hacken ab, um zum Geburtstag des Bürgermeisters Ikonen mit Sankt Georg dem Drachentöter, seinem Namenspatron, zu finden.[2] Nirgends sind sie zu haben – nur hier. Beizeiten gehortet.

Für seinen Freund kaufte Wlad ein Set historischer Golfschläger. Mit Originaltasche.

Ich glaubte, der Freund spiele Golf, und lobte das Geschenk.

Nein, der Freund war Fallschirmspringer und Tiefseetaucher.

Aber auf der ledernen Tasche war eine geprägte Widmung erhalten – vor hundert Jahren hatte man diese Schläger einem Mann geschenkt, der den gleichen Familiennamen hatte wie Wlads Freund. Die Widmung schloss die Hoffnung auf Wohlstand und Gesundheit ein.

Wlad war zufrieden.

»Neun Monate lang habe ich nach etwas Derartigem

gefahndet!«, brüstete sich der menschliche Berg. Er hieß Mischanja.

»Und hast genau ins Schwarze getroffen!«, strahlte Wlad und drückte ihm fest die Hand. »Genau ins Schwarze!«

Ich freute mich gemeinsam mit Wlad. Darüber, dass jeder im Leben bekommt, was er braucht.

Die Feier fand in einem Restaurant in der Nähe der Petrowka-Passage statt.

Der frischgebackene Vater – betrunken, alt und kahlköpfig, aber sehr charmant – zeigte auf seiner Digitalkamera Bilder seiner Tochter. Sie war ganz rot, hatte zusammengekniffene Augen und spärliche, verklebte Haare.

Alle waren gerührt. Um ihm etwas Nettes zu sagen, riefen sie: »Die sieht ja aus wie ein Junge!«

Oder: »Ach, wie niedlich! Gut, dass es ein Mädchen ist und kein Junge!«

Die Mutter des roten Mädchens war noch in der Klinik. Ich fand das kränkend. Sie liegt dort allein und fühlt sich bestimmt schlecht, und alle ihre Freunde sind hier. Trinken und amüsieren sich.

Von Zeit zu Zeit flüsterte ich Wlad etwas ins Ohr, zum Beispiel: »Sie müssen jeden Laut als Handlung betrachten. Sie bieten etwas an, Sie zeigen etwas. Sprechen Sie Ihren Satz noch einmal, aber jetzt mit dieser Botschaft.«

Er lauschte aufmerksam, ohne das Gespräch mit den anderen Gästen zu unterbrechen.

Nach einiger Zeit saßen alle Frauen auf der einen Seite des Tisches.

Niemand stellte sich mir vor, aber alle unterhielten sich.

Ich erfuhr, dass ich das Fleisch von einem Eber aß, der mit den Früchten pyrenäischer Eichen gemästet worden war.

Und dass ich Crystal Rose, Jahrgang 1978, trank.

Ich hätte zum Vergleich gern zum Beispiel Crystal Rose, Jahrgang 2000, probiert. Aber es gab nur 78er. Das erfuhr ich auf Nachfrage von den Kellnern.

Das Mädchen neben mir hieß Olja. Sie tat, was mir selbst nie gelingen wollte – sie hielt ihren Rücken gerade. Und redete pausenlos. Als ihr niemand mehr zuhörte, wandte sie sich an mich.

»Ich war in London, im Blakes-Hotel«, erzählte sie sehr laut mit bedeutungsvollen Pausen hinter jedem zweiten Wort. Als setze sie jedes Mal einen Punkt. Dadurch bekam alles, was sie sagte, eine Art zusätzlichen, verborgenen Sinn.

»Unser Zimmer war ausstaffiert wie eine chinesische Opiumhöhle!« Sie lächelte.

»Sie waren in China?«, fragte ich interessiert.

»Ich war in London. Und Irkas Zimmer war im Stil einer altägyptischen Begräbnisbarke ausgestattet!«

Ich hätte mir diese Irka gern mal angesehen, die jeden Abend zu Bett ging und sich dabei wie eine jahrtausendealte Mumie fühlen musste. Ob sie wohl zusammen mit ihrem Mann im Urlaub gewesen war?

»Kinder, lasst uns Katja in der Klinik anrufen!«, schlug das Mädchen mir gegenüber vor. Sie trank Champagner, den sie mit Weinverschnitt mischte. In ihrer schwarzen dekolletierten Bluse sah sie aus wie eine Opernsängerin bei einer Premiere.

Diese Idee gefiel allen.

»Wir lieben dich!« Die Mädchen schrien im Chor in den Hörer. Die Kellner schenkten schweigend Champagner nach.

»In meinen Kühlschrank zu Hause geht überhaupt nichts rein«, beklagte sich eine unwahrscheinlich dicke junge Frau in hautengen Jeans. Um ihren Hals hing eine Kette mit einem Anhänger in Form einer angebissenen Tafel Schokolade. »Schrecklich, ich weiß nicht, was ich machen soll.«

»Vielleicht kaufst du dir einen anderen?«, fragte Olja.

»Oder schmeißt die Hälfte raus«, schlug das Mädchen vor, das in der Klinik angerufen hatte.

Ich beschloss, die Gelegenheit zu nutzen und auch etwas zum Gespräch beizusteuern. Über das Thema Kühlschrank meditieren Rita und ich schon seit einem halben Jahr.

»Bosch ist sehr gut«, sagte ich. Mehrere geschminkte Augenpaare blickten mich interessiert an. Angenehm.

»Kühlt hervorragend, hat ein schönes Design, und alles ist ausgesprochen bequem eingerichtet.« Ich genoss das allgemeine Interesse. »Es gibt sogar ein Eierfach. Nicht wie bei den gewöhnlichen Kühlschränken.«

»Was für Eier?«, fragte Olja leise.

»Ganz normale Eier.« Ich lächelte. »Wie bei ...«

Meine Worte wurden von lautem Gelächter übertönt. Und von klirrenden Gläsern.

»Auf die Kühlschränke!«, riefen alle im Chor.

Ich hob etwas unsicher mein Glas.

»Aber nur auf die Kühlschränke für Pelze. Nicht auf die für Eier«, ergänzte das Mädchen mit dem Dekolleté.

Und wieder brachen alle in fröhliches Gelächter aus. Auch ich lachte mit. Fröhlich. Vielleicht merkte dann niemand, dass ich mir wie eine Idiotin vorkam.

Im Auto ließ ich Wlad eine Übung zur sauberen Aussprache der Laute t und d machen. Mit Betonung auf der letzten Silbe.

»TADITA – TADITJA, TADITA – TADI-TJA«, sprach er mühsam mit schwerer Zunge. »Reicht es nicht für heute?«

»Nein. Noch ein paar Mal. Geben Sie sich Mühe.«

Er gab sich Mühe. Es fiel ihm nicht leicht. Man hätte fast Mitleid mit ihm haben können. Aber das war nicht meine Aufgabe.

»TADITA – TADITJA«, wiederholte ich rachsüchtig. »Noch einmal!«

Der Chauffeur drehte den Ton des CD-Players herunter.

4

»Herzlichen Glückwunsch zum Tag der Zollbeamten!« Mit einem leichten Fußstoß stieß Rita die Tür weit auf. Auf ihrem Arm saß Terminator. Die Hündin hatte ihren Kopf rührend auf Ritas Schulter gelegt und tat so, als ob sie fest schliefe.

Rita glaubt, wenn man den Tag mit positiven Gefühlen beginnt, dann hört er auch mit ebensolchen auf. Aus diesem Grund hat sie sich einen Abreißkalender angeschafft. Dort ist jeder Tag irgendein Feiertag.

Ich lag im Bett und versuchte ehrlich, mich zu freuen. Mir vorzustellen, ich sei Zollbeamter. Und Rita meine Frau, die zur Tür hereinkommt und sagt: »Herzlichen Glückwunsch zum Tag der Zollbeamten!«

Und ich bin sooo glücklich.

Rita setzte sich auf meine Bettkante, bemüht, Terminator nicht aufzuwecken.

»Sie hat die ganze Nacht nicht geschlafen«, erklärte Rita.

»Ja?« Ich wunderte mich nicht.

»Ja. Sie hat deine ganze Wäsche aus der Schublade gezerrt und in Stücke gerissen.«

Wie entsetzlich.

»Die ganze?«, vergewisserte ich mich.

»Fast«, meinte meine Freundin aufmunternd. Ich wollte schon aufspringen und zum Schrank laufen, um den Verlust abzuschätzen.

Ich rührte mich jedoch nicht von der Stelle.

»Ich war gestern auf einer Fete ... Da gab es Leute, die kaufen sich Kühlschränke für ihre Pelzmäntel. Und schlafen in altägyptischen Begräbnisbarken.«

»Warum?«, wollte Rita wissen. Und fügte sofort hinzu: »Das heißt, wenn ich mal einen Pelz kriege, brauche ich auch noch einen Kühlschrank dazu?«

»Und eine Begräbnisbarke.«

»Wie umständlich.«

»Das kannst du laut sagen. Was macht dein KRK?«

Rita drückte ihre Nase in Terminators weichen Rücken. Und lächelte, ohne die Lippen zu öffnen. Gut so, sonst hätte sie nämlich den Mund voller Hundehaare gehabt.

»Ach ...«, seufzte sie, und dieser Seufzer ersetzte vollständig die ausführliche Schilderung eines stürmischen Rendezvous.

»Wo wart ihr denn?«

»In einem Café. Und anschließend sind wir tanzen gefahren. Er tanzt einfach göttlich!«

Während ich mir Rührei briet, erzählte Rita weiter: »Er hat mir eine Blume gekauft. Allerdings hab' ich sie im Kofferraum vergessen.«

»Schrecklich.« Ich wandte mich von der schmurgelnden Pfanne ab.

»Na ja. So schrecklich auch wieder nicht.«

»Wie habt ihr denn getanzt? Er ist doch kleiner als du.«

Der Essensduft weckte wie immer Terminator auf, sie sprang auf den Boden, kläffte laut und biss mich in die Fersen.

»Ja. Er reicht mir bis hier«, sagte Rita stolz und zeigte mit der Hand etwa die Höhe ihrer Schläfe an.

»Ist er zum Tanzen auch mit Krawatte gegangen?«, erkundigte ich mich und warf Terminator ein Stück geröstetes Brot zu.

»Per Krawatte«, verbesserte mich Rita und betonte das Per. »Per Anzug, per Krawatte. So sagen jetzt alle progressiven Leute.«

»Per Krawatte?« Ich schmeckte den Ausdruck gewissermaßen nach. »Cool.«

Ich musste Wlad anrufen. So war er auch in meinem Telefonverzeichnis gespeichert: »Wlad«. Ich schaute ein paar Sekunden auf diese vier Buchstaben, die eine Silbe bildeten, und schrieb dann, warum auch immer, hinzu: »Schüler«.

Ich fand Gefallen an den Vorteilen eines Wagens mit Chauffeur. Er hielt vor der Sparkasse, und in wenigen Minuten hatte ich die Rechnungen bezahlt, die schon seit zwei Wochen bei mir herumlagen.

Ich wäre gern noch zum Schuhmacher gefahren, fürchtete aber, langsam lästig zu werden.

Die Fenster im Auto beschlugen nicht. Ich versuchte,

auf das Glas zu hauchen, aber die Luft aus meinen Lungen traf auf die Scheibe und löste sich spurlos im Inneren des Wagens auf.

An der Ampel standen wir neben einem Auto, das genauso aussah wie unseres. Selbst die Farbe war dieselbe. Auf dem Rücksitz saß ein Mädchen mit einer rosa Strickmütze. Am Steuer ein Chauffeur. Vermutlich fuhr sie irgendwohin zum Skilaufen. Oder zum Snowboarden. Und vorher ins Restaurant, um Pfannkuchen mit Kaviar zu essen. Und vorm Essen ließ sie sich noch die Nägel passend zur Mütze lackieren.

Unsere Blicke trafen sich.

Gut möglich, dass sie genau dasselbe über mich dachte. Bestimmt sogar.

Komisch.

Das Mädchen lächelte mir kaum merklich zu und wandte sich wieder ab. Ich bedauerte, eine so steinerne Miene aufgesetzt zu haben.

»Sie leben noch.« Wlad wies mit dem Kopf auf das Aquarium und begrüßte mich erst dann. »Guten Tag, Dascha. Was haben Sie mich gestern gepiesackt!«

Er lächelte, und ich begriff, dass ich alles richtig gemacht hatte.

Der Hai, der wie ein verchromter Flaschenöffner aussah, beachtete seine bunt gescheckten Opfer überhaupt nicht. Zu einem Häuflein zusammengedrängt, krakeelten sie lautlos. Worüber wohl? Wahrscheinlich wunderten sie sich über den Hai. War ihm vielleicht traurig zumute so allein?

Ich nahm ein Blatt Papier, schrieb mit einem Marker darauf »DA-TIDA-ADTIDJA!« und legte das Blatt auf den Tisch.

Nach einigen Minuten gelang es Wlad schon recht gut, diese Laute auszusprechen. Er bemühte sich mit ernster Miene. Mit einem solchen Gesichtsausdruck spielt ein Erwachsener für ein Kind das Hoppepferd.

»Wlad, wissen Sie noch? Wenn Sie sprechen, bieten Sie etwas an und zeigen es.« Ich machte eine Handbewegung, als lade ich Gäste ein, sich zu bedienen. »Sie bieten an und Sie zeigen. DATIDA-TATIDJA.«

Aus der Sprechanlage ertönte die Stimme der Sekretärin: »Wladimir Wiktorowitsch, Chudrukow.«

Wlad nahm den Hörer und sprach dabei weiter: »... dadidja? Hallo. Nein, nein, dich meine ich nicht. Du warst es doch, der immer gesagt hat, ein künftiger Abgeordneter muss richtig sprechen können!«

Wlad zwinkerte mir zu, ich lächelte. Ich werde ihn bestimmt wählen. Und alle meine Bekannten auch dazu überreden. Derart attraktive Abgeordnete hatte ich bisher nur in amerikanischen Filmen gesehen. Und das waren ja bloß Schauspieler gewesen.

»... also mach dich schnellstens auf die Socken und fahr in die Distrikte. Krawalle können wir jetzt nicht brauchen. Versprich ihnen von mir aus irgendwas. Es ist doch schon seit Langem die Rede von einer Eisenbahn ... Nur Mut.«

»Jetzt werden wir uns mit den Endungen beschäftigen. Ge-hen. Se-hen. Beide Silben bitte deutlich.«

»Ge-hen, se-hen.«

Wieder ein Anruf. Diesmal ohne Sekretärin.

»Hallo. Na prima. Pack es ein und schick es nach Hause. Und vergiss die Blumen nicht. Sag mal, ist mein Wagen eigentlich immer noch nicht zurück? Das ist doch schon über eine Woche her! Nicht? Na, auch gut.«

»Versammlun-gen. Erklärun-gen.« Ich sprach sofort weiter, nachdem er den Hörer aufgelegt hatte.

»Versammlun-gen«, wiederholte Wlad. »Erklärun-gen.«

Er drückte auf die Taste der Sprechanlage.

»Sag die Konferenz ab, ich habe einen anderen Termin und muss gleich weg.«

»Gut, Wladimir Wiktorowitsch.«

Die Stimme der Sekretärin klang so erfreut, als hätten ihr auf dieser Konferenz die Prämien gestrichen werden sollen.

Ab und zu klingelte das Telefon, aber Wlad ging nicht mehr dran. Ab und zu kamen SMS und erfüllten mit ihrem Gepiepse das ganze Zimmer. Wlad las sie alle, schickte aber nur selten eine Antwort. Ob die von Mädchen kamen? Und ob ich ihm wohl gefiel? Ich hatte mich heute eine volle Stunde mit dem Fön geplagt, um meine Haare in Form zu bringen. Dabei hatte ich gleich auch noch Terminator gewaschen und trocken geföhnt.

War er überhaupt verheiratet?

»Wir lernen, die Silben nicht zu verschlucken. Liberalisierung. Evakuation.«

»Liberari … Verdammt! Li-be-ra-li-sie-rung.«

Der Termin war in einem Hotel irgendwo auf der Twerskaja.

»Ohne Mittagessen lasse ich Sie nicht gehen, Dascha.« Wlad half mir in den Mantel. Mir war das ein bisschen peinlich. Das Futter war unten eingerissen, und ich wollte nicht, dass Wlad es bemerkte.

»Während ich meinen Termin habe, können Sie im Restaurant im ersten Stock zu Mittag essen. Es gibt dort ein ausgezeichnetes Buffet. Anschließend schwirren Sie ab nach Hause, und heute Abend treffen wir uns wieder. Ohne Sie traue ich mich schon nirgends mehr hin.«

Ich lächelte kokett. Und tadelte mich augenblicklich dafür.

Andererseits – er selbst provozierte mich ja mit seinem Lächeln und seinen Worten! »Ohne Sie traue ich mich nirgends hin.« Gar nicht schlecht.

»Bei uns zu Hause wird heute gefeiert.«

»Ja?« Ich lächelte höflich und registrierte insgeheim das Wörtchen uns. Ohne Freude.

»Fünfzehnter Hochzeitstag. Es werden jede Menge Leute da sein und was sonst so üblich ist. Ich werde meine Sprechfertigkeiten vorführen. Und Sie beurteilen mich.«

»Fünfzehnter Hochzeitstag« sprach er so aus, wie man sagt: »Heute Morgen habe ich mir die Zähne geputzt.«

Männer zeigen ihre Gefühle nicht.

Ich bemühte mich auch, ein Mann zu sein. Weil es so typisch weiblich ist: traurig zu sein, wenn man erfährt, dass der Mann verheiratet ist. Selbst wenn man diesen Mann erst zweimal im Leben getroffen hat.

Wir saßen nebeneinander auf dem Rücksitz.

Das Essen im Restaurant lehnte ich ab. Wozu unnötig Geld ausgeben? Außerdem war es allein langweilig. Und dann diese ganzen verschiedenen Gabeln, Messer und Gott weiß was noch. Nicht zu vergessen die Kühlschränke.

Vor dem Hotel stand ein Mann in einem langen braunen Pelzmantel und einer passenden Mütze. Der Pelz schillerte in der Sonne, und wenn man mich in diesem Moment gefragt hätte, was Luxus ist, hätte ich ohne nachzudenken auf ihn gezeigt.

Bestimmt ein Ausländer.

»Bis heute Abend also?« Wlad nickte mir lächelnd zu und küsste mich unerwartet auf die Wange.

Der Chauffeur hielt ihm die Wagentür auf. Die Tür zum Hotel öffnete ihm der Mann im Pelz. Anschließend öffnete er die Tür für ein älteres Ehepaar und gleich danach für ein Mädchen mit flammendroten Haaren.

Wir setzten uns langsam in Bewegung.

Es war der Portier. Und ich war ein Schaf.

Aber Wlad hatte mich trotzdem auf die Wange geküsst.

Zuhause stellte ich die Waschmaschine an. Dann stand ich gute zwei Minuten vor dem Abreißkalender und kämpfte mit der Versuchung nachzusehen, welcher Feiertag morgen sein würde. Der Tag der Taucher? Oder der Feuerwehr?

Ich schaute nicht nach. Wozu vorgreifen? Heute freue ich mich über die Freude von heute – den Tag der Zollbeamten.

Terminator spielte mit einem Brathähnchen aus Gummi. Rita hatte es in einer Tierhandlung gekauft. Es hatte mehr gekostet als fünf lebendige Hähnchen.

Rita und ich teilen uns schon seit Langem die Wohnung.

Und Freundinnen sind wir eigentlich schon unser ganzes Leben.

Als ich zum Studium nach Moskau ging, kam sie mit. Nicht, weil es sie nach Moskau zog. Sie wollte einfach nicht allein zurückbleiben. Und sie wollte endlich weg von ihren Eltern.

Ihre Eltern lieben einander sehr. Ihre Mutter hat sogar angefangen zu trinken, damit ihr Vater dabei immer Gesellschaft hat. Und so sitzen sie denn gemeinsam zu Hause. Ihre Arbeit haben sie längst verloren.

Rita ist Assistentin des Artdirectors von Gempico, einem superschicken Designstudio im Zentrum Moskaus. Alle wissen, dass dieses Studio ein geschlossener Klub ist, und alle wollen dorthin.

Rita glaubt, sie hätte einfach Glück gehabt. Aber ich bin der Meinung, meine Freundin hat Talent. Und wenn in dem Studio Profis arbeiten, dann wissen sie sehr genau, wie viel Glück sie gehabt haben.

Rita schickt ihren Eltern Geld. Sie vertrinken es.

Aber das sieht Rita wenigstens nicht mehr.

Ich musste mich für Wlads Feier umziehen. Aber ich konnte überhaupt nichts Passendes finden.

Ich ging die Kleiderbügel mit Ritas Sachen durch. Sie würden mir natürlich viel zu groß sein. Aber es war sowieso nichts dabei. Vielleicht hatte ich einfach nicht genug Fantasie, um das Richtige auszusuchen?

In meinem Kopf schwirrten Bilder aus Zeitschriften, aber sie alle verblassten vor dem prächtigen Hotelportier in der Twerskaja.

Ich zog einen schwarzen Rock und einen schwarzen Rollkragenpulli an. Ich muss zugeben, ich war ziemlich aufgeregt.

Ich nahm mir vor, lieb und freundlich zu sein. Und so wenig wie möglich mit all diesen Frauen zu reden. Hoffentlich traf ich keine von der gestrigen Party wieder.

Letztendlich gehörte das ja zu meiner Arbeit. Und die würde ich tun, egal, was geschah.

Wie schafft man es, sich unsichtbar zu machen?

Meine Strumpfhose war voller Laufmaschen, aber eine andere konnte ich nicht finden.

Sollte ich eine von Rita anziehen? Aber wenn sie sich dann an den Knien wellte wie eine ausgeleierte Trainingshose?

Nur die Ruhe bewahren. Ich habe zu arbeiten. Und all diese gackernden Mädchen, die in altägyptischen Begräbnisbarken schlafen, können mir wirklich egal sein.

Ich hauchte auf das vereiste Fenster. Die weiße Wolke hinterließ auf der Scheibe einen feuchten Fleck. Mein ausgestreckter Finger zog langsam seine Konturen nach.

C. Chance? Nein. Courage? Hm. Charakter? Ja. Ich werde ihnen Charakter beweisen.

Der Chauffeur kam wie immer eine halbe Minute vor der verabredeten Zeit.

Wir holten Wlad vom Hotel ab. Er erschien mit weit offenem Mantel, ohne Mütze, lächelnd, und sah so ganz anders aus als die Passanten, die sich frierend und unter der Last ihrer persönlichen Probleme krümmten. Seltsam, dass die Menschen bei seinem Anblick nicht die Pelzmäntel aufknöpften und die Köpfe höher hoben.

Die Kalmückin trug ein schwarzes Uniformkleid mit einer weißen Schürze. In dieser Tracht mutierte sie zu einer Person ohne bestimmte nationale Zugehörigkeit.

Die Wohnung wimmelte von Menschen. Die Frauen meist in Kleidern und Halbschuhen.

Ich hatte meine Stiefel ausgezogen und sah in den Pantoffeln, die ich mir in der Diele genommen hatte, ziemlich seltsam aus. Aber ich konnte die Stiefel ja auch nicht gut wieder anziehen.

Die Speisen waren auf Tabletts angerichtet. Kellner mit Fliegen trugen sie herum. Auf den Couchtischen standen Schalen mit Obst. Einen großen Esstisch gab es nicht.

Ich hatte nichts zu Mittag gegessen. Ein Kellner blieb vor mir stehen, und ich betrachtete hungrig die Miniaturkörbchen, die mit etwas Unbekanntem gefüllt waren.

Wie isst man so etwas?

Der Kellner stand noch immer vor mir.

»Etwas Kaviar vielleicht?«, schlug er vor.

»Mit Pfannkuchen?«, fragte ich freudig. Eine hochgewachsene Blondine mit unnatürlich aufgeplusterten Lippen ließ ihren eisigen Blick auf mir verweilen.

»Meine Liebe, Pfannkuchen mit Kaviar – das ist Kitsch.«

Sie musterte gleichgültig erst das Tablett, dann den Kellner, und der trat augenblicklich den Rückzug an und verschwand zwischen den Gästen.

Aus dem Augenwinkel bemerkte ich, dass alle die Körbchen in die Hand nahmen und als Ganzes in den Mund steckten.

»Sie sind vermutlich die Lehrerin meines Mannes?«, fragte die Blondine und schaute mich mit dem gleichen Blick an wie zuvor den Kellner. Kein Wunder, dass er sich verdrückt hatte.

»Ja.« Ich nickte höflich. »Ich heiße Dascha. Herzlichen Glückwunsch zum fünfzehnten Hochzeitstag.«

Sie kam nicht dazu, mir zu antworten, weil eine andere Blondine mit ebensolchen aufgeworfenen Lippen ihr den Arm um die Schultern legte.

»Meine Liebe!« Mir nickte sie dabei flüchtig zu. »Du siehst hinreißend aus! Was hat er dir geschenkt?«

»Bezüge für meinen BMW. Aus weißem Nerz. Und Diamantohrringe von Graff.«

»Toll. Aber werden die Bezüge nicht durchscheuern?«

»Natürlich nicht. Weißt du, was die kosten?«

Eine Brünette in einem rosa Kleid und mit einem unwahrscheinlich großen Busen tauchte auf. In der Hand hielt sie ein Whiskyglas.

»Mädels, wisst ihr, was jemand drüben in Europa zur goldenen Hochzeit geschenkt bekommen hat?« Alle drehten sich neugierig zu der Brünetten um.

»Eine Sanduhr! Aber statt Sand waren elftausend Brillanten drin. Für jeden gemeinsam verbrachten Tag einer. Ist das nicht eine Wucht?«

»Super«, stimmte ihr Blondine Nummer zwei zu. »Aber mit unseren Männern geht das nicht.«

»Goldene Hochzeit, das sind doch fünfzig Jahre?«, fragte Wlads Frau. »So lange lebe ich nicht. Oder die Zahl der Brillanten pro Tag muss erhöht werden.«

Ich beschloss, schnellstens Wlad zu finden, um meine unmittelbaren Pflichten zu erfüllen.

Unterwegs hielt ich einen Kellner an und aß die Hälfte von allem auf, was auf seinem Tablett lag.

Ich entdeckte Wlad in einem Raum, der mit dunklem, wurmstichigem Holz verkleidet war. Später erfuhr ich, dass man für die Würmer extra bezahlen muss. Damit sie das Holz korrekt benagen.

Wlad saß in einem Sessel und unterhielt sich mit

Männern, die ihre Jacketts abgelegt hatten und im Hemd dasaßen.

»Cohiba Robustos«, deklamierte er wie eine Beschwörung. In der Hand hielt er ein Kistchen mit Zigarren.

Ich dachte, wenn ich jetzt zu ihm ginge und ihn bäte, ein Wort wie zum Beispiel Poenitentiarium zu sagen, würde ich ihn in eine ziemlich peinliche Lage bringen. Denn seine Zunge gehorchte ihm schon nicht mehr richtig.

Die Frauen hatten sich im Wohnzimmer auf die Sofas gesetzt.

Ich stellte mich mutig dazu.

Jeder von ihnen war schon mindestens einmal im Leben das Auto gestohlen worden. Sie erzählten sich ihre Geschichten lachend und einander ins Wort fallend, als sei es das Lustigste gewesen, was ihnen jemals zugestoßen war.

»Er setzt sich ans Steuer und sagt zu mir: ›Ich lasse jetzt den Motor an, und Sie achten darauf, ob Funken sprühen.‹ Ich stehe da und glotze wie die letzte Idiotin. Er sagt: ›Treten Sie noch etwas zurück, dann können Sie besser sehen.‹ Ich trete zurück, er startet in aller Ruhe den Wagen und fährt weg! Könnt ihr euch das vorstellen?«

»Und ich hatte mir ein Loch in den Reifen gefahren!«, fiel die Brünette mit dem Busen ein. »Gleich taucht so ein Typ auf: Warten Sie, ich helfe Ihnen! Von wegen helfen! Ich bin noch fünf Minuten lang hinter ihm hergerannt! Und hab' dabei gebrüllt wie eine Verrückte! Der Wagen war gerade drei Tage alt.«

»Und ich!« Wlads Frau hatte ebenfalls ihre traurigen Erfahrungen gemacht. »Ich halte an der Ampel, da kommt ein junger Mann auf mich zu, sieht ganz anständig aus, in Anzug und mit Krawatte …«

»Per Krawatte«, unterbrach ich sie für alle unerwartet. »Heute ist es in Mode zu sagen ›per Krawatte‹ und ›per Anzug‹.«

Wlads Frau starrte mich verwundert an.

»Per Krawatte?« Sie schaute ihre Freundin an, die Blondine Nummer zwei. »Klingt ja echt cool!«

Alle brachen in Gelächter aus.

»Also dann. Er kommt per Anzug und per Krawatte auf mich zu« – alle kicherten – »und fragt: ›Wo finde ich die Christus-Erlöser-Kirche?‹ Hätte er irgendwas anderes gefragt – nie im Leben wäre ich ausgestiegen! Aber so … wie ein dummes Schaf. Na, und weiter nach Schema F. Pistole. ›Die Autoschlüssel!‹ …«

Alle nickten verständnisvoll.

»War das, als er dir den Porsche gekauft hat?«, fragte die Brünette.

»Gekauft?«, höhnte Wlads Frau. »Seinen alten gebrauchten hat er mir gegeben! Von wegen gekauft!«

Zum Dessert gab es Rémy Martin am Stiel. Wie das Eskimoeis. Genauso geformt und genauso gefroren. Ich war die Einzige, die sich nicht wunderte. Alle anderen schrien Oh und Ach. Und fragten, wo man so was kaufen könne. Die Gastgeberin machte ein geheimnisvolles Gesicht und verriet es nicht.

Die Schneeflocken schwebten auf die Erde wie lauter weiße Engel. Sie berührten meine ausgestreckte Hand und verschwanden sofort. Aber das war nicht traurig. Oder vielmehr war es eine Trauer, wie man sie manchmal spüren möchte.

Wlad und ich waren zum Du übergegangen. Er selbst hatte es vorgeschlagen. »Wirkt sonst zu merkwürdig«, hatte er gesagt, »wir sind überall zusammen, du kennst schon alle meine Freunde, aber wir tun noch so hochoffiziell.«

Außerdem hatte er gesagt, ich würde so ulkig den Kopf drehen, wenn er etwas falsch ausspräche. Er wackelte mit dem Kopf und machte mich nach, wie ein kleiner Bub.

Ich war nicht gekränkt. Ich kicherte dümmlich, wurde aber, hoffe ich, wenigstens nicht rot.

Wlads Frau hieß Lada. Lustig: Lada und Wlad.

Oder zum Beispiel Wlad und Dascha. Was kommen mir da für Gedanken?

Wlad hatte eine eigene Partei gegründet. Der bekannte Politiker, den ich bei ihm zu Hause gesehen hatte, war ihr Vorsitzender. Sie bereiteten sich gerade auf die Wahlen vor. Jeden Tag traf Wlad eine Unmenge von Leuten. Ich wartete dann im Konferenzraum.

Aber wir verbrachten trotzdem sehr viel Zeit zusammen.

Wir aßen sogar miteinander zu Abend.

Wlad stellte mich seinem Freund vor. Der Freund schleppte überall einen kleinen Hund mit. Einen Malteser, der aber wie ein ganz gewöhnliches Schoßhündchen aussah. Der Freund zog ihm warme Mäntelchen an und band ihm Schleifchen ins Fell.

Zuerst dachte ich, es sei der Hund seiner Frau und die sei gerade verreist.

Doch wie sich herausstellte, war er gar nicht verheiratet. Den Hund brauchte er, um Frauen kennenzulernen. Dazu musste er gar nichts Besonderes tun. Er sitzt nur da, das Hündchen auf dem Schoß, eine Frau kommt vorbei und fängt sofort an zu sülzen: »Ach, was für ein süßer kleiner Kerl!«, und streichelt den Hund. Ich selbst hätte es genauso gemacht. Sie darf ihn auf den Arm nehmen, sogar zehn Minuten mit ihm spielen. Dann holt er sich seinen Liebling wieder zurück und bekommt die Telefonnummer der Frau gleich dazu. Und wartet auf die nächste.

Wlads Freund will für seinen Hund einen Trainer aus Amerika kommen lassen. New Yorker Hunde werden gewöhnlich von fünf Leuten betreut: einem Hundetrainer, einem Friseur, einem Arzt, einem Dompteur und einem Zahnarzt. Wlads Freund hätte für sein Hündchen zehn Leute eingestellt, so wertvoll war es für ihn. Wie ein Huhn, das goldene Eier legt. Es hieß sogar wie ein Huhn: Putput.

Wlad lacht darüber und sagt, er werde sich einen Leguan zulegen. Ein Bekannter von ihm will seinen in zuverlässige Hände abgeben. Man muss nämlich jeden Abend das Licht für ihn einschalten, und der Bekannte kommt in regelmäßigen Abständen erst gegen Morgen nach Hause.

»Dascha, würdest du dich um meinen Leguan kümmern?«

Ich lächle und weiß nicht, was ich sagen soll. Fühle mich wie eine Idiotin ohne den geringsten Sinn für Humor. Wieso gibt er sich überhaupt noch mit mir ab? Das Restaurant ist vollgestopft mit kichernden Mädchen in sommerlichen Tops, ungeachtet der Tatsache, dass draußen minus neun Grad sind.

Später, als ich schon in Wlads Auto auf dem Rücksitz saß, fielen mir mindestens ein Dutzend witziger Antworten ein:

»Ich bringe ihm korrektes Sprechen bei.«

Oder: »Ich kümmere mich um ihn, wenn du dich um mich kümmerst.«

Oder …

Ach, was soll's. Zu spät. Ich schwieg und lächelte dumm.

5

Rita und ihr KRK lieben sich. Er ist wirklich nett. Nur eben etwas klein geraten. Trägt Krawatte und weiß immer alles. Hat ein schönes Auto, so ähnlich wie das von Wlad. Aber er fährt selbst. Er versucht gerade mit dem Rauchen aufzuhören, deshalb klebt auf seiner Schulter ein Pflaster. Rita schaut er an, ohne sie zu sehen. Wenn man ihm die Augen zuhalten und ihn fragen würde: »Was hat Rita an und wie sieht ihre Frisur aus?«, könnte er keine Antwort geben. Denn er schaut in Ritas Seele. Und hält die ganze Zeit ihre Hand. Wie romantisch – ein Mann, der die ganze Zeit deine Hand hält. Rita ist glücklich.

Der KRK lud Rita und mich ins Restaurant ein. So viele Restaurants, wie ich in der letzten Woche besucht habe, habe ich in meinem ganzen Leben noch nicht gesehen.

Ich bestellte warmen Salat aus Meeresfrüchten. Wlads Lieblingsspeise.

Wir tranken Martini. Der KRK nahm Whisky mit Cola. Der KRK hieß Kostja.

Direkt über unserem Tisch hing ein Lautsprecher, aus dem Jazzmusik schallte.

»Können die nicht mal andere Musik bringen?«, maulte Rita kapriziös. So kannte ich sie überhaupt nicht. »Ein bisschen was Flotteres.«

Der KRK winkte bereitwillig dem Kellner und bat ihn, eine andere CD einzulegen.

Rita und ich taten uns Eiswürfel in den Wein, aber der KRK tadelte uns. Er sagte, dass wir das Aroma des Bouquets nicht mehr schmecken würden.

Ich dachte an Wlad. Spielte mein altes Spiel: Die erste Zeile des nächsten Liedes sagt mir, wie er zu mir steht.

Ich drehte das Glas in meinen Händen. Wartete auf das Lied. Kindergartenkram, wirklich.

Als die Musik zu spielen begann, fragte Rita mich, worüber ich so erfreut sei.

Ein dümmliches Grinsen von einem Ohrläppchen zum anderen lag auf meinem Gesicht. Mir schien, als reiche es noch bis hinter die Ohren in den Nacken.

Es war die Rockband Zveri. Und sie sang: »Mit dir fängt das Leben erst an«.

Zum Nachtisch bestellten wir Obst. Mandarinen und Weintrauben. Die winterliche Vitamin-C-Ration.

Niemand aß das Obst.

Wir verließen das Restaurant laut diskutierend, wohin wir zum Tanzen fahren sollten.

Im Auto setzte sich Rita neben den KRK und ich mich, wie immer, auf den Rücksitz.

»Macht es dir nichts aus, dass du getrunken hast?«, erkundigte ich mich.

»Nein«, versicherte der KRK.

Der Verkehrspolizist, der uns anhielt, war anderer Meinung.

»Haben Sie getrunken?«, fragte er gutmütig.

»Ich? Wie kommen Sie denn darauf?« Der KRK reichte ihm seine Papiere.

»Den Führerschein ziehe ich erst mal ein. Bis zur Expertise.«

»Was für eine Expertise?«, fragte Kostja unzufrieden und schaute den Verkehrspolizisten plötzlich scharf an. »He, Sie sind ja selbst betrunken!«

»Werden Sie das Bußgeld bezahlen?« Der Verkehrspolizist trat etwas vom Auto zurück.

»Ich? Ein Bußgeld?«, schrie der KRK. »Sie sind hier derjenige, der vor Gericht muss! Erpresser! Besäuft sich und belästigt dann ehrbare Bürger! Und droht mir auch noch! Wo ist Ihre Dienstmarke?«

Der Polizist hielt dem KRK die Papiere hin.

»Fahr schon, fahr, du Verrückter!«

»Halt, so nicht! Hiergeblieben!« Kostja ließ sich nicht beschwichtigen.

»Nun lass ihn doch in Ruhe!«, flehte Rita. Der Verkehrspolizist stieg in seinen Wagen und fuhr langsam auf die Straße.

»Ich denke nicht daran!«, schrie Kostja und trat aufs Gaspedal. »Besoffene Polypenfratze! Dem zeige ich, wer hier getrunken hat!«

Der Polizist schaltete das Blaulicht ein, aber unser Wagen ließ sich nicht abhängen. Wir verfolgten ihn, als wären wir hinter einem gefährlichen Verbrecher her und wir die Ordnungshüter, nicht er.

Der Polizeiwagen raste mit hoher Geschwindigkeit durch mehrere Straßen und bog dann mit Blaulicht und Sirene in den Hof eines Milizreviers irgendwo im Bezirk Nowoslobodskaja ein. Und blieb stehen.

Der KRK riss am Türgriff. Rita krallte sich in seinen Ärmel.

»Du hast getrunken!«, schrie sie. »Was brockst du dir da ein! Schnell, lass uns abhauen.«

Der Verkehrspolizist und zwei weitere Männer in Uniform kamen, Gummiknüppel schwingend, auf uns zu. Mir wurde ganz anders.

Der KRK legte den Rückwärtsgang ein.

»Wir müssen weg!« Der Wagen machte einen abrupten Satz nach hinten, hätte dabei beinahe einen der Milizionäre gestreift und wendete in Richtung Straße.

Ich schaute durchs Heckfenster und betete, dass man uns nicht verfolgen würde.

»So ein Trottel, wieso lege ich mich mit dem überhaupt an?«, wunderte sich der KRK und lachte laut. »Nein, wie der Reißaus genommen hat! Habt ihr das gesehen? So ein Idiot!«

Rita blieb bei dem KRK über Nacht. Niemand würde mir morgen Früh sagen, welchen Feiertag wir hatten.

Ich wurde krank. Wahrscheinlich von den Eiswürfeln gestern Abend.

Ich erwachte vor Tagesanbruch. Meine liebste Tageszeit. Im Weltall gibt es sechzehnmal am Tag eine Morgendämmerung. Ich würde gern im Weltall leben. Ich nähme nur einen Abreißkalender mit – sonst nichts. Jeder Tag wäre ein Feiertag, und sechzehnmal am Tag gäbe es eine Morgendämmerung. Glückseligkeit.

Mich fröstelte. Terminator leckte mir die Fersen und winselte.

Ich schämte mich ein bisschen, dass Terminator kein buntes Mäntelchen besaß und ich nie auf die Idee gekommen war, einen Hundetrainer für sie zu engagieren. Genauso wenig wie einen Zahnarzt oder einen Friseur. Oder einen Dompteur – obwohl ihr der keineswegs schaden würde.

Ich behandelte mich mit Hausmitteln. Tee, Honig, Socken mit Senfbrei. Gegen die Kopfschmerzen ein Kohlblatt auf die Stirn. Für den Hals warmes Mineralwasser mit Milch.

Um neun Uhr rief Wlad an.

Er war besorgt. Fragte, wie er mir helfen könne.

Ich war noch besorgter. Er hat Wahlen, und ich liege mit Grippe im Bett.

Er bat mich, ihn am Abend anzurufen.

Tagsüber hätte ich am liebsten geweint. Was für eine unglaubliche Dummheit, krank zu werden.

Ich schaute Wlads Nummer auf meinem Handy an. Ich weiß nicht, ob ich jemals irgendein Kunstwerk so eingehend betrachtet habe. Und ob es in mir die gleichen Gefühle geweckt hat wie diese sieben Zahlen.

Ich hätte ihm gern eine SMS geschickt. »Grüß dich!«

Nein, das war blöd. Aber was dann?

»Es geht mir schon besser!«

Aber das könnte ihm Hoffnungen machen, und dabei ging es mir in Wirklichkeit gar nicht besser.

»Ich fühle mich schlecht. Bemitleide mich.«

Ja, das war genau die richtige SMS von einer Lehrerin an ihren Schüler. Einen verheirateten Schüler.

Abends kam Rita zurück. Sie band sich einen speziellen medizinischen Mundschutz um und kochte für Terminator und mich eine Bouillon. Den Mundschutz hatte ihr der KRK gegeben, damit sie sich nicht ansteckte.

Rita erzählte von ihrer Liebe. Wie der KRK alle ihre Wünsche erfüllte. Ihr morgens Rührei briet. Und was für eine schöne Wohnung er hatte. Riesengroß. Ein Wohnzimmer von den Ausmaßen eines Hörsaals in der Uni. Und das Rührei musste er selbst braten, weil Rita beim besten Willen nicht mit der ganzen Technik in seiner Küche klarkam.

»Ist aber nicht schlimm«, sagte Rita. »Er isst sowieso nie zu Hause. In seinem Kühlschrank sind nur Eier und Müsliriegel.«

Der KRK hat Rita eingeladen, mit ihm auf die Malediven zu fliegen.

»Stell dir vor!« Rita verdrehte begeistert die Augen. »Ich auf den Malediven! Mit Hut!«

»Ist er denn nicht verheiratet?«, fragte ich misstrauisch.

»Nein. Und war es auch noch nie!«, antwortete Rita stolz.

»Und du würdest ihn heiraten?« Ich war total heiser, der Hals tat weh, aber es war so interessant, mit Rita über die Liebe zu sprechen!

»Ich weiß nicht … Vermutlich schon … Wäre doch toll!«

Das wäre es. Und ich würde Brautjungfer sein.

»Und du heiratest Wlad!« Rita hopste zu mir aufs Bett. »Wie findest du das?«

Sie riss sich den Mundschutz ab, der sie erheblich beim Sprechen störte, und setzte ihn Terminator auf die Schnauze. Terminator gefiel das. Sie hielt ganz still, damit der Mundschutz nicht herunterfiel.

»Wlad ist verheiratet«, erinnerte ich meine Freundin.

»Und wenn schon! Heute verheiratet, morgen frei!«

Das hörte ich sehr gern. Obwohl ich eigentlich nicht zynisch bin.

»Warum sie wohl keine Kinder haben?«, überlegte Rita.

»Vielleicht haben sie ja welche.« Ich zuckte die Schultern. »Allerdings, in ihrer Wohnung sind überall nur Fotos von den beiden.«

»Na, wie fühlst du dich?«, fragte Wlad am Telefon in reichlich geschäftsmäßigem Tonfall.

»Danke. Ich bin noch krank.«

»Dann sieh zu, dass du wieder gesund wirst! Brauchst du irgendwas?«

Ich bekam gar nicht richtig mit, wann er auflegte.

War es schon, bevor ich sagte: »Danke, ich habe alles« oder doch erst danach.

»Vielleicht hat er aus einer Besprechung angerufen«, meinte Rita unsicher, als sie mein verstörtes Gesicht sah.

»Vielleicht.« Ich stimmte gehorsam zu. Der Abend war verdorben. Rita schloss sich mit dem Telefon in ihrem Zimmer ein.

Ich versuchte zu lesen. Fernando Arrabal. »Der extravagante Kreuzzug eines verliebten Kastraten«.

Alle Sätze und alle Gedanken des Helden (das Buch ist in Ich-Form geschrieben) bezog ich auf mich.

»Sie spuckte vom hohen Glockenturm auf mich herunter, obwohl ich gar nicht in der Sakristei wohnte.«

Ich wachte vom Klingeln des Telefons auf. Wlads Chauffeur. Er fragte nach meiner Adresse. Ich ratterte schnell meine Straße und Hausnummer herunter, traute mich aber nicht zu fragen, wozu.

Im Pyjama rannte ich in den Flur.

»Rita!«, schrie ich so laut, wie man gewöhnlich »Feuer!« schreit, und Terminator fiel mit freudigem Gekläff ein.

Wir kamen zu dem Schluss, dass Wlad den Chauffeur losgeschickt hatte, um mir Obst zu bringen. Kranken brachte man ja üblicherweise Obst. Oder Blumen? Schickte er mir Blumen? Aber aus welchem Grund sollte er das tun?

Hastig räumten wir die Wohnung auf. Rita schnappte sich Terminator, um ihr die Zähne zu putzen. Ich wühlte im Kleiderschrank auf der Suche nach passender »Hauskleidung für eine Kranke«.

Siebeneinhalb Minuten später saßen wir manierlich in der Küche, glotzten uns mit großen Augen an und schwiegen.

Nach einiger Zeit schlug Rita vor, einen Tee zu trinken.

Was wir taten.

Vielleicht konnten wir auch noch frühstücken?

Ich schaute zweifelnd auf die Uhr. Seit dem Anruf des Chauffeurs waren vierzig Minuten vergangen.

»Vielleicht kommt er ja erst heute Abend«, spekulierte Rita. »Sollen wir etwa so lange hier sitzen bleiben?«

Ich briet uns Rührei. Verteilte es auf die Teller. Rita holte eingelegte Tomaten aus dem Kühlschrank.

Als es an der Tür klingelte, hätte ich das Rührei am liebsten zusammen mit dem Teller in den Mülleimer geworfen.

»Vielleicht gehst du besser wieder ins Bett?«, sorgte sich Rita.

»Ich kann doch nicht vor dem Chauffeur im Bett liegen!«, erwiderte ich gekränkt.

Es war Wlad. Ohne Blumen, aber mit einer großen Tüte vom Feinkostladen Fauchon. Er schleppte alle möglichen Dosen, Päckchen und ofenwarmes Brot an. Und eine Tüte mit Medikamenten.

Wir standen in der Küche. Von den Tellern glotzte das Rührei. Wlad schaute sich mit wohlwollender Neugier um. Ich wurde rot. Wegen des Rühreis und weil wir keinen dritten Stuhl hatten.

»Habe ich euch beim Frühstück gestört?«, fragte Wlad, und ich sah, wie Rita sofort seine ungewöhnliche Stimme registrierte.

Wir schnatterten beide gleichzeitig los und versicherten ihm, dass wir uns weder aus Frühstück im Allgemeinen noch aus Rührei im Besonderen auch nur das Geringste machten.

Wlad schritt durch unsere Wohnung, ohne verlegen zu werden und ohne um Erlaubnis zu fragen. Rita und ich trippelten hinter ihm her.

Er lächelte. Wir schauten ihn fragend an. Ich weiß nicht, wieso ich mich dabei so unbehaglich fühlte. Und Rita ebenso.

»Na denn, Mädels. Ich will euch nicht aufhalten.« Er streckte den Arm aus und fasste mich beim Kinn. »Werde schnell wieder gesund. Wir brauchen dich.«

An der Tür wandte er sich an Rita: »Pass gut auf deine Freundin auf. Dass sie alle Medikamente, die ich ihr gebracht habe, auch nimmt.«

»Gut.« Rita nickte.

»Gut.« Ich nickte ebenfalls, ich weiß nicht, warum. Wlad zwinkerte uns zu und schlug die Tür hinter sich zu.

»Spitze, einsame Spitze«, sagte meine Freundin und schaute mich so neidisch an, als hätte ich fünf Kilo abgenommen.

»Ja …«, stimmte ich verträumt zu.

Wir gingen durch die Wohnung und betrachteten sie mit Wlads Augen.

»Sieht doch ganz ordentlich aus«, beruhigte mich Rita.

»Mhm. Aber er konnte sich nirgends hinsetzen«, sagte ich in einem Ton, als sei sie daran schuld.

Wir aßen den Parmaschinken direkt aus der Packung.

Ich nahm eine Dose schwarzen Kaviar aus der Tüte.

»Schade, dass wir keine Pfannkuchen haben«, sagte Rita und öffnete eine Konservendose mit Krabben.

»Pfannkuchen mit Kaviar – das ist Kitsch«, äußerte ich belehrend.

»Vielleicht. Ich mag sie sowieso lieber mit saurer Sahne.«

Wir brachen in Gelächter aus.

Aber Blumen hatte Wlad mir nicht mitgebracht.

Wir ließen Terminator, die die ganze Zeit wie verrückt gekläfft hatte, aus dem Badezimmer heraus. Sie lief durch alle Zimmer, immer auf der Spur von Wlad, und knurrte erst die Wohnungstür und dann uns drohend an.

»Wir haben verstanden«, sagte Rita lächelnd. »Es soll nicht wieder vorkommen.«

»Ach, sie wundert sich einfach, warum wir ihr die Zähne geputzt und sie dann doch nicht herausgelassen haben.« Ich warf dem Hund ein paar Stückchen Salami zu. Und Käse.

Ich beschloss, die Medikamente, die Wlad gebracht hatte, tatsächlich einzunehmen.

»Wir brauchen dich«, hatte er gesagt. Wieso wir? Die Partei etwa?

»Ich möchte mich mit Kostja treffen. Kannst du eine Weile ohne mich krank sein?« Rita blickte mich flehend an.

Ich wollte selbst so gern eine Zeit lang allein krank sein.

Ich wickelte mich in die Bettdecke und stellte mir Wlad vor. Wieder und wieder öffnete ich ihm die Tür, versicherte, dass er uns nicht störe, schaute ihm in die Augen, spürte seine Hand an meinem Kinn.

Medikamente hatte er gebracht. Und Essen. Nicht zu fassen.

Was er wohl für seine Frau tut, wenn sie krank ist? Bringt er ihr Tee? Streichelt ihr über den Kopf? Flüstert ihr Zärtlichkeiten ins Ohr? Und sie zögert ihre Genesung dann vermutlich extra lange hinaus.

Ich stellte mir Lada vor.

Ich wollte nicht schlecht von ihr denken. Sicherlich liebte sie ihren Mann. Ich wünschte den beiden alles Gute.

Im Fernsehen lief gerade irgendeine Talkshow, als es erneut an der Tür klingelte.

Es war Wlads Chauffeur. Bei ihm waren noch zwei Bodyguards. Sie trugen ein riesiges Paket in die Wohnung. Einen Kühlschrank.

Wie sich herausstellte, hatte Wlad bemerkt, dass wir

nur eine kleine Kühlbox besaßen, die Rita mal von einem ihrer Ex-Lover geschenkt bekommen hatte.

Mein verdattertes Gesicht spiegelte sich in der vernickelten Kühlschranktür.

»Rita …«, hauchte ich fast flüsternd ins Telefon, als alle wieder gegangen waren. »Du wirst es nicht glauben. Wlad hat uns einen Kühlschrank geschickt.«

Ich hielt schnell den Hörer vom Ohr weg, sonst wäre mir das Trommelfell geplatzt. So laut kreischte Rita los. Ich musste ihr genau die Größe, die Zahl der Fächer in der Tür und der Fächer überhaupt beschreiben. Ob die Schubladen im Gefrierteil schön groß waren und wie viele Schubladen es insgesamt gab.

Den Telefonhörer am Ohr, verstaute ich alles, was von unserem morgendlichen Gelage übrig geblieben war, in den Fächern, transportierte die Eier aus unserer Box in den neuen Kühlschrank und erzählte Rita, wie alles aussah.

Rund hundert Mal machte ich die Kühlschranktür auf und wieder zu.

Dann rief ich Wlad an.

»Danke«, sagte ich aus tiefstem Herzen. »Allerdings ist es mir ein bisschen peinlich … Wie viel schulden wir dir denn?«

In diesem Moment flehte ich Gott an, Wlad möge mir ruhig irgendeine Zahl nennen. Zugegeben, ich weiß nicht, worum ich Gott dann im nächsten Augenblick hätte anflehen müssen.

»Ihr seid mir nichts schuldig. Mich hat das überhaupt nichts gekostet. Aber bist du denn auch zufrieden?«

»Und wie«, seufzte ich.

»Na, wunderbar. Nimmst du die Medikamente?«

»Ja.«

»Das musst du auch, sonst hole ich den Kühlschrank wieder ab.«

»Gut. Danke.«

Ich saß auf dem Fußboden und lächelte. Ich fühlte mich wie im Weltall bei einer der vielen Morgendämmerungen.

Es war der Tag der Angestellten im Diplomatischen Dienst.

Rita rief einen Bekannten an, dessen Mutter im Außenministerium arbeitete, und bat ihn, seiner Mutter zum Feiertag zu gratulieren.

Der Bekannte schlief noch. Rita war hartnäckig.

Meine Mutter hat mich von Kind an gelehrt, fremdes Leid zu respektieren. Rita lehrte mich, fremde Feiertage zu respektieren.

Ich rief Wlad an und gab ihm eine Aufgabe. Er solle die Aussprache des Wortes Transzendentalphilosophie üben.

Er schrieb es sich Silbe für Silbe auf. Er wollte wissen, wie der Kühlschrank funktioniere. Und dann, wie es mir gehe. Er sagte, ich hätte eine sehr sexy klingende Telefonstimme.

»Danke«, stotterte ich.

Rita war mit Terminator spazieren gegangen, und ich schlenderte in der seelischen Verfassung eines glücklichen Gemüses durch die Wohnung. Ich dachte an nichts. Ich lächelte. Ich fühlte mich, als sei ich erst heute auf die Welt gekommen. Und alles um mich herum war nur für mich und mein Erscheinen geschaffen worden. Wie wenig war doch nötig, um sich wie neu geboren zu fühlen! Nur die Versicherung, ich hätte eine sexy Stimme!

Wlad brauchte bis zum nächsten Morgen, um seine Aufgabe zu bewältigen.

Meine Temperatur sank.

Rita übernachtete nicht zu Hause.

Ich träumte von Sternen. Einer der Sterne war ich. Die ganze Nacht ärgerte ich mich, dass ich nicht hell genug leuchtete.

»Ver-schieb-bar. Ver-senk-bar. Ver-sperr-bar«, diktierte ich Wlad Silbe für Silbe und sprach dabei tiefer als gewöhnlich. Ich wollte unbedingt, dass meine Stimme genauso klang wie gestern. Sexy.

Am Tag der Aeroflot war ich wieder gesund. Am selben Tag wurde auch Ljubow Makarowna gesund.

»Daschenka, wie steht es mit Wladimir Wiktorowitsch?«, fragte sie mich munter am Telefon.

»Wladimir?« So muss sich ein zum Tod Verurteilter vor dem Erschießungskommando fühlen. Wenn die nächste Minute die letzte sein wird. »Wiktorowitsch?«

»Ja. Sie arbeiten heute das letzte Mal mit ihm, ab

morgen übernehme ich ihn dann wieder. Wie sieht es aus, nicht hoffnungslos?«

»Nein, alles läuft sehr gut.«

Die Sekretärin empfing mich mit einem Lächeln der Kategorie »Denken Sie nicht, ich könnte nicht lächeln«.

»Leben sie noch?«, fragte ich, als ich Wlads Büro betrat, und blieb vor dem Aquarium stehen.

»Ja«, sagte Wlad. »Wie sie es allerdings so lange ohne dich ausgehalten haben, ist mir unbegreiflich.«

»Ich bin heute den letzten Tag da«, platzte ich heraus, obwohl ich mir eigentlich vorgenommen hatte, diese Neuigkeit erst am Ende des Tages und bei geeigneter Gelegenheit mitzuteilen.

»Warum?«, fragte Wlad, der an seinem riesigen Schreibtisch saß, ganz verwundert. So verwundert wie ein kluger Mensch, der plötzlich mit einer Dummheit konfrontiert wird. Ein wenig von oben herab, aber durchaus ehrlich. So hat sich wahrscheinlich Galilei gewundert, als man ihm nicht glauben wollte, dass die Erde rund ist.

»Ljubow Makarowna ist wieder gesund. Sie wird selbst mit dir arbeiten.«

»Ah ...« Wlad lächelte und schaute mich spitzbübisch an. »Und du bist enttäuscht? Gib's zu! Du bist enttäuscht, stimmt's?«

Er lachte über mich.

Ich reckte stolz das Kinn empor. Zuckte die Schultern. »Du denn nicht?«, gab ich zurück und staunte über meine eigene Unverfrorenheit.

»Natürlich!« Er lächelte so breit, dass man staunte, wie ein solches Lächeln auf ein Gesicht passen konnte.

Ich lächelte zurück. Wie schön.

»Wirst du mich vermissen?« Seine Augen sprühten lustige Funken, und unwillkürlich spielte ich sein Spiel mit.

»Natürlich!« Ich ahmte sogar seinen Tonfall nach.

»Wirst du mich mal anrufen und einladen?«

Ich nahm das Lehrbuch aus meiner Tasche.

»Hier. Ljubow Makarowna bittet dich darum, das achte Kapitel zu lesen.«

»Das achte Kapitel? Natürlich, wenn Ljubow … Wie?«

»Makarowna.«

»Wenn Makarowna mich darum bittet, tue ich es.«

Er hatte noch nie in so einem Ton mit mir gesprochen. Ich war gekränkt und gleichzeitig erfreut.

»Heute ist der Tag der Aeroflot«, teilte ich ihm unvermittelt mit.

»Wie, meinst du das im Ernst, Dascha?« Wlad lachte laut auf.

Ich nickte.

»Und an so einem Tag sollen wir Abschied nehmen? Nein, das geht doch nicht!«

»Lass uns arbeiten.«

Ich trug einen roten Pullover, dessen Ärmel ich mir ständig über die Fäuste zog.

»Sprich mir nach: pri-pre-pra-pro-pru.«

»Pri-pre-pra-pro-pru. Dascha, soll ich dabei auch so machen?« Wlad versuchte, seine Hände in die Ärmel seines Jacketts zu stecken.

Ich zog ein beleidigtes Gesicht.

»Nein, wirklich, Dascha, das gefällt mir! Na gut, ich hör schon auf. Pri-pre, pra-pro.«

Der Chauffeur brachte mich nach Hause. Ich hätte ihn gern nach seinem Namen gefragt. Nun kannten wir uns schon seit zwei Wochen, und ich wusste nicht einmal, wie er hieß.

Wlad und ich kannten uns erst seit zwei Wochen. Und schon war alles vorbei.

Am Tag der Aeroflot herrschten günstige Wetterbedingungen. Kein Schnee, kein Wind. Frost.

Rita liebt den Winter. Weil es im Winter immer dunkel ist und man sich gut verstecken kann – sagt sie.

Der Chauffeur drehte am Knopf des Radios.

Wird es für uns eine Zukunft geben?, fragte ich das Radioorakel. Und vernahm fast im selben Moment: »Mädchen gibt's wie Sand am Meer, und alle wollen lieben! Ob blond, ob braun, sie schweben meist verliebt auf Wolke sieben!«

Ich schaute zum Fenster hinaus. Ich fabulierte mir ja auch oft alles Mögliche zusammen.

Ich umarmte Terminator, sie hechelte mir ins Ohr.

»Ich liebe dich!«, sagte ich zu Terminator. Sie grinste dankbar.

Ich lag im Bett und schaute mir ohne großes Interesse im Fernsehen an, wie man ein Sauté aus Auberginen zubereitet.

Das Telefon klingelte, aber ich hatte keine Lust dranzugehen.

Ich schaltete das Licht und den Fernseher aus. Zog mir die Bettdecke über den Kopf. Ich fühlte mich, als hätte ich ein ganzes Leben gelebt, und jetzt hätte man mich in Rente geschickt. Aber ich hatte keine Ahnung, was ich morgen tun sollte. Ich versuchte mir irgendwelche Tätigkeiten vorzustellen, aber alles kam mir leer und sinnlos vor.

Welcher Feiertag war eigentlich morgen? Der Tag des Rentners?

6

»Hallo?« Am Telefon spreche ich sogar im Halbschlaf noch so munter, als hätte ich gerade eine Runde im Swimmingpool gedreht. Als ich nach dem Hörer griff, stieß ich an Terminator, und sie fiel direkt aufs Telefon. Hat sich schon wieder zu mir ins Bett gemogelt, schoss es mir durch den Kopf, aber böse konnte ich ihr deswegen nicht sein. Terminator schaute mich missmutig an und trottete leicht schwankend zur Tür.

»Dascha?« Die Stimme von Ljubow Makarowna. »Ich versuche schon die ganze Zeit, Sie zu erreichen …«

»Mit meinem Telefon ist irgendwas nicht …«

»Macht nichts. Sie werden weiter mit Wladimir Wiktorowitsch arbeiten. Auf seine persönliche Bitte hin. Und auch ich finde das sinnvoll – wozu die Pferde wechseln?«

»Ich?« Wie war ich so schnell in den Flur gekommen?

»Ja. In einer Stunde sollen Sie bei ihm sein.«

Ich war schon wieder im Schlafzimmer. In der Dusche. Im Schrank. In der Küche. Nein, ich schaffe es nicht. Im Auto.

»Wie heißen Sie eigentlich? Ich wollte Sie schon die ganze Zeit fragen ...«

Der Chauffeur drehte sich zu mir um, und ich bekam Angst, wir könnten mit einem Trolleybus zusammenstoßen.

Wir machten uns miteinander bekannt. Allerdings wusste er schon, dass ich Dascha hieß.

Hatte ich dem Hund zu fressen gegeben? Ja, hatte ich. Erbsen, vermischt mit den Resten des Trockenfutters.

»Leben sie noch?«, fragte ich, und nicht einmal der Tod eines ganzen Delphinariums hätte das Lächeln von meinem Gesicht wischen können, von einem kleinen Schwarm bunter Fische ganz zu schweigen.

»Herzlichen Glückwunsch zum Tag der Verliebten!«, sagte Wlad neckend und fuhr mit seinem Sessel ein Stück vom Schreibtisch zurück.

Ich war noch gar nicht dazu gekommen, in den Kalender zu schauen.

»Hier. Ich wusste nicht, was ich dir schenken sollte.« Er reichte mir ein Blatt Papier. Mit Kugelschreiber war darauf der graue Wolf aus dem Trickfilm gemalt. In der Pfote hielt er eine Blume.

»Danke. Ich gratuliere dir auch.«

»Und wo ist mein Geschenk?«

»Gib mir ein leeres Blatt.«

»Nein! Nachäffen gilt nicht! Es muss schon etwas Eigenes sein!«

»Na gut. Ich schenke dir einen Kuss.«

»Oho-ho! Dafür komme ich sogar etwas näher, nur zu!«

Wlad baute sich vor mir auf, in seinen Augen tanzten Tausende spöttischer Fünkchen.

Ich hob sehr langsam und geziert meine Hand an die Lippen, küsste schmatzend meine eigenen Finger, schloss dann schmachtend die Augen und schickte Wlad eine Kusshand.

»Das soll alles sein?«, entrüstete er sich. »An so einem wunderschönen Festtag? Nachdem ich den ganzen Vormittag dieses prächtige Bild gemalt habe, während du frech gepennt und dich überhaupt nicht um ein Geschenk für mich gekümmert hast?«

Ich wollte ihn so gern küssen. Als wäre es mein allerletzter Kuss. Und mein allererster. Ich küsse schrecklich gern.

»Na und?« Ich versuchte gar nicht, mein Lachen zu unterdrücken. »Ich habe jetzt eine Blume und du hast einen Kuss. Tja, einen Wolf habe ich allerdings auch noch, aber dafür hast du einen Kuss der Extraklasse bekommen!«

»Ach ja … Wenn du wüsstest, wie lange ich keinen mehr bekommen habe.« Wlad seufzte.

Ich schaute ihn erstaunt an.

»Ich lade dich heute zum Abendessen ein! Einverstanden?«

Man konnte mir auch ohne Worte ansehen, dass ich einverstanden war. Aber vorsichtshalber nickte ich und sagte: »Ja.«

»Festliche Kleidung erbeten«, verkündete Wlad. »Was hältst du überhaupt von Festen?«

»Und was hältst du zum Beispiel von Folgendem: Zehn Ziegen ziehen zehn Zentner Zucker zum Zoo, zum Zoo ziehen zehn Ziegen zehn Zentner Zucker.«

»Kann denn ein unbedarfter Mensch wie ich, ohne besondere Talente, so etwas wiederholen?«

Er setzte sich an den Tisch, wir begannen zu arbeiten. Er schaute mich an, und ich errötete. Eine Eigenschaft, die ich an mir bis dahin gar nicht gekannt hatte.

»Sprechen wir über Fremdwörter. Ich sage jetzt einige Fremdwörter, die besonders oft falsch ausgesprochen werden. Und du merkst dir bitte, wie es richtig ist: Chemie, nicht Schemie; Pogrom, nicht Progrom; Pubertät, nicht Pupertät; trist, nicht trihst.«

Wlad ging um den Tisch herum und beugte sich zu mir herunter.

»Und wie heißt es richtig? Küssen … ? Oder kühssen?«

»Und wie heißt es richtig: Chamäleon oder Schamäleon?«

Wlad überlegte.

»Chamäleon.«

»Nein. Richtig ist Kamäleon. Deshalb setz dich wieder auf deinen Platz und lass uns weitermachen.«

Ich stand am Fenster des leeren Konferenzraums und beobachtete die Kinder, die aus der Schule gegenüber herausgerannt kamen. Mit offenen Jacken, ohne Mützen – für sie gab es weder Frost noch Winter. Besser gesagt, es gab sie schon, aber sie hatten eine völlig andere Bedeutung. Nicht kalt und Grippe, sondern Schnee und lustig. Warum ändert mit dem Alter alles seine Bedeutung? Liegt es an den Erfahrungen, die man gemacht hat? Mir fiel das dumme Sprichwort ein: »Wer sich an der Suppe verbrannt hat, bläst auch auf den kalten Fisch.« Ich ziehe die Intuition vor. Intuition ist die Erfahrung aus früheren Leben. Alles in uns stammt daher. Zum Beispiel der Stolz, den mir Rita so oft vorwirft. Woher kommt er? War ich vielleicht vor tausend Jahren eine Herrscherin? In Rom? Und bin deswegen heute so streng mit mir? Oder so großzügig …

Und die Angst? Die jähe, durch nichts begründete Angst? Wenn man nachts erwacht und lange die Sterne anstarrt? Vielleicht hat man mich im mittelalterlichen Spanien auf dem Scheiterhaufen verbrannt?

Und dieser quälende Hunger nach Liebe? Hieß die erste Frau vielleicht gar nicht Eva?

Wlad war schon seit einer Stunde in einer Besprechung. Ich hatte sämtliche Himbeeren auf dem Tisch aufgegessen. Woher kriegt er mitten im Winter Himbeeren? Noch dazu so leckere. Wer nach mir in den Konferenzraum kommt, wird hungrig bleiben.

Eine weitere Stunde verging.

Die Sekretärin erschien. Auf dem Gesicht ein Lächeln: »Doch, doch, auch ich bin ein mitfühlender Mensch.«

»Dascha, Wladimir Wiktorowitsch hat angeordnet, Sie nach Hause zu bringen. Unvorhergesehene Umstände. Heute Abend werden Sie um sieben Uhr wieder abgeholt.«

Der Chauffeur hatte die Wagentür schon geöffnet. Auch gut, versuchte ich mich zu beruhigen, dann überlege ich mir eben, was ich ins Restaurant anziehen kann.

Rita war zu Hause.

»Er hat mich zum Essen eingeladen!«, platzte ich schon auf der Türschwelle heraus.

Rita fiel mir um den Hals und schwenkte mich durch die Diele. Terminator begann zu kläffen. Es war genau wie in der Szene im Trickfilm »Karlsson ist wieder da«.

Meine Freundin gab sich erst zufrieden, als sie sämtliche Einzelheiten erfahren hatte.

Ich zeigte ihr voller Stolz Wlads Zeichnung.

Rita kicherte.

»Und wie geht es dir?«, besann ich mich auf die Regeln der Höflichkeit.

»Er hat mir ganz tolle Blumen geschenkt, und gleich fahren wir los, um ein Geschenk für mich auszusuchen.«

»Oho! Und was möchtest du haben?«

»Ich weiß nicht. Irgendwas Schönes. Neue Jeans könnte ich brauchen. Oder einen Rollkragenpulli.«

Während ich überlegte, was ich anziehen sollte, beklagte sich Rita über die Hausangestellte des KRK.

»Denk nur, sie macht überhaupt nicht sauber, aber er kann sie nicht rausschmeißen!«

»Warum nicht?« Ich stellte mir die schwarze Bluse mit dem rosa Kragen vor. Ob die wohl festlich genug war?

»Na, sie arbeitet doch schon seit neun Jahren für ihn!«

»Alle Achtung!«

»Tja. Und sie benimmt sich, als gehörte sie zur Familie. Ihm ist es peinlich, etwas zu sagen. Er glaubt, sie sei in ihn verliebt.«

»Vielleicht ist sie das ja wirklich«, vermutete ich.

»Vielleicht. Aber ihre Aufgabe ist es zu putzen, verstehst du? Nicht ihn zu lieben.«

»Rita, so darfst du nicht sprechen. Sie ist doch kein Roboter. Wenn sie schon seit neun Jahren treu ergeben für ihn arbeitet, wie kann er sie dann entlassen?«

»Wieso nicht! In seiner Abstellkammer sind schon Spinnweben im Regal! Gruselig!«

»Ist sie alt?«

»Es geht so ...«

»Vielleicht wird ihr die Arbeit schon über ...« Ich beschloss, den braunen Rock und die geknöpfte beige Jacke anzuziehen. »Wie sieht das zu meinen Stiefeln aus?«

»Ein schwarzer Rock wäre sicher besser. Zu den schwarzen Stiefeln. Aber dafür passt dieser gut zu der beigen Jacke. Und deine Handtasche ist ja auch schwarz, also geht es schon in Ordnung«, kommentierte Rita.

Die Hausangestellte des KRK weigerte sich kategorisch, Ritas Anwesenheit in der Wohnung zur Kenntnis zu nehmen. Und Ritas Sachen. Und Ritas schmutziges Geschirr.

»Ich hab' mich bei Kostja beschwert. Alle Sachen räumt sie auf, aber meine rührt sie nicht einmal an.«

»Und was sagt Kostja dazu?«

»Nichts. Ich glaube, er hat Angst vor ihr. Oje, Dascha, kommst du nicht zu spät?«

Rita schaute zum Fenster hinaus.

»Er ist da. Schnell, beeil dich!«

Terminator lag auf dem Läufer im Flur und nagte an meinen Stiefeln.

»Loslassen!«, schrien wir im Chor. Sie schlüpfte so geschickt beiseite, dass sie nicht einmal einen Klaps abbekam.

Der Reißverschluss war hinüber. Der linke Stiefel ließ sich nicht mehr schließen. Ich hätte am liebsten losgeheult.

»Willst du vielleicht meine nehmen?«, bot Rita unsicher an.

»Und hinken?«

Meine Freundin hat ungewöhnlich kleine Füße. »Aristokratische«, sagt sie zu anderen Leuten. »Unproportionierte«, sagt sie zu mir.

Ich wusste nicht, was ich tun sollte. Wir versuchten, den Reißverschluss mit Stecknadeln zu befestigen.

»Zieh Jeans an! Schnell!«, befahl Rita. »Und dann wickeln wir irgendwas um den Schaft!«

Während ich die Jeans anzog, holte Rita Klebeband und Bindfaden.

»Du hast hoffentlich nicht vor, dich auszuziehen?«, fragte sie, während sie eifrig mein Bein bandagierte.

»Was redest du?«, entsetzte ich mich. »Natürlich nicht.«

»Ausgezeichnet. Weil du das allein nämlich nicht runterkriegst.«

Unter der Jeans war nichts mehr zu sehen. Aber wie konnte ich in Jeans erscheinen, wenn Wlad doch um festliche Kleidung gebeten hatte!

»Aber was machen wir dann morgen?«, überlegte Rita.

»Sei still.« Ich gab ihr rasch einen Kuss. Das Telefon klingelte. Wlad.

»Keine Eile, Dascha …«

»Bin schon unterwegs!«

»Nein, nein, ich kann hier im Auto noch eine halbe Stunde warten …«

»Rita, er sitzt selbst im Auto!«

»Schnell!« Rita schubste mich zur Tür hinaus. Ich trat aus dem Haus, wie man es in Benimmbüchern lehrt: so wie eine Königin auf ihren Balkon.

»Wie ist die Stimmung?«, erkundigte sich Wlad.

»Danke. Ausgezeichnet.«

»Ich habe dir noch gar nicht gesagt, dass das eine offizielle Veranstaltung ist. Deshalb fahren wir jetzt erst mal einkaufen und tauschen deine Jeans gegen etwas Passenderes ein …«

Was hätte ich darum gegeben, jetzt zu Hause unter meiner Bettdecke zu sein. Ohne Stiefel.

»Vielleicht kann ich zurück nach Hause und mich umziehen?«, schlug ich unsicher vor.

Der Wagen hielt gegenüber dem Kaufhaus Detski Mir.

»Darf ich empfehlen, Dascha – die Tretjakowski-Straße. Der Traum aller Moskauer Mädchen. Mir nach!«

Meine Stiefel lassen sich nicht ausziehen. Nein, ich werde nicht aussteigen.

Ich schüttelte verzweifelt den Kopf.

»Nein, Wlad, ich bitte dich. Ich hasse Geschäfte, bring mich wieder nach Hause! Geh ohne mich!«

»Dascha, was soll die Hysterie?« Wlad zerrte mich buchstäblich aus dem Auto und amüsierte sich dabei prächtig. Ich sperrte mich mit aller Kraft.

Frauen auf hohen Stöckelabsätzen starrten uns verwundert an.

Wlad fasste mich an der Hand und zog mich lachend hinter sich her.

Vor uns öffnete sich die Glastür des ersten Geschäfts auf der rechten Seite. Ich stolperte auf den Stufen.

»Benimm dich anständig, Dascha. So hat mich ja früher meine Mutter zum Zahnarzt schleifen müssen.«

Schaufensterpuppen, Garderobenständer, hohe Decken, Treppen. Wie im Museum, nur kälter. Die Verkäuferinnen sahen alle aus wie Wlads Sekretärin.

»Dascha, nun sag, was möchtest du?«, fragte Wlad.

Ich brachte kein Wort heraus. Alle meine Gedanken konzentrierten sich auf meinen linken Stiefel.

»Immer dasselbe. Erst liegt sie mir den ganzen Tag in den Ohren, und dann schweigt sie. So sind sie, die Frauen.« Wlad lächelte die Verkäuferin an. Zeigte auf eine Schaufensterpuppe. »Wie wär's damit, Dascha?«

Ein schwarzer Hosenanzug mit einer lila Seidenbluse. Wie schön.

Ich schüttelte abwehrend den Kopf.

»Noch nie im Leben hab ich ein so widerborstiges Mädchen gesehen«, zürnte Wlad.

Die Verkäuferin hielt bereits einen Kleiderbügel mit einem ebensolchen Anzug in der Hand.

»Sie haben vermutlich Größe 34?«

»Rasch in die Umkleidekabine, Dascha!«

Resigniert trottete ich hinter der Verkäuferin her. Sie hängte den Anzug in die Kabine und zog den Vorhang zu.

Ich betrachtete meinen Stiefel. Es nutzte nichts, ich musste dieser Konstruktion aus Klebeband, Bindfäden und Stecknadeln zu Leibe rücken.

Das Klebeband ließ sich nur mit beiden Händen abreißen. Es knarzte verräterisch.

»Dascha, du bist da drin doch nicht eingeschlafen?«, erkundigte sich Wlad.

»Nein, ich probiere gerade an.«

»Und kommst du auch noch mal raus?«

»Einen Moment.«

Als ich den Stiefel endlich herunterbekommen hatte, passte der ganze Müll, der sich auf dem Fußboden angesammelt hatte, nur mit Müh und Not in meine Handtasche.

Der Anzug war wunderbar. Und passte genau. Dabei hatte ich gedacht, ich hätte Größe 40.

In der Umkleidekabine hatte jemand ein Paar hochhackige Sandaletten vergessen. Sie standen neben meinen verunstalteten Stiefeln.

Ich trat barfuß, auf Zehenspitzen, heraus.

»Super! Das kannst du gleich anbehalten!«, lobte Wlad.

»Wieso haben Sie die Sandaletten nicht angezogen?«, fragte die Verkäuferin beunruhigt. »War es nicht die richtige Größe?«

»Ja, holen Sie uns noch passende Schuhe!«, bat Wlad und lächelte zufrieden, als ich ihm dankbar um den Hals fiel. Dumm von mir, natürlich.

Ich stöckelte auf hohen Absätzen übers Kopfsteinpflaster und wünschte mir mehr als alles auf der Welt, Rita könnte mich jetzt sehen. Und alle Mädchen aus dem Institut.

Der Chauffeur riss uns die Autotüren auf.

Vorm Eingang zum Restaurant herrschte Gedränge. Die Portiers mussten die Leute beiseiteschieben, damit wir durchgehen konnten.

»Lächeln, Dascha. Gleich fotografiert man uns.«

»Warum?«

»Weil das Reporter sind. Und weil ich«, Wlad beugte sich zu meinem Ohr herunter, »einmal Präsident sein werde. Und du mich begleitest. Also lächle!«

Ich lächelte. Die Fotografen umringten uns, jeder wollte, dass wir in sein Objektiv schauten, Blitzlichter klickten. Ich bedauerte, dass ich mich nicht geschminkt hatte, und wäre am liebsten zur Toilette gelaufen, um meine Frisur zu kontrollieren. Aber ich lächelte, wie Wlad es gewünscht hatte. Es war beängstigend und lustig zugleich. Und am liebsten wäre mir gewesen, wenn in den Fotoapparaten keine Filme gewesen wären.

Wlad fühlte sich sichtlich in seinem Element. Er scherzte, lachte, und auf die Frage: »Wer ist Ihre Begleiterin?« antwortete er: »Nur nicht neidisch werden.«

Er bestellte Champagner.

An unseren Tisch kamen ständig irgendwelche Leute. Wobei die Frauen vor allem mich anguckten, während die Männer überhaupt nicht guckten. Nur selten stellte Wlad mich jemandem vor.

»Wlad, wo werden all diese Fotos denn erscheinen?«

»In den Zeitschriften.«

Der Kellner schenkte uns Champagner ein, und Wlad erhob sein Glas.

»Auf den Tag der Verliebten!«

Ich lächelte.

»Dascha! Du möchtest mich doch etwas fragen, nicht? Nur keine Bange, frag!«

Ich nahm einen Schluck. Der Champagner schmeckte sauer.

»Wie kannst du denn auf diesen Fotos … du verstehst schon … mit mir? Du hast doch eine Frau …«

Wlad erwiderte sehr ernst und ein wenig traurig: »Ich habe schon lange keine Frau mehr. Nur noch auf dem Papier. Ihr ist es völlig egal, wenn sie mich mit einer anderen sieht. Übrigens geht es mir mit ihr genauso.«

Er tat mir so leid. Ich streckte die Hand nach ihm aus. Er legte seine darauf.

»Kein Grund zur Eifersucht also.« Wlad lächelte.

»Ich bin nicht eifersüchtig.« Ich glaube, ich errötete wieder. Das wurde ja allmählich schon zur schlechten Gewohnheit.

»So? Und ich hätte mir gewünscht, du wärst ein bisschen eifersüchtig.«

Im Auto wartete ich darauf, dass er mich endlich küsste. Es war schon Nacht.

»Danke«, sagte Wlad. »Es war ein wunderschöner Abend. Und du hast mich kein einziges Mal mit deinen Zungenbrechern gequält.«

Ich hatte meine Arbeit tatsächlich vollkommen vergessen.

»Vergiss deine Tasche nicht … Was ist denn das?« Erstaunt zog er die Überreste von Klebeband und Bindfäden, mit denen meine Tasche vollgestopft war, auseinander. Ich riss sie ihm schnell aus der Hand.

»Das brauchte ich …«, murmelte ich und sprang aus dem Auto.

»Bis morgen!«, rief Wlad mir noch nach. Ich hasste

mich, Rita, die Stiefel, das Klebeband, Wlad, die ganze Welt.

Wegen dieser Tasche hat er mich zum Abschied nicht geküsst. Überhaupt haben wir uns den ganzen Abend nicht ein einziges Mal geküsst. Will er mich vielleicht gar nicht küssen? Gefalle ich ihm nicht? Oder habe ich etwas Dummes gesagt? Mich nicht richtig benommen?

Wie sehe ich überhaupt zwischen all diesen Leuten aus? Aber schließlich hat er selbst mich mitgenommen. Also muss er mich doch sympathisch finden. Und den Tag der Verliebten hat er mit mir verbracht und nicht mit seiner Frau. Natürlich gefalle ich ihm. Aber wieso hält er sich dann so zurück?

Alle diese Gedanken wehten in seltsamen Bildern die ganze Nacht durch meine Träume.

Am Morgen rief Wlad an und sagte, er müsse dienstlich verreisen. Mit dem Flugzeug, für drei Tage. Er hätte mich gern mitgenommen, um keine Zeit zu verlieren, aber dort seien die Bedingungen zu schlecht. Kein Komfort, ich würde mich nicht wohlfühlen.

Ich bedankte mich.

Er nimmt mich nicht mit. Und gibt mir keinen Abschiedskuss. Solche wie mich hat er bestimmt haufenweise.

Vielleicht fliegt er zusammen mit seiner Frau?

Aber Lada ohne Komfort, das war unvorstellbar.

Wlad hat gesagt, seine Ehe existiere nur noch auf dem Papier.

Ich beschloss, das Bett erst wieder zu verlassen, wenn er anrief.

Aber wieso sollte er mich anrufen? Von einer Dienstreise?

Rita knipste das Licht an.

»Du bist doch nicht krank? Kostja und ich wollten mal nachsehen, was du machst. Stehst du auf?«

Rita und ihr KRK hatten unsere beiden Stühle in Beschlag genommen, deshalb setzte ich mich auf den Fußboden. Den Rücken an den Backofen gelehnt, in dem nie etwas gebacken wurde.

»Habt ihr was zu essen?«, fragte Kostja. Er nahm jetzt spezielle Tabletten für Raucher, die mit dem Rauchen aufhören wollen. Das Pflaster hatte nicht geholfen.

»Von diesen Tabletten kriegt man Hunger«, seufzte Kostja und zündete sich eine Zigarette an. »Ich habe schon drei Kilo zugenommen.«

Er trug ein fliederfarbenes Hemd und eine violette Krawatte.

Sie luden mich ein, mitzukommen.

Ich blieb zu Hause. Wartete auf den Anruf. Ich bin sehr hartnäckig. Und überhaupt.

7

Irgendwann vor langer Zeit hat man mir beigebracht, wie man einem anderen Menschen seine Gedanken übermitteln kann. Man muss sich vorstellen, man sei er. Sich seine Art zu sprechen, seine Gestik ins Gedächtnis rufen.

Ich lag im Bett und stellte mir vor, ich sei Wlad. Genau wie bei ihm verzieht sich mein linker Mundwinkel, wenn ich lachen will. Genau wie er schaue ich, wenn ich etwas fragen will. Genau wie er nähere ich mich, wenn ich küssen will. Die Schuhe an meinen Füßen sind sauber geputzt. Eine Hand steckt ständig in der Jackentasche. Und jetzt rufe ich Dascha an. Ich gehe zum Telefon und rufe Dascha an. Wozu?

Wie ist mir jetzt diese Frage in den Kopf gekommen? Aber ich habe sie sehr deutlich gehört.

Wozu? Wlad denkt jetzt: Wozu brauche ich Dascha?

Und weil er darauf keine Antwort weiß, ruft er vorläufig nicht an.

Eigentlich neige ich nicht zu Depressionen. Aber wenn ein umwerfend gut aussehender Mann einem sagt »Du hast so eine sexy Stimme« und anschließend einfach verschwindet – dann verdirbt das wohl jedem die Stimmung. Kein Wunder, wenn man da Minderwertigkeitskomplexe bekam.

Obwohl, andererseits – habe ich das Recht, Trübsal zu blasen? Vielleicht wird es in meinem Leben nie wieder eine Gelegenheit geben, bekümmert zu sein, weil ein künftiger Präsident mich nicht anruft! Oder zumindest ein künftiger Abgeordneter.

Am zweiten Tag von Wlads Dienstreise gab es für mich keinen Tag und keine Nacht mehr, keinen Sonnenaufgang und keinen Sonnenuntergang.

Es gab vierundzwanzig Stunden, in denen ich einfach wartete.

Dann fuhr ich ins Institut, um mein Honorar abzuholen.

Danach in den Kindergarten. Es war Freitag. Ich verteilte Bonbons »für Fleiß und Arbeitseifer«. Achtete genau darauf, dass jeder Bonbons bekam. Der kleine Mischa, der wegen seiner angeborenen Kehlkopfkrankheit fast überhaupt nicht sprechen kann, bekam eine Banane. Auf Bonbons reagiert er allergisch.

Wir hauchten der Reihe nach auf die Fensterscheibe und schrieben Buchstaben. Und dann dachten wir uns Wörter aus. Wer sich das lustigste Wort ausdachte, bekam einen Preis. Bei C war das Clown, bei B Blindekuh, bei M aber doch wieder Mama.

Ich dachte, egal, wie sich mein Leben fügt, diese Kinder bleiben mir auf jeden Fall. Sie brauchen mich. Und ich sie. Das bedeutet, mein Leben wird immer einen Sinn haben.

Wlad rief am Samstagvormittag an. Und fragte, ob wir davon ausgehen könnten, dass ich meine freien Tage schon genommen hätte und der Samstag daher ein Arbeitstag sei?

Er hatte eine Rede vor den Wählern gehalten und gemerkt, dass er die Wortendungen verschluckte, wenn er aufgeregt war, und Morn statt Morgen sagte.

Wir verabredeten, dass ich zu ihm nach Hause kam.

Die Tür wurde mir von der Kalmückin im Trainingsanzug geöffnet.

»Wladimir Wiktorowitsch ist noch nicht eingetroffen. Sie werden gebeten, im Wohnzimmer zu warten.«

Zum soundsovielten Mal betrachtete ich die Fotografien auf den Regalen, als ich Ladas Stimme vernahm.

»... wache ich auf, der Schädel brummt mir, mein erster Gedanke ist natürlich – wo sind die Autoschlüssel, das Portemonnaie und das Handy?!«

Ihre Stimme und ihr Lachen kamen mal näher und entfernten sich dann wieder. Offenbar ging sie im Nebenzimmer auf und ab. Wusste sie überhaupt, dass ich hier war?

»... denke ich, ich fahre zu dir zum Frühstück. Ich gehe nach draußen. Wo ist mein Wagen? Nein! Verdammt, kannst du dir vorstellen, da weiß ich doch nicht mehr, wo ich den Wagen stehen gelassen habe!«

Die Tür zum Wohnzimmer wurde aufgerissen, und ich erblickte Lada. Und sie mich.

Sie trug einen weißen Sportdress aus Velours, eine weiße Pelzjacke und weiße Pelzstiefel.

In diesem Aufzug setzte sie sich auf das Sofa mir gegenüber. Und redete weiter ins Telefon, ohne den Blick von mir zu wenden: »… wahnsinnig komisch! Na, da hat sie dann Doppelte getrunken! Und wie sie getanzt hat? Erinnerst du dich?«

Lada brach in ein ansteckendes Gelächter aus. Ich fühlte mich überflüssig.

»… ja, ja, ich glaub', ich hab' ihn vorm Winter stehen gelassen, verdammt! Ich hoffe nur, er ist nicht geklaut worden … Gut, ich denke mir gleich was aus. Aber ich will doch selbst! Die Hälfte habe ich vergessen, vielleicht hilfst du mir weiter? Nun mach schon!«

Lada warf das Handy aufs Sofa neben sich und strahlte mich mit breitem Lächeln an.

»Hallo! Wartest du auf Wlad?«

»Guten Tag. Ja.«

»Er ist noch nicht da. Weißt du was? Du fährst mit mir. Du bist doch mit dem Auto gekommen?«

»Der Chauffeur hat mich gebracht.«

»Das meine ich ja. Schnell, komm, ich muss mit dir reden. Wlad hat mich darum gebeten.«

»Aber …« Ich wusste nicht, was ich tun sollte.

»Komm, komm!« Lada fasste meine Hand und zog mich hinter sich her. »Reizende Stiefelchen. Armani?«, lobte sie meine Neuerwerbung.

Ich zuckte die Schultern. »Danke.«

Hoffentlich fragte sie nicht, wer sie mir gekauft hatte. Ich fühlte mich unbehaglich. Und überhaupt, wohin sollte ich fahren?

Lada nickte dem Chauffeur flüchtig zu, ließ sich auf den Rücksitz fallen und telefonierte weiter: »Sag mal, hast du dir von diesem Typ eigentlich die Telefonnummer geben lassen? Visitenkarte? Wem hat er seine Visitenkarte gegeben? Mir? Und wo ist sie?«

Lada schwieg ein paar Sekunden lang. Dann fing sie laut an zu lachen und konnte nicht aufhören, bis das Gespräch zu Ende war.

»Na, das war ja ein lustiger Abend gestern«, sagte sie, scheinbar an mich gewandt, in Wirklichkeit aber einfach in die Luft. Deswegen verzichtete ich auf einen Kommentar.

Wir betraten das Foyer eines schönen Hauses mit großen Blumenkübeln und Wachmännern in Panzerwesten. Der Lift war mit Spiegeln und Teppichboden ausgestattet.

Die Tür wurde uns von einer unglaublich dicken jungen Frau in einem Frotteemantel und mit nassen Haaren geöffnet. Ich hatte sie schon einmal gesehen. Als Gast bei Lada.

»Wollt ihr Rührei?«

Wir nickten, und sie schrie irgendwem zu: »Noch zweimal Rührei und Salat!« Dann teilte sie uns mit, sie müsse in zwei Stunden wieder in der Klinik sein. Sie lag in einer Klinik, um abzunehmen.

»Na, und nützt es was?«, fragte Lada, während sie sich ein Glas Mineralwasser eingoss.

»Ja, natürlich. Ich hab schon vier Kilo runter. Und noch drei Tee, bitte! Oder willst du Kaffee?«, fragte sie Lada.

»Nein, Tee. Und ihr kriegt dort überhaupt nichts zu essen?«

Ich fühlte mich, als sei ich unsichtbar.

»Wieso? Nein, weißt du, wie das läuft? Zwei Tage nur Gemüse, jeden dritten Tag normales Essen. Aber gestern haben die Schweinehunde uns nichts gegeben. Drei Tage hintereinander nur Kohl, kannst du dir das vorstellen? Aber nicht mit uns! Wir haben schnell zusammengelegt und ab ins nächste Geschäft!«

»Übrigens, im Winter hast du Makkaroni gegessen!«

»Makkaroni? Nein, ich habe irgendwas anderes gegessen.«

Eine sympathische Frau mit geblümter Schürze deckte den Tisch. Rührei, Salat, Käse, Tee, Pralinen. Alles auf sehr schönem Geschirr, das mit Fruchtmotiven bemalt war.

»Gibt es keine frischen Kräuter? Ich möchte Dill zum Rührei!«, meinte die Dicke.

»Und wie lange musst du dort noch bleiben?«, fragte Lada.

»Noch zwei Wochen.«

»Oje!«

»Was soll ich machen? Ich hab' ja schon bezahlt. Und nicht zu knapp, das kannst du mir glauben.«

In der Tür erschien ein halbwüchsiges Mädchen. Etwa fünfzehn, sechzehn Jahre alt. Es lächelte Lada an und nickte mir zu.

»Mama, fährst du weg?«

»Ja, in einer Stunde. Willst du Frühstück?«

»Nein.«

»Was heißt nein, setz dich und iss! Willst du dir den Magen verderben? Stell dir vor, sie isst rein gar nichts«, beklagte sie sich bei Lada.

»Aber dafür hat sie auch eine Superfigur!«, meinte Lada anerkennend.

»Hör mal, ich hab mir doch gestern einen Blazer gekauft! Weißt du noch?«

»Einen Blazer?« Lada dachte nach.

»Hab' ich gesehen, er ist in der Tüte im Flur«, sagte das Mädchen.

»Den ziehe ich an! Aber was passt dazu? Vielleicht der Rock von James?«

»Vielleicht«, meinte Lada.

»Los, zieh die Sachen mal eben an, ich hab' nicht viel Zeit!«, kommandierte sie ihre Tochter, die schnell davonrannte.

In einem Rock und einem Blazer, beide gut drei Nummern zu groß für sie, kehrte das Mädchen zurück.

»Dreh dich um«, forderte Ladas Freundin sie auf.

»Nein«, meinte Lada. »Irgendwie nicht das Wahre ...«

»Dann zieh doch mal ...« Ladas Freundin überlegte. »Den grünen von Prada, zieh den doch mal an.«

Eine Minute später wurde uns der Blazer mit einem grünen Rock vorgeführt.

Ladas Handy klingelte.

»Hallo. Ja, Liebster. Aber du warst ja nicht da, und da habe ich sie mitgenommen ... Zu Lartschik. Nein, jetzt sofort kann ich sie nicht zurückschicken, weil der

Chauffeur gerade meinen Wagen holt. Der steht vorm Winter … Wer hätte ihn denn sonst holen sollen? Gut, gut, ich richte es aus. Du bist immer so …«

Sie sprach nicht zu Ende, blickte verdutzt auf ihr Handy und steckte es dann in die Tasche.

»Du musst in zehn Minuten nach unten.« Zum ersten Mal wandte sie sich an mich. »Wlad kommt selbst und holt dich ab.«

»Zu dem Prada passt er ganz gut«, entschied Lartschik. »Und welche Stiefel?«

Ihre Tochter brachte dunkelbraune Stiefel mit hohen Absätzen. Zog sie an und schritt durchs Zimmer wie über einen Laufsteg.

»Ausgezeichnet. Und die Handtasche von Tod's. Obendrüber Christian Dior. Okay, du kannst die Sachen wieder ausziehen.«

»Also, ich gehe dann. Danke.«

Ich stand auf. Lada nickte mir zu. Die Gastgeberin lächelte – um sich sofort wieder an Lada zu wenden: »Hast du die Visitenkarte gefunden?«

8

Rita war für zehn Tage auf die Malediven geflogen.

Jetzt ging ich selbst mit Terminator spazieren. Sie hüpfte auf ihren kurzen Beinchen über die Schneewehen und knurrte vor Wonne.

Ob es wohl Spaß macht, ein Hund zu sein? Wenn alle dich einfach dafür lieben, dass es dich gibt. Egal, wie grässlich du bist. Und du erwiderst diese Liebe mit Anhänglichkeit. Und schon die geringste Dankesbezeigung für diese Anhänglichkeit macht dich glücklich. Zum Beispiel ein flüchtig hingeworfenes »braver Kerl«. Schon lächelst du. Wie Terminator.

Wahrscheinlich habe ich das überhaupt erst von ihr gelernt. Jeder Blick und jedes Wort, das Wlad an mich richtet, ruft bei mir ein Lächeln hervor.

»Dascha, darf ich ein bisschen boshaft sein? Für jeden Satz, den ich dir nachspreche, kann ich einen Kuss von dir verlangen!«

In meinem Telefonverzeichnis hat er jetzt den entsprechenden Eintrag bekommen: »Bosnickel«.

Er und Lada haben keine Kinder. Vor langer Zeit hat sie einmal eine Abtreibung vornehmen lassen, und die Operation ist missglückt. Seitdem kann sie nicht mehr schwanger werden. Wlad fühlt sich mitschuldig, deshalb kann er sie nicht verlassen.

Und wird sie wahrscheinlich niemals verlassen.

Ich will darüber nicht nachdenken, tue es aber trotzdem.

Wahrscheinlich sind alle Frauen Egoisten. Aber ich wünsche ja niemandem etwas Böses. Ganz im Gegenteil.

Obwohl ich mir andererseits nur schwer vorstellen kann, dass wir eine Beziehung zu dritt führen – ich, Wlad und Lada.

Bin ich wirklich eine so typische Frau? Einen Monat kennen wir uns erst, und ich denke schon darüber nach, wie man seine Wohnung ummöblieren könnte!

Wie leben sie ohne Kinder?

Für Wlad begann der Wahlkampf. Wir sahen uns seltener. Seine Aussprache war schon viel besser geworden.

Rita kehrte von den Malediven zurück. Glücklich und braun gebrannt.

Sie sagte, die Malediven seien der einzige Ort auf der Welt, wo man keinen Abreißkalender brauche.

Sie hatte das dortige Spa besucht und wirft jetzt mit Ausdrücken um sich wie Shiatsu-Massage, Algenwickel und Treatment.

Am Weltfeiertag der Bürgerwehr beziehungsweise am dritten Tag der Butterwoche erfuhr Rita, dass sie schwanger ist.

Sie rief mich aus dem kleinen Hof unserer Poliklinik

an. Ich war im Institut, um meine Dissertation zu Ende zu schreiben. Bald sollte die mündliche Prüfung stattfinden.

»Dascha, ich bin schwanger, in der vierten Woche«, sagte Rita unter Tränen.

»Schwanger?« Ich legte sozusagen eine Kassette mit einem ganz neuen Film ein. Einem Film über andere Welten. Neugier, Erwartung und Unruhe zugleich.

»Ich bin fix und fertig!«, heulte Rita.

»Hast du Kostja schon angerufen?«, fragte ich vorsichtig.

»Nein … Meinst du, ich sollte das tun?«

»Ich weiß nicht. Wein doch bitte nicht.«

Rita schluchzte weiter.

»Du musst jetzt erst mal in Ruhe nachdenken. Willst du das Kind? Rita, das ist eine sehr ernste Sache …«

»Aber das weiß ich doch!« Rita hatte sich wieder etwas beruhigt und schniefte nur noch ab und zu.

»Willst du den KRK heiraten und ein Kind von ihm bekommen?«, fragte ich beharrlich weiter.

»Heiraten? Er hat mir ja noch gar keinen Antrag gemacht …«

»Er wird es tun!«

»Ja, ich will, Dascha! Aber ich weiß gar nicht …«

»Das genügt! Ruf ihn an! Aber nicht unter Tränen, sondern voller Freude.«

»Gut.« Rita sprach schon wieder ganz ruhig. Kaum zu glauben, dass man sie eben vor lauter Schluchzen kaum verstanden hatte.

Ich blickte aus dem Fenster. Meine Freundin ist schwanger. Und alles ringsum kam mir plötzlich ebenfalls schwanger vor. Das Wetter ging schwanger mit dem Sommer. Die Regentropfen von den Dächern – eine Schwangerschaftstoxikose. Die helle, aber noch kalte Sonne – das sich abzeichnende Bäuchlein. Die lächelnden Passanten – lauter glückliche Eltern.

Rita rief nicht zurück. Ich wählte ihre Nummer.

»Na, was ist? Was hat er gesagt?«

»Prima, hat er gesagt.«

»Prima? Aber er freut sich doch? Er ist glücklich?« Ich schrie beinahe.

»Ich weiß nicht ...« Glücklich war Rita. »Aber er hat gesagt: Prima. Er war in einer Besprechung. Jetzt wird er mir doch sicher einen Heiratsantrag machen?«

»Natürlich! Ach, ist das toll, Rita!«

»Ja, toll. Ich kann es kaum glauben, Dascha. Passiert das alles wirklich mir?«

»Natürlich dir! Wem sonst, wenn nicht dir! Ich freue mich so für dich! Wirst du es deinen Eltern erzählen?«

»Ach nein, wozu. Vorläufig nicht. Nach der Hochzeit rufe ich sie an.«

»Lädst du sie nicht ein?«

»Damit sie mich blamieren?«

Ich ging in ein Geschäft und kaufte das Buch »Wir erwarten ein Baby«. Als Geschenk für Rita. Alle schwangeren Frauen lesen gern Bücher über die Schwangerschaft. Und Zeitschriften. Ein sicheres Geschäft – Konkurrenz gibt es nicht. Gekauft wird alles.

Ich blätterte selbst ganz entzückt in dem Buch.

Von jetzt an muss sich Rita gesund ernähren. Wird sie sofort zum KRK ziehen oder kann ich mich noch eine Zeit lang um sie kümmern?

Rita zog sofort zum KRK. Und verlangte von mir, ihn nicht länger KRK zu nennen. Natürlich war er immer noch kurz und reich und klug, aber jetzt war es am wichtigsten, dass er der Vater ihres Kindes war. Ich billigte ihr Argument und gab ihr mein Wort, ihn Kostja zu nennen.

Den 8. März, den Internationalen Frauentag, beschloss Wlad mit mir zu verbringen. Ich hatte nichts dagegen. Das sagte ich ihm auch.

»Darf ich mit einer weiteren Kusshand als Geschenk rechnen?«, wollte er wissen. »Du hast mir nichts zum 23. Februar, dem Tag der Verteidiger des Vaterlands, geschenkt!«

»Und ich bekomme noch einen grauen Wolf für meine Sammlung?«

»Für deine Sammlung? Wie groß ist die denn schon?«

»Noch nicht allzu groß. Aber ich würde sie gern erweitern. Und übrigens, am 23. Februar haben wir uns gar nicht gesehen.«

»Das weißt du noch? Das freut mich. Ich hoffe, ich muss nicht eine halbe Stunde im Auto auf dich warten?«

»Sprich mir korrekt nach: Pfarrer – Fahrer, Pfleger – Flegel.«

»Pfleger – Flegel. Soll das eine Anspielung sein?«

»Pff – ff. Ebenso werden ausgesprochen: Pfand-flasche, Pferde-fuß, Pfauen-feder.«

»Du bist unverbesserlich.«

»Du hoffentlich nicht. Also sprich mir nach.«

»Also sprich mir nach.«

»Wlad!«

»Wlad!«

»Gut, bis heute Abend.«

»Gut, bis heute Abend.«

Ich fragte nicht, wohin wir gehen würden.

Ich zog die Hose meines neuen Hosenanzugs an und einen schwarzen Rollkragenpulli. Oder sollte ich die Bluse anziehen, die wir passend zum Anzug gekauft hatten? Aber die hatte ich sowieso schon dauernd an. Besser den Pulli. Und hohe Absätze.

Ich betrachtete mich im Spiegel und war mit meinem Aussehen zufrieden.

Hoffentlich gehen wir in ein Restaurant. Nur wir beide. Zünden Kerzen an und plaudern.

Wenn er mich nun wieder zu den Liebhaberinnen von Rémy Martin am Stiel schleppt?

Ich betrachtete mein Spiegelbild mit Ladas Augen und wurde traurig. Der Rollkragenpulli sah eindeutig zu schlicht aus.

Rita hatte gesagt, im Einkaufszentrum Mega habe schon der Schlussverkauf begonnen. Wenn ich mich sehr beeilte, würde ich es noch schaffen.

Ich holte einen riesigen Suppenknochen, den ich

eigens für den heutigen Tag gekauft hatte, aus dem Kühlschrank und gab ihn Terminator.

»Herzlichen Glückwunsch zum Frauentag, mein Mädelchen!«

Das Mädelchen stürzte sich knurrend und kläffend auf den Knochen.

»Ich gratuliere dir, Terminator!« Ich machte noch einen Versuch, und diesmal sah es so aus, als ob sie mich dankbar anlächelte.

Bei Mega suchte ich mir einen atemberaubenden türkisfarbenen Pullover aus, der mit himmelblauen Pailletten bestickt war. Selbst herabgesetzt kostete er mehr, als ich eigentlich ausgeben wollte, aber ich beschloss, dafür an anderer Stelle zu sparen.

In diesem Pullover werde ich alle anderen ausstechen. Ob diese Frauen wohl genauso aufgeregt sind wie ich, wenn sie zu ihren Partys gehen? Oder sind sie ganz ruhig und selbstbewusst?

Aber wie kann man sich ruhig und sicher fühlen, wenn man auch nur mit einer dieser Zicken konfrontiert wird?

Wlad wartete im Wagen auf mich. Wir fuhren zu Freunden von ihm. Mein Traum von einem romantischen Abend zu zweit zerplatzte in der rauen Realität – Wlad war gern in der Gesellschaft von seinesgleichen.

Wlads Freunde wohnten in einem riesigen Haus im Grünen. Auf der Veranda stand ein Grill, auf dem Schaschlik gebraten wurde. Alle saßen an einem mit Tellern und Speisen beladenen Holztisch. Auf einem kleinen Tisch an der Wand waren zahlreiche Getränke aufgereiht.

Die Frauen trugen alle bunte Steppjacken und Pelzstiefel. Nur ich hatte hochhackige Pumps an. In meinem paillettenbestickten Pullover sah ich aus, als sei ich geradewegs von einer Premiere im Bolschoi-Theater herbeigeeilt. Die Reue für diese impulsive Tat stand mir wahrscheinlich ins Gesicht geschrieben.

Trinksprüche auf die Frauen und auf den 8. März wurden ausgebracht. Und auf die Männer, ohne die der 8. März keinen Sinn hätte.

Das Schaschlik vom Schwein war sehr lecker, und ich fragte die Gastgeberin leise nach dem Rezept für die Marinade.

»Ich werde darum bitten, dass man es Ihnen aufschreibt, bevor Sie gehen.«

»Danke. Aber ich würde es auch so behalten …«

Rotwein, Granatapfelsaft, verschiedene Gewürze – das konnte ich mir wirklich leicht merken. Ich könnte das Fleisch zu Hause marinieren und im Ofen garen. Für die schwangere Rita.

Der Besitzer des Hauses war gerade aus Südfrankreich zurückgekehrt. Er erzählte sehr lustig davon, wie er nach Abschluss seiner Geschäfte noch ein paar Tage länger zum Fischen hatte bleiben wollen.

»Ich gehe zur Rezeption und sage: Organisieren Sie für mich eine Angeltour. Alles inklusive. Da gibt mir dieser Depp zwei Zettel. Auf dem einen stand eine Telefonnummer, wo man eine Jacht bekommen konnte, auf dem anderen, wo es eine Angelausrüstung zu kaufen gab.«

»So eine Unverschämtheit!«, empörte sich meine Nachbarin zur Linken.

»Nicht wahr? Ich sage ihm: Du hast nicht kapiert, ich will nirgendwo anrufen, ich bezahle so viel wie nötig – und ihr organisiert mir alles. Er wieder: Hier haben Sie zwei Telefonnummern …«

»Und wie ist es ausgegangen?«, fragte Wlad.

»Wie? Ich fing natürlich an zu kochen … Sagte ihm: Nein, ich rufe nirgends an! Und brülle dabei schon. Da streckt er seelenruhig lächelnd die Hand aus, nimmt mir seine Zettelchen weg und sagt: ›Monsieur, gerade haben Sie sich eine fantastische Gelegenheit entgehen lassen, einzigartige französische Angeln zu kaufen!‹«

Ich lachte zusammen mit den anderen.

»Meine Frau konnte mich nur mit Mühe festhalten! Ich wollte schon über die Theke springen!«

»Schrecklich! Ich dachte, er erschlägt ihn auf der Stelle!«, bestätigte die Gastgeberin.

Es machte mir Spaß, Schaschlik zu essen, Rotwein zu trinken und lustigen Geschichten zu lauschen.

Um zehn Uhr abends gab es ein Feuerwerk. Alle schrien und klatschten.

Der Gastgeber war derart betrunken, dass er versuchte, sich an einer der Raketen seine Zigarre anzuzünden.

Als ich sagte, ich würde gern einen Toast ausbringen, blickte Wlad mich neugierig an. Wahrscheinlich, weil es die ersten Worte waren, die ich an diesem Abend laut äußerte.

»Auf das Feuerwerk!«, rief ich. Alle streckten mir ihre Gläser entgegen, und fast jeder wiederholte: »Auf das Feuerwerk!«

Als der Rotwein ausging, gingen wir zu Grappa über. Es war das erste Mal, dass ich Grappa probierte. Hoffentlich auch das letzte Mal.

Danach gab es Tee und Napoleontorte.

»Sie backen wunderbare Torten!«, lobte ich die Gastgeberin. Sie prustete los.

»Ich suche wunderbare aus! Auf dem Markt!«

Nach dem Tee sangen wir im Kinosaal im Souterrain Karaoke.

Es zeigte sich, dass Wlad einen sehr schönen Bariton hatte. Er sang viermal nacheinander: »Flieg nicht fort, flieg nicht fort! Kreise noch ein Weilchen!« Ich glaube, das Lied heißt »Der Adler«.

Er wollte es noch ein fünftes Mal vortragen, aber man nahm ihm das Mikrofon weg.

Die Frauen sangen Romanzen.

Als Wlad und ich wieder im Fond seines Wagens saßen, dämmerte es bereits.

Dass wir uns küssten, kam mir ganz natürlich und logisch vor. Und so angenehm.

»Du küsst wirklich gut!«, meinte Wlad anerkennend.

»Und du so lala«, scherzte ich.

»Wer küsst denn nicht ›so lala‹?« Seine Augen waren

so nah vor meinem Gesicht, dass mir meine eigenen wie verschlossen schienen.

»Niemand.«

»Absolut niemand?«

»Absolut.«

Ich achtete nicht mehr auf den Chauffeur. Und der Chauffeur nicht auf uns.

Vor meinem Haus bekam Wlad plötzlich Appetit auf Tee.

Ich lachte. Und sagte, ich hätte keinen Tee.

»Aber zur Toilette lässt du mich doch? Ich muss zur Toilette!«

»Wirklich?«

»Natürlich wirklich!«

Das konnte ich Wlad nicht abschlagen. Wir küssten uns im Lift. In der Diele. Vor der Toilette. Vor meinem Zimmer.

»Nein!« Ich musste mir alle Mühe geben, um Wlad von mir wegzuschieben. »Du gehst zur Toilette, und danach fährst du nach Hause.«

»Warum?«

»Darum.«

»Du jagst mich fort? Betrunken, hungrig und unglücklich?«

»Möchtest du etwas essen?«

»Stell dir vor.«

Wir kochten gefüllte Teigtaschen. Wlad ernannte mich zur »weltweit besten Pelmeni-Köchin«.

Draußen vorm Fenster rumpelten die Straßenbahnen. Wlad schlief in Ritas Zimmer. Ich hoffe, sie wird mir nicht böse sein. Als ich die Tür meines Schlafzimmers zumachte, bedauerte ich, dass wir keine Schlösser hatten. Ich schaute mich sogar um und überlegte, ob ich den Nachttisch vor die Tür schieben sollte. Aber dann war ich doch zu faul.

Ich wachte mit Kopfschmerzen auf. Ich trinke ja nur selten etwas.

In der Küche goss ich mir Tee ein und lächelte die ganze Zeit. Ich dachte an den gestrigen Abend zurück. Wlad war so amüsant und zärtlich gewesen. Ich bekam Lust, in Ritas Zimmer zu gehen und nachzuschauen, was er dort trieb.

Er wachte sofort auf, als ich die Tür öffnete.

»Wird es sehr teuer werden, dieses Zimmer zu mieten?«, brummelte er und rieb sich die Augen.

»Für dich? Bestimmt.«

»Wieso stehst du an der Tür? Komm her, ich glaube, ich habe Fieber. Was gibt es zum Frühstück?«

Ich dachte nach.

»Möchtest du Tee? Und Rührei?«

»Riesig gern. Am besten alles auf einmal.«

Ich brachte ihm das Frühstück auf einem Tablett von MacDonald's. Ein Freund von Rita hat dort mal als Manager gearbeitet. In dieser Zeit haben wir fünfmal täglich Big Macs und Apple Pie gegessen.

Es machte mir Freude, Wlad zu umsorgen. Ich legte eine Serviette auf das Tablett und eine rote Blüte. Rita würde natürlich schimpfen, weil wir zwei Jahre darauf gewartet hatten, dass der Kaktus blühte. Aber letztendlich würde sie mich schon verstehen.

Das Rührei musste ich später noch mal machen. Wlad schaute es nicht einmal an. Er wandte kein Auge von mir. Ich lächelte dumm. Er nahm mich bei der Hand und zog mich an sich.

Rita kam im allerunpassendsten Moment. Zuerst dachte sie sogar, sie hätte sich in der Tür geirrt.

»Oje, Rita!« Ich raffte die Bettdecke hoch. »Du bist gekommen?«

»Und sofort wieder gegangen!«, sagte Rita, und wir hörten, wie die Wohnungstür zuschlug.

Es war ziemlich peinlich, aber wir lachten darüber. Das zweite Rührei gelang mir noch besser als das erste.

Wlad fuhr nach Hause, um sich umzuziehen, und ich rief Rita an.

»Entschuldigungen sind überflüssig!«, sagte Rita anstelle von »Hallo«.

»Trotzdem – entschuldige.«

»Na, und wie war es?«

»Toll.«

»Hat er schon die Scheidung eingereicht?«

»Kommst du gleich?«

»Ich bin gerade in einem Geschäft für Schwangere. Sobald ich hier fertig bin, komme ich.«

Ich riss das Blatt 8. März vom Kalender. Ich wollte es schon wegwerfen, trug es dann aber in mein Zimmer. Auf der Rückseite stand etwas über Mimosen. Das werde ich bei Gelegenheit lesen. Ich liebe Mimosen. Oder kommt mir das bloß heute so vor?

Wlad war beim Abschied sehr lieb gewesen. An der Tür hatte er mich ans Kinn gefasst, wie damals, als ich krank war.

»Gib zu, dass ich besser als alle anderen küsse!«, verlangte er.

»Ich hab' doch gestern nur einen Scherz gemacht!«

»Aber ich mache jetzt keinen Scherz!«

Ich versicherte ihm, er sei der Aller-, Allerbeste.

Ehrlich gesagt, fand ich das tatsächlich.

Rita hatte sich Jeans für Schwangere gekauft. Obwohl bis jetzt kaum ein Bauch zu sehen war. Ich habe nach jedem Mittagessen so einen Bauch.

»Ich muss ein Korsett tragen«, verkündete sie.

»Aber Rita, wozu denn ein Korsett? Nach kümmerlichen vier Wochen!«

»Kümmerlich bist du selbst! In mir wächst ein Mensch, ein richtiger Mensch!«

Rita sprach davon, wie glücklich wir beide doch seien.

»Wir haben so tolle Liebesgeschichten!«, strahlte sie und betrachtete in der Kühlschranktür ihren kaum sichtbaren Schwangerschaftsbauch.

»Allerdings ist meine Liebesgeschichte verheiratet.« Ich gab mich skeptisch.

»Vorläufig«, widersprach meine Freundin überzeugt.

»Und deine hat dir immer noch keinen Heiratsantrag gemacht.«

»Auch nur vorläufig. Aber er kauft mir schon Vitamintabletten für Schwangere und hat mir einen Wagen mit Chauffeur gegeben. Damit ich nicht im Bus herumgeschubst werde.«

»Apropos Chauffeur! Wie spät ist es?«

Rita schaute zum Fenster hinaus.

»Er ist da!«

Wir gingen gemeinsam aus dem Haus. Zwei identisch aussehende schwarze Autos erwarteten uns mit weit geöffneten Türen. Wie in einem Hollywood-Film.

Von oben aus dem Fenster schaute Terminator zu uns herunter. Und grinste.

Jetzt war es wirklich Frühling.

Der Chauffeur drehte am Knopf des Radios.

Ich spielte mein musikalisches Ratespiel: Wie steht Wlad zu mir?

Das Radio brachte gerade Werbung. Gleich danach kam: »Ich hole vom Himmel dir alle Sterne, ich denke an dich auch in weiter Ferne ...«

So aufgeregt war ich das letzte Mal als ABC-Schütze, als ich, einen Riesenstrauß Gladiolen im Arm, zusammen mit den anderen in Reih und Glied vor der Schule stand und glaubte, hinter diesen Gladiolen sei ich gar nicht mehr zu sehen.

Die Sekretärin begrüßte mich mit einem vielsagenden Lächeln der Kategorie: »Glauben Sie nur nicht, ich wüsste über Ihre Beziehung nicht Bescheid.« Aber vielleicht bildete ich mir das auch nur ein.

»Leben sie noch?« Ich wies mit dem Kopf auf das Aquarium.

»In diesem Zimmer gibt es nur ein einziges Opfer zu beklagen – mich!«, verkündete Wlad pathetisch. »Die Viecher hier werden uns noch beide überleben.«

Es ergab sich wie von selbst, dass wir uns küssten.

Und wäre ich nicht so standhaft gewesen, hätte alles Weitere sich auch von selbst ergeben.

»Wlad, ans Werk!«

»Sprichst du von Sex?«

»Nein.«

»Wie boshaft du bist!«

»Ich doch nicht. Weißt du, wie du in meinem Telefon heißt? Bosnickel.«

»Wirklich? Zeig her!«

Wir beschlossen, den Eintrag zu ändern.

»Wie möchtest du denn genannt werden?«

»Schreib, was dir am besten gefällt!«

Ich überlegte. Löschte »Bosnickel« und schrieb »Der, der besser als alle anderen küsst«.

»Umständlich, aber zutreffend«, lobte Wlad. Er wählte meine Nummer. Auf meinem Display leuchtete auf »Der, der besser …«

»Super. Stimmt genau!«

»Jetzt aber wirklich an die Arbeit. Sprich mir nach: Nachtisch – Nachttisch, Waldzwerge – Walzwerke, Eisprung – Preissprung.«

Wlad lud mich zum Abendessen ein. Ein romantisches Essen zu zweit bei Kerzenschein, wie ich es mir erträumt hatte.

Wir fuhren wieder in das Hotel in der Twerskaja. Trotz des Frühlingswetters hatte der Portier seinen Pelzmantel noch nicht abgelegt. Er riss mit ausladender Geste die Tür vor mir auf. Und lächelte mir zu.

Kerzen gab es keine. Aber ein sehr leckeres Essen.

Wlad erzählte, wie er sein erstes Geld verdient hatte. Ende der Achtzigerjahre hatte seine Karriere mit dem Export lebender Pekinesen nach China begonnen, wo diese verspeist wurden. Und dem Import von Plüschpekinesen aus China. Ein Supergeschäft, der Sinn seines Lebens, sein einziger Wert. Nach ein paar Jahren änderte sich dann alles, er suchte nach anderen Werten. Seine Ehe war inzwischen unwiderruflich zerrüttet. Beide Partner lebten ihr eigenes Leben, ein Leben, in dem kein Platz für den anderen war. Lada konnte keine Kinder bekommen. Stattdessen hatte sie Liebhaber, Drogen und Alkohol …

Wir tranken Weißwein, und ich musste darauf achten, dass ich nicht selbst betrunken wurde.

»Und die Politik? Wozu brauchst du die?«

»Man muss sich doch weiterentwickeln! Und stell dir vor, wie spannend das ist: Man nimmt einen Mann, den keiner kennt, der aber einen klingenden Namen hat, erschafft aus dem Nichts eine Partei und bringt alle dazu, an ihre Bedeutung zu glauben!«

»Das nennst du Weiterentwicklung?«

»Das nenne ich gewaltige Möglichkeiten zur Manipulation. Was kann spannender sein, als Menschen zu manipulieren? Riesige Massen von Menschen?!«

»Ja.« Ich nahm noch einen Schluck Wein. »Du wirst bestimmt Abgeordneter.«

»Bestimmt.« Wlad nickte überzeugt.

Wir übernachteten in der Präsidentensuite, in die meine Wohnung mehrmals reingepasst hätte.

Dort hatten wir sogar Kerzen.

»Ich möchte irgendwas für dich tun«, sagte Wlad am nächsten Morgen beim Frühstück.

Ein schwarzbefrackter Kellner hatte uns einen runden Tisch mit schneeweißer Tischdecke ins Zimmer gerollt. Mein geliebtes Rührei.

»Was wünschst du dir?«

Ich zuckte die Schultern.

»Ich weiß nicht.«

Wlad hatte mir noch kein einziges Mal Blumen geschenkt.

»Wenn die Arbeit nicht wäre, könnten wir nach Courchevel fahren, zum Skilaufen«, seufzte Wlad.

»Ich kann nicht skilaufen.«

»Unsinn. Du würdest es lernen. Na gut – uns fällt schon noch was ein.«

Wir fuhren zu Wlad nach Hause. Bevor er ausstieg, küssten wir uns noch lange im Auto.

Sobald sich die Haustür hinter ihm geschlossen hatte, schickte ich ihm eine SMS: »Klappbett – Pappplakat. Von Ines – an Nina.«

Eine Minute später kam die Antwort: »Wer sind Ines und Nina? Für mich gibt es nur noch Dascha.«

Ich hatte eigentlich gedacht, ich würde den Abend zu Hause mit sehnsüchtigen Gedanken an Wlad verbringen. Aber stattdessen empfing mich eine ausgehungerte, böse Terminator. Ich wusste gar nicht, was ich zuerst tun sollte: ihr zu fressen geben oder mit ihr rausgehen. Terminator entschied es selbst. Sie stand vor ihrem Napf, jaulte, winselte und warf mir giftige Blicke zu. Neben dem Napf lag ein zerrissener Pantoffel. Ritas. Hurra.

9

Wlad und ich sahen uns täglich. Manchmal übernachteten wir im Sheraton Palace Hotel. Der Portier, der seinen Pelzmantel gegen ein prosaisches Wams eingetauscht hatte, grüßte mich inzwischen schon.

Am Internationalen Tag des Kampfes gegen Rassendiskriminierung, der mit dem Weltweiten Tag zum Schutz der Erde zusammenfiel, starb der weiße Hai in Wlads Aquarium.

Wlad betrachtete nachdenklich seinen Kadaver, der sich in den Algen verfangen hatte. Die Sekretärin zappelte hektisch neben ihm.

»Er ist an Einsamkeit gestorben«, erklärte sie.

»Möglich …«, stimmte Wlad zu. Die bunten Fischchen hatten sich in einer Ecke des Aquariums zusammengeschart. Vielleicht trauerten sie – gewundert hätte es mich nicht.

Überraschend tauchte Lada auf. Mein erster Gedanke war, dass der sentimentale Wlad sie zur Beisetzung eingeladen hatte.

Sie warf einen Blick auf unsere über das Aquarium gebeugten Gestalten und lächelte vergnügt.

»Na, wartet ihr immer noch darauf, dass dieses Monstrum die Fische frisst?«, fragte sie anstelle einer Begrüßung.

Wlad wandte sich ab und ging zu seinem Schreibtisch.

»Der Hai ist verstorben«, erklärte die Sekretärin gemessen, wie es sich in solchen Fällen gehört.

»Ach, wirklich?« Lada lachte laut auf. »Dieses kleine Kroppzeug hat ihm den Rest gegeben? Und euch gleich mit?«

»Beruhige dich!«, sagte Wlad wegwerfend.

»Was sollen wir mit dem toten Hai machen?«, fragte die Sekretärin.

»Schmeißt ihn weg! Kadaver interessieren hier niemanden!«, ordnete Lada an.

»Vielleicht kommst du später noch mal wieder?«, fragte Wlad. »Im Moment bin ich ein wenig beschäftigt.«

»Später werde ich beschäftigt sein.« Lada setzte sich an den Schreibtisch und zündete sich eine Zigarette an.

»So? Und womit?« Wlad lächelte.

»Ich habe wichtige geschäftliche Termine! Ich kann doch wohl auch Termine haben?«

Ich setzte mich auf das kleine Sofa an der Tür. Ich spürte, dass Wlad es lieber gesehen hätte, wenn ich gegangen wäre. Aber ich beschloss zu bleiben.

»Selbstverständlich! Maniküre?«

»Nein, Massage!«

»Und ...«

»Und dein Geschäftstermin sitzt auf dem Sofa! Wie immer!« Lada warf mir einen verächtlichen Blick zu.

»Lada, du hast getrunken, ich glaube, du fährst besser nach Hause.«

»Und wohin fährst du am besten? Und mit wem diesmal? He?!«

Ich verließ den Raum. Und schloss die Tür fest hinter mir. Die Sekretärin lächelte ihr Lächeln Nummer drei: »Glauben Sie mir, ich weiß, was hier vor sich geht.«

Ich ging hinaus.

Ich traf mich mit Rita im Café in der Puschkinskaja.

»Das war eine Eifersuchtsszene«, sagte Rita entschieden.

Ich hätte am liebsten geheult. Wie hatte Wlad es bloß geschafft, dass ich einen ganzen Monat lang seine Frau völlig vergessen hatte?

»Aber er hat gesagt, zwischen ihnen sei alles vorbei ...« Ich widersprach nur der Form halber. Um irgendetwas zu sagen.

»Sie sieht das wahrscheinlich anders.«

»Es war so widerlich. Ich hab' mich gefühlt wie ... na, du weißt schon ...«

»Ich hab's!«, schrie meine Freundin und ließ fast ihre Tasse mit dem Cappuccino fallen.

»Was?«, flüsterte ich. Ich hatte Angst, auf der Stelle in Tränen auszubrechen.

»Wie viel Geld hast du? Für wie lange hat Wlad dich schon bezahlt?«

»Er bezahlt mich jede Woche. Es sind schon mehr als zweitausend Dollar.«

»Und ich hab' auch noch was in Reserve.« Rita blinzelte mir listig zu. »Hat Kostja mir spendiert.«

Ich verstand nicht, worauf sie hinauswollte.

»Wir nehmen das Geld und geben es aus! Für Klamotten und für alles, was uns gefällt! Na? Wie findest du meine Idee?!« Rita leuchtete förmlich vor Freude.

»Das ganze Geld ausgeben?«, fragte ich verdutzt.

»Na ja, nicht alles. Aber zumindest kaufen wir einen Haufen Klamotten damit! Ist das nicht eine prima Idee, Dascha?!«

»Also, ich weiß nicht ...«

»Umwerfende Klamotten! Das Beste vom Besten! Alle diese Tussis sollen gelb vor Neid werden! Na?«

»Ich dachte, dass dieses Geld ...«

»Dascha, wer von uns beiden ist schwanger? Ich darf doch wohl launisch sein? Also tu es für mich! Und beim nächsten Mal wird es Lada die Sprache verschlagen, wenn sie dich sieht! Sie wird schweigend und von Minderwertigkeitskomplexen zerfressen den Rückzug antreten.«

Ich konnte mir Lada nur schwer von Minderwertigkeitskomplexen zerfressen vorstellen. Und hatte das auch nicht nötig.

Ich weiß selbst nicht, wie, aber auf einmal bekam ich tatsächlich Lust, loszuziehen und das ganze Geld auszugeben. Einen Riesenberg schöner Sachen zu kaufen, sie dann den ganzen Abend anzuprobieren und in den Kleiderschrank zu hängen.

Wir fuhren nach Hause, um das Geld zu holen.

»Und für Terminator einen Overall!«, verfügte Rita.

»Vielleicht auch ein neues Halsband!«, schlug ich vor.

Wir beschlossen, zur Tretjakowski-Straße zu fahren. Wlad hatte ja gesagt, dieser Ort sei der Traum aller modebewussten Mädchen. Also auch für uns!

Wir saßen im Fond von Ritas Wagen, als Wlad anrief.

»Wo steckst du?«, fragte er. Sehr zärtlich.

»Einkaufen«, erwiderte ich. »Rita und ich waren der Meinung, wir brauchten neue Kleider. Oder vielleicht auch Schuhe …«

»Ja?« Wlad war sehr erstaunt.

»Ja doch. Wieso?«

»Nein, nichts … natürlich. Brauchst du Geld?«

»Geld?« Ich legte Verachtung in meine Stimme. »Geld habe ich.«

Ich schwieg eine Weile und entschloss mich, dann doch noch hinzuzufügen: »Danke.«

»Rufst du an, wenn du wieder Zeit hast?«

»Natürlich.« Ich lächelte. Ich werde mich in Schale werfen und mich dann mit ihm treffen. »Ich rufe an.«

Wir gingen in dasselbe Geschäft, in dem ich mit Wlad gewesen war.

Rita nervte die Verkäuferin mit der Frage: »Was kann ich tragen, wenn ich einen Babybauch bekomme?« Und ich probierte an, was mir gut gefiel. Mir gefiel fast alles gut.

Die Verkäuferin lief um mich herum, strahlte mich an und überschüttete mich mit Komplimenten. Offenbar hatte ich eine Figur, mit der ich alles tragen konnte. Zu jedem Kostüm suchten wir passende Handtaschen, Tücher und Ketten aus. Nach gut zwei Stunden bekam ich es mit der Angst, das Geld könne nicht reichen, und beschloss aufzuhören.

»Also, was nehmen wir von diesen Sachen?« Die Verkäuferin hielt einen ganzen Berg von Kleidern in den Armen.

Ich wählte zwei Kostüme aus, einen Pullover (Winterkollektion, dreißig Prozent Rabatt), zwei Paar Schuhe, eine Handtasche für den Abend und eine für jeden Tag, ein Seidentuch, eine Schmuckgarnitur aus schwarzen Steinen, ein lustiges Mützchen (ebenfalls dreißig Prozent Rabatt), zwei Strumpfhosen und ein Paar halterlose Strümpfe (hab' noch nie welche getragen – werde es mal ausprobieren).

Während ich an der Kasse stand, suchte Rita noch zwei Kleider aus.

»Genug!«, entschied sie. »Jetzt gucken wir noch drüben, in dem Geschäft gegenüber.«

»Zahlen Sie in Rubel?«, erkundigte sich die Verkäuferin höflich.

»In Dollar!«, antwortete ich stolz.

»Neuntausendsechshundertvierzig Dollar.«

Ich hatte zweitausendvierhundertachtzig.

So fühlt sich wahrscheinlich ein Stummer. Man will etwas sagen, kann aber nicht.

Rita fasste mich lächelnd bei der Hand.

»Soll sie es dir aufschreiben oder behältst du es so?«, fragte sie mich und wandte sich dann, ohne meine Antwort abzuwarten, an die Verkäuferin: »Schreiben Sie ihr den Betrag bitte auf. Sonst vergisst sie ihn noch. Wir schicken den Chauffeur, er holt alles ab.«

»Natürlich«, lächelte die Verkäuferin. »Auf welchen Namen?«

»Dascha.«

Meine Freundin hatte sich ein Kleid und eine weite Cardiganjacke gekauft. Sie bezahlte ihre Sachen mit dem gleichen strahlenden Lächeln, mit dem die Verkäuferinnen sie bedacht hatten.

»Hast du denn gar nicht auf die Preisschilder geguckt?«, flüsterte Rita, als wir hinausgingen.

»Ich hab's versucht, aber diese langen Zahlen, und alle sind so wahnsinnig hoch ... Ich hab' nichts begriffen ...«

Wlad rief ich nicht mehr an. Stattdessen rief Rita bei Kostja an und sagte, sie würde heute bei mir übernachten.

Wir fuhren zum Supermarkt. Kauften für Rita verschiedene Sorten eingelegter Tomaten, für Terminator ein neues Halsband und einen Knochen und für mich meine geliebten Quarktaschen. Während Rita Zahnpasta aussuchte, kaufte ich noch Parmaschinken und eine nicht allzu große halbe Melone. Das hatte Wlad mir beigebracht – Schinken mit Melone zu essen. Eine ganz ungewöhnliche Kombination.

Er bestellt sich das in allen Restaurants. »Weil«, so sagt er, »man das unmöglich verderben kann.«

Es war seltsam, in Wlads Büro zu kommen und »Hallo!« zu sagen statt des üblichen »Leben sie noch?«.

»Ich habe Gedichte mitgebracht. Von Tarkowskij.[3] Kennst du ihn?«

Wlad blickte mich aufmerksam an. Ohne zu antworten.

»Es genügt nicht, nur korrekt zu sprechen. Es muss auch von Herzen kommen. Dann werden die Menschen aufmerksam und hören dir zu. Und glauben dir.«

Ich öffnete das Buch und legte es vor Wlad auf den Tisch.

»Du möchtest doch, dass man dir glaubt?«

»Ja. Aber gewöhnlich tut man das auch. Weil ich niemanden betrüge.«

»Ja?«

»Ja.«

»Wunderbar. Lies bitte dieses Gedicht laut vor. Mit Intonation und Gefühl.«

Wlad nahm das Buch lächelnd in die Hand und begann vorzulesen. Mit leiser Stimme, sichtlich geniert, wie alle, die nicht gewohnt sind, Verse zu deklamieren.

»Wlad! Ich glaube dir nicht. Du fühlst nicht mit. Es kommt nicht von Herzen, und deshalb verstehe ich nicht, was du sagen willst.«

Jeden Augenblick unsrer Zusammenkünfte
feierten wir wie Erscheinungen Gottes,
wir ganz allein auf der Welt. Du warst
so kühn und so leicht wie ein Vogelflügel …

Ich legte die Betonung auf »jeden Augenblick«. Mit sehr viel Gefühl las ich die folgende Strophe:

Die Treppe kamst du heruntergestürmt,
im Wirbel zwei Stufen auf einmal nehmend,
und führtest mich durch den feuchten Flieder
in dein Reich auf der anderen Seite des Spiegels.

»Wiederhole das bitte.«

Wlad wiederholte die Verse.

»Nicht schlecht. Spürst du den Unterschied?«

»Ich glaube, den kannst nur du mich lehren.«

»Nun, dafür bezahlst du mich ja auch.«

Wlad sah mich wieder aufmerksam an und seufzte. Überflog dann die Zeilen auf der gegenüberliegenden Seite.

»Lass mich ein anderes Gedicht lesen.«

»Bitte sehr. Aber mit Gefühl.«

Es war kein Gedicht über die Liebe, wie ich gehofft hatte. Aber er las es wirklich mit Gefühl. Kraftvoll, laut und sehr schön. Ich glaubte ihm jedes Wort.

Im Wald ging mir die Flinte verloren,
als ich mit der Schulter das Strauchwerk durchbrach,

die Augen geblendet vom nächtlichen Tier
mit seinen flackernden Lichtern.

Der Förster birgt mich in seiner Hütte,
ich sitze bei einem Becher mit Tee,
als hätt' ich durch Zufall auf meinem Streifzug
nach Haus zu mir selbst gefunden …

»Was ist los, Dascha?«, fragte mich Wlad, als er zu Ende gelesen hatte.

»Nichts.« Ich zuckte die Schultern. Und lächelte sogar.

Er trat zu mir. Wie immer fasste er mich beim Kinn und hob meinen Kopf etwas in die Höhe, sodass ich ihn anschauen musste.

»Das hat nichts zu bedeuten, verstehst du? Absolut nichts.«

»Ich verstehe.« Ich nickte.

»Das ist mein Leben. Ich hatte es schon viele Jahre vor dir. Verstehst du? Wir brauchen Zeit. Dann wird sich alles finden. Glaubst du mir? Oder glaubst du nur diesen albernen Versen?«

Ich schwieg.

»Dascha!« Er zog mich an der Hand, ich stand auf. »Willst du etwa, dass ich dir den ganzen Tag Gedichte vorlese? Willst du das?«

Ich wollte, dass er mich küsste. Und natürlich küsste er mich.

»Frieden?«, flüsterte Wlad mir ins Ohr.

»Frieden.« Ich nickte.

»Ein Abendessen mit Champagner?«

Ich nickte noch einmal.

»Dann ab mit dir nach Hause, und um sieben schicke ich dir den Wagen. Ja?«

»Nein. Heute ist Freitag – ich muss ins Kinderheim. Ich komme direkt von dort.«

»Dann nimm das Auto samt Chauffeur gleich mit. Er wird dich überall hinbringen. Und ich werde ihn beneiden – er ist den ganzen Tag mit meiner Dascha zusammen!«

Dieses »meiner« hörte ich nur zu gern. Noch eine ganze Weile konnten wir uns nicht trennen.

»Und was jetzt?«, fragte Wlad im Tonfall eines launischen Kindes. »Soll ich die Besprechung absagen?«

»Nein.« Ich musste lachen. »Geh nur und besprich dich. Ich hab' ja auch meine Termine. Allerdings keine Maniküre.«

Wlad holte geräuschvoll Luft und verdrehte die Augen.

Ich bereute, dass ich ihn verärgert hatte. Immer muss ich alles verderben!

Der Chauffeur stoppte vor einem Kiosk mit Spielzeug.

Begeistert suchte ich zwischen Puppen, Hündchen und allerlei undefinierbaren Tieren, die piepsten, knurrten und manchmal sogar sprachen. Wie angenehm, Geld zu haben! Ich kaufte einen blauen Plüschteddy speziell für den kleinen Mischa, der keine Süßigkeiten essen durfte.

Die Kinder empfingen mich mit Jubelgeschrei. Der Unterricht verlief leicht und fröhlich. Alle gaben sich große Mühe, um sich ein Spielzeug zu verdienen. Irgendein Kind kam immer zu mir, um mich zu umarmen. Einander ständig unterbrechend schrien sie laut die Sprichwörter und Redewendungen, die sie beim letzten Mal nur schüchtern geflüstert hatten. Selbst der kleine Mischa sprach ganz deutlich: »Gänschen-Gänschen: ga-ga-ga.« Dafür bekam er auch sofort den blauen Teddybär.

»Und die Banane?«, fragte er und drückte das Spielzeug fest an die Brust.

»Gefällt dir denn dein Teddy nicht?«

»Und die Banane?« In seinen Augen standen Tränen.

Ich umarmte ihn.

»Bananen und Bonbons bringe ich euch in zehn Minuten. Wer kann schon bis zehn zählen?«

Die Kinder fingen im Chor an zu zählen, sprangen von zehn zu neun und von sieben zu zwei, ich aber bretterte die Straße hinunter und hielt Ausschau nach einem Geschäft. Wie gut, dass ich über einen Wagen mit Chauffeur verfügte!

Ich kam einige Minuten zu früh am Sheraton Palace Hotel an. Der Portier grüßte mich freundlich. Wlad war noch nicht da. Ich schickte ihm eine SMS: »Du brauchst dich nicht zu beeilen. Eine Stunde warte ich noch auf dich.«

Er sandte mir gleich als Antwort: »Eine echte Frau! Meine!«

Ich schrieb: »Keine echte. Umgepolt. Aber das ist mein Geheimnis!«

Seine SMS: »Habe schon gewendet und fahre nach Hause.«

Meine: »He, das war ein Witz!«

Fast alle Tische waren besetzt. Und zwar mit jungen Frauen. Einige waren allein, andere in Gruppen. Fast alle trugen kurze Röcke und dekolletierte Jacken und hatten riesige Lippen so wie Lada und ihre Freundinnen.

Einer von ihnen näherte sich etwas unsicher ein Ausländer. Sie lud ihn mit schwungvoller Geste ein, sich zu setzen. Nach ein paar Minuten bestellte er Champagner.

Prostituierte, natürlich. Ich musterte sie neugierig, sie dagegen sahen mich überhaupt nicht an. Ein gutes Zeichen, dachte ich, sie betrachten mich also nicht als Konkurrentin.

Ein schlechtes Zeichen war allerdings, dass die Männer an den Nachbartischen mich anstarrten.

Ich freute mich riesig über Wlads Erscheinen. Die Männer verloren augenblicklich das Interesse an mir, dafür kam Leben in die dekolletierten Mädchen. Mir schien, als hätte eine von ihnen Wlad sogar zugeblinzelt.

Warum hatte ich gedacht, er würde mir diesmal bestimmt Blumen mitbringen?

Keine Blumen, wie immer.

Wir bestellten Champagner und lachten viel. Wlad erzählte Anekdoten. Und hielt die ganze Zeit meine Hand. Wir saßen nebeneinander und erfanden das »Krokodilchen«: Wenn ich Wlad die Hand über die Augen legte, erstarrte er. Durfte nicht sprechen und sich nicht bewegen. »So machen es die Krokodile«, sagte Wlad. Sobald einer von uns etwas sagen wollte, was dem anderen nicht gefiel, genügte es, die Hand auszustrecken, ihm die Augen zuzuhalten und »Krokodilchen!« zu rufen.

»Bleiben wir hier?«, fragte Wlad, als man uns die Rechnung brachte. »Nehmen wir uns ein Zimmer?«

»Der Portier grüßt mich schon«, seufzte ich.

»Na und? Ist doch prima!«

Ich schaute Wlad gerade in die Augen.

»Aber alle diese anderen Mädchen grüßt er auch. Verstehst du?«

Wlad seufzte. Gereizt, wie mir schien. Vielleicht war ich ja eine dumme Trine?

»Gut, fahren wir.« Er stand abrupt auf. »Fahren wir.« Ich nickte.

Ich bereute schon, was ich gesagt hatte. Aber Wlad versuchte gar nicht mehr, mich zu halten. Er war verstimmt.

Schweigend fuhr er mich nach Hause.

Ich wandte ihm mein Gesicht zu.

»Bis dann?«

Sein Kuss fühlte sich seltsam an, formell, fremd.

»Bis dann.«

Am nächsten Morgen kam Rita. Sie brachte das neue Halsband für Terminator und ging mit ihr spazieren. Ich schaute ihnen durchs Fenster nach.

Terminator sprang an Rita hoch, die sich schützend die Hände vor den Bauch hielt und schimpfte.

Der Schnee war schon fast vollständig weggeschmolzen. Heute war der Tag der Umstellung von Winterzeit auf Sommerzeit.

Ich dachte, es müsste schön sein, einen persönlichen Kalender zu haben. Man schlägt eine Seite auf und dort steht: »Tag der Umstellung von schlechter Laune auf gute Laune.« Und schon ist man umgestellt.

Von dir selbst hängt nichts mehr ab. Es steht so im Kalender, und was dort schwarz auf weiß geschrieben steht, das gilt.

Kostja möchte, dass Rita aufhört zu arbeiten. Er meint, sie solle zu Hause bleiben, Vitamine essen und klassische Musik hören.

Aber Rita findet das blöd.

»Ja, wenn ich ein x-beliebiger Manager wäre, egal, wo, von mir aus bei Lukoil – bitte sehr! Aber so … ist doch Unsinn.«

Rita klaubte mit den Fingern die Tomaten aus der Dose und schluckte sie, ohne zu kauen, hinunter.

»Aber du könntest ja nach der Geburt wieder zurückgehen«, schlug ich vor.

»Zurückgehen?«, rief Rita. »Das ist das beste Designstudio in ganz Russland! Weißt du, wie viele Leute sich dort bewerben?«

»Wie viele?«, fragte ich lächelnd.

»Noch viel mehr als die, die Schlange stehen und auf unsere Designer warten.«

»Sie stehen wirklich Schlange, Rita?«

»Natürlich.« Die Dose mit den Tomaten war leer. »Sie legen ihre neuen Häuser und Wohnungen auf Eis und warten. Und das sind keine Nobodys, das kann ich dir sagen. Frag doch zum Beispiel mal deinen Wlad, woher sein Designer kommt. Bestimmt von Gempico.«

Ich zuckte die Achseln. Holte aus dem Kühlschrank noch eine Dose. Öffnete sie und gab Terminator eine Tomate.

»Ich weiß nicht … Aber sie halten doch große Stücke auf dich?«

»Das tun sie.« Rita nickte zufrieden. »Aber wenn morgen ein neues Talent auftaucht – dann …«

»Und was sagt Kostja dazu?«

»Kostja will, dass ich zu Hause sitze und Kohlsuppe koche.«

»Und wie wirst du dich entscheiden?«

»Ich weiß nicht, Dascha … Aber meine Arbeit will ich nicht verlieren. Dort gibt es so tolle Leute … Schon allein diese Französin, Joëlle Pléot, was die wert ist!«

»Klingt schön, der Name.«

»Sie hat das Haus von Lagerfeld eingerichtet!«

»Ist dir denn Lagerfeld wichtiger als Kostja?«

»Du meinst, ich soll aufhören?«

»Ich meine, ja. Rita, du hast eine Familie, begreifst du?«

»Du würdest ja selbst um keinen Preis aufhören. Und noch habe ich keine Familie – einen Heiratsantrag hat er mir bis jetzt auch nicht gemacht. Wenn er es tut, dann sehen wir weiter.«

Rita zeigte mir einen salatgrünen Strampelanzug mit einem Kätzchen darauf. Sie sagte, sie würde ihn gern bei mir lassen. Kostja hätte ihr verboten, schon etwas zu kaufen – das sei ein schlechtes Omen. Wir verstauten den Anzug im Flur unter der Decke. Das war der einzige Ort, den Terminator in der ganzen Zeit, die sie schon bei uns war, noch nicht heimgesucht hatte. Wir falteten den Strampler ordentlich zusammen und legten den Hasen, der früher in Ritas Zimmer gesessen hatte, daneben.

10

Wlad rief nicht an.

Ich lungerte in der Wohnung herum, las Bücher.

Nicht ein einziges Mal arbeitete ich an meiner Dissertation.

Schaute viel aus dem Fenster.

Es ist nicht möglich, auf dieser Welt glücklich zu sein. Nicht einmal am Internationalen Tag des Theaters.

Es ist nicht möglich, eine Schneeflocke in der Hand zu behalten. Es ist nicht möglich, einen Sonnenstrahl in die Tasche zu stecken. Nicht einmal am Tag zum Schutz der Erde.

Am 1. April, dem Tag des Lachens, der mit dem Internationalen Tag der Vögel zusammenfiel, beschloss ich, es sei doch möglich. Ich löschte in meinem Telefon den Eintrag »Der, der besser …« und trug stattdessen ein: »Vergiss ihn«.

Rita kam in die Wohnung gestürzt und schrie schon auf der Türschwelle: »Dascha! Ich kriege Drillinge!«

Ich fuhr vom Bett hoch und rieb mir die Augen.

»Was sagst du? Weiß Kostja es schon?«

Rita sah mich an und lachte schallend.

»April, April! Reingefallen!«

»Und ich heirate Wlad.« Ich umarmte Rita und verbarg mein Gesicht an ihrer Schulter, damit sie mein Lachen nicht sehen konnte.

»Was sagst du?«, rief Rita im gleichen Tonfall wie zuvor ich. »Weiß er es schon?«

Wir lachten und bewarfen einander mit einem Kissen, bis Terminator es uns wegschnappte und in eine Million kleiner Schaumstofffetzen verwandelte.

Mitten in diesem munteren Treiben rief Wlad an. Dabei hatte ich mir doch gerade geschworen, nicht auf seinen Anruf zu warten!

»Hallo!«

Wie hatte ich mich nach dieser Stimme gesehnt! Morgen, erzählte er, würde eine sehr, sehr wichtige Feier stattfinden. Auf höchster politischer Ebene. Wem zu Ehren, verstand ich nicht. Es würden Sänger auftreten, die besten ausländischen Gruppen, verschiedene Shows gezeigt werden ... Das alles war mir nicht wichtig. »Auf Präsidentenniveau«, sagte Wlad. Als hätte er mich noch überreden müssen!

Wlad wollte, dass ich mitkäme.

Die Feier würde von allen Fernsehsendern übertragen werden. Das ganze Land würde sehen, mit wem der zukünftige Abgeordnete erschien. Mit ihr, mit Dascha. Das heißt, mit mir.

»Punkt zwei bist du morgen bei mir, okay?«

»Okay.«

»Ich darf auch nicht eine Minute zu spät kommen,

verstehst du, Dascha? Die Einladung kommt vom Präsidenten persönlich.«

»Hat er dich heute eingeladen?«

»Nein, wieso?«

»Na, heute ist doch der 1. April!«

»Dascha, bitte etwas mehr Ernst bei einer so hochoffiziellen Veranstaltung. Und sag mir …«

»Was?«

»Hast du Sehnsucht gehabt?«

»Nein.«

»Recht so. Ich auch nicht. Deshalb rufe ich auch an.«

»Aber zwei Tage …«

»Krokodilchen?«

»Ich hatte Sehnsucht.«

»Ich auch.«

Um den Tag des Lachens gebührend zu begehen, veranstaltete Rita in Kostjas Wohnung ein festliches Abendessen. Es kamen: ich, Rita, Kostja und ein Freund von Kostja mit seiner Freundin, einem Mädchen mit so rührend dünnen Ärmchen, dass man bei ihrem Anblick sofort zehn Kilo abnehmen wollte. Kostjas Freund war Franzose. Er produzierte und verkaufte die Teig- und Quarktaschen, die ich so liebte.

»Seltsam, dass ein Ausländer russische Pelmeni herstellt«, wunderte ich mich.

»Gar nicht seltsam. Sollen wir euch gebratene Frösche aufdrängen, wenn man euch verkaufen kann, was ihr sowieso gern esst?«

»Logisch«, pflichtete Rita bei.

»Alles Geniale ist einfach«, konstatierte der KRK. Oder vielmehr Kostja.

Zum Nachtisch gab es Honigtorte. Ich aß drei riesige Stücke.

»Die hast du toll hingekriegt«, lobte ich Rita.

Als Rita noch bei mir wohnte, war für sie schon Rührei eine kulinarische Meisterleistung gewesen.

»Bist du noch bei Trost?«, flüsterte meine Freundin mir ins Ohr. »Die habe ich fertig gekauft. Ich hab' einen Tipp bekommen, wo man selbst gemachte kriegt, und den Chauffeur hingeschickt.«

»Und ich dachte schon, Liebe wirkt Wunder.«

»Was für Wunder, Dascha? Ich kann diesen Herd bis heute nicht bedienen. Der hat ja nicht mal Kochplatten, guck doch! Einundzwanzigstes Jahrhundert eben. Nicht die Liebe wirkt Wunder, sondern die heutige Technik.«

Der KRK hatte tatsächlich einen Herd ohne Kochplatten. Selbst schuld. Er hätte besser eine gewöhnliche Küche kaufen sollen, statt so anzugeben. Dann müssten wir jetzt keine Fertigtorten essen. Schließlich weiß er doch: Alles Geniale ist einfach.

Nach Hause brachte mich Ritas Chauffeur. An diese Wortverbindung hatte ich mich so rasch gewöhnt, dass ich sie fast schon ohne zu stocken aussprach.

Ich ging mit dem angenehmen Gefühl der Vorfreude auf den morgigen Tag ins Bett.

Ich liebe es, morgens vom Klingeln des Telefons geweckt zu werden. Sofort eine menschliche Stimme zu hören. An so einem Morgen vergisst man nie, was man geträumt hat. Das Telefongespräch wird zur Fortsetzung des Traums.

Ich erinnere mich nicht, ob ich in dieser Nacht Albträume hatte. Wahrscheinlich. Denn mit dem Telefonanruf setzten sie sich fort.

Rita. Sie kam gerade vom Arzt. Die Analyseergebnisse waren eingetroffen, und der Arzt hatte Anomalien in der Entwicklung des Kindes diagnostiziert.

Er hatte ihr zur Abtreibung geraten. Rita hatte zwei Tage Zeit, um sich zu entscheiden. In zwei Tagen lief die Frist ab, in der die Schwangerschaft noch abgebrochen werden konnte.

»Vielleicht ist es mongoloid«, weinte Rita in den Hörer, und auch mir liefen die Tränen über die Wangen und rollten als salzige Tropfen auf meine Lippen.

»Wo bist du? Ich komme sofort.«

Ich zog Jogginganzug und Turnschuhe an. Setzte mich in der Diele auf den Fußboden und lehnte mich an die Wand.

Ein überwältigendes Gefühl von Hilflosigkeit. Allein auf der riesigen Welt. Überall nur Lug und Trug. Das Einzige, was ich für meine Freundin tun konnte, war, bei ihr zu sein.

Ich schnappte mir ein Taxi.

Rita saß auf der Einfassung eines Blumenbeets und verbarg ihr Gesicht hinter der Hand.

Ich legte ihr den Arm um die Schultern.

Ich weiß nicht, wie lange wir so dasaßen. Wir mussten eine Entscheidung treffen, und ich fühlte mich dafür verantwortlich. Wir hatten zwei Tage Zeit.

In diesen zwei Tagen würde das Kind nicht normal werden. Wir konnten nur entscheiden: Soll es leben oder sterben.

Ich dachte darüber nach, und mir wurde schwindlig.

Man kann nicht sein ganzes Leben wie ein Ball sein, der von der Wand abspringt. Die Wand – das ist die Realität. Irgendwann stürzt man garantiert hinein.

»Du musst es abtreiben lassen«, sage ich.

»Ich habe einen grünen Strampelanzug gekauft.«

»Den ziehst du deinem nächsten Kind an.«

»Deine Lada wird nie wieder ein nächstes Kind haben.«

»Rita! Kannst du dir eigentlich vorstellen, was das bedeutet?«

»Ich kann es mir vorstellen!«, schreit Rita. »Und wie ich es mir vorstellen kann! In meinem Bauch wächst eine Missgeburt heran!«

Sie heult. Ich umarme sie. Wlad ruft an.

»Sag ihm nichts«, bittet Rita flüsternd.

»Wlad, ich kann nicht kommen.«

Er brüllt am anderen Ende der Leitung.

»Ich würde sowieso schon zu spät kommen, ich bin nicht zu Hause.«

Er brüllt mich zum ersten Mal an.

Oder kommt mir das nur so vor?

»Ich bin im Jogginganzug.«

Endlich fällt ihm ein zu fragen, ob etwas passiert sei.

»Ja. Und ich werde nicht kommen. Entschuldige.«

Er sagt, er werde alle meine Probleme lösen. Dafür müsse ich nur herkommen!

»Das kannst du nicht.«

Ich lege auf.

Ritas Tränen wollen gar nicht mehr versiegen. Ob man wohl einen festen Vorrat an Tränen für sein ganzes Leben hat? Ich hoffe, ja. Das hieße, je mehr man in der Jugend weint, desto weniger wird man es im Alter tun. Es gibt ja auch manche Babys, die ständig weinen. Da bestände dann die Hoffnung, dass sie ihre Tränen fürs ganze Leben im Voraus verbrauchen.

Es wurde Abend. Das Kind lebte immer noch.

»Ob ich mit Kostja rede?«, meinte Rita fragend.

Wie gern möchte man die Entscheidung anderen Menschen zuschieben! Und Kostja ist klug. Und erwachsen.

»Nein. Du musst zuerst selbst entscheiden. Für dich. Verstehst du?«

Rita übernachtete bei mir. Kostja rief halbstündlich an und fragte, was los sei. Und erkundigte sich, ob ich Hilfe brauche. Ich? Ja. Aber Rita auch. Und du. Wir alle.

Ich deckte meine Freundin zu und ging erst weg, als ihre Gesichtszüge sich im Schlaf entspannt hatten und ihr Atem gleichmäßig geworden war. Wie bei einem Kind. Ihrem Kind.

Ich konnte nicht einschlafen. Ich nahm ein warmes Bad und konnte trotzdem nicht einschlafen. Ich trank

Pfefferminztee, lag im Dunkeln und starrte die unsichtbare Zimmerdecke an.

Ich versuchte zu lesen.

Ich ging auf Zehenspitzen hinüber und schaute nach Rita.

Ich schaltete den Fernseher ein.

Und traute meinen Augen nicht. Meinte, ich hätte verlernt, den Sinn von Worten zu begreifen. Glaubte, ich sei plötzlich gestolpert … und in einen Albtraum gestürzt. Zufällig. Aber endgültig.

Die Nachrichten. Ein Bericht von der Feier. Das wichtigste Ereignis – ein Attentat auf Wlad. Sein Auto war auf dem Weg zu der Veranstaltung beschossen worden. Ihm war nichts passiert, aber das Mädchen, das neben ihm gesessen hatte, war getötet worden. Mit zwei Schüssen. Ich konnte sie fast physisch spüren. Einer in die Schulter, der andere in den Kopf. Die Arbeit von Profis.

»Der Wahlkampf hat begonnen«, verkündete der Sprecher munter. »Die Konkurrenten versuchen, die stärksten Figuren im politischen Spiel zu liquidieren.«

In der rechten Ecke des Bildschirms war ein Foto des Mädchens zu sehen. Ich erinnerte mich an ihren Namen: Lena.

Muss ich mich ihr gegenüber schuldig fühlen?

Oder habe ich mich vor jemand anderem schuldig gemacht? Warum? Warum passiert das alles mir?

Ich zog mir die Bettdecke über den Kopf. Ich konnte nicht glauben, dass die ganze Stadt jetzt schlief.

Doch, natürlich schläft sie. Sie hat sich gegen mich verbündet und sammelt jetzt in aller Ruhe neue Kräfte, um dann zu erwachen und mir den nächsten Schlag zu versetzen. Und wieder werde ich nicht darauf vorbereitet sein.

Ich beschloss, Rita nichts zu erzählen. Weder von dem Attentat noch davon, dass ich an Lenas Stelle hätte tot sein können.

Ritas krankes Kind hatte mir das Leben gerettet. Und jetzt musste ich meine Freundin dazu bringen, das Menschlein zu töten, dem ich selbst mein Leben verdankte.

Ich fuhr mit Rita ins Kinderheim.

Vorher nahm ich ihr das Versprechen ab, auf keinen Fall zu weinen. Sondern im Gegenteil zu scherzen und zu lachen.

Sie schaute jedem Kind in die Augen. Sie bemühte sich aufrichtig, zu lächeln.

In jedem Jungen sah sie ihren Sohn. Und je zurückgebliebener ein Kind war, desto fester umarmte sie es. Desto lauter lachte sie und jonglierte mit den zwei kleinen Gummibällen.

Rita war überzeugt, dass sie einen Jungen bekäme. Weil Jungen stärker sind. Und Stärke konnte ihr Junge nur zu gut brauchen.

Der kleine Mischa begleitete uns bis zur Tür. Er erzählte uns die Geschichte, wie er auf die Welt gekommen war. Auf einer Insel stand eine Palme. Die Palme hatte eine Blüte. Die Blüte öffnete sich, und heraus schwebte ein Wölkchen. Das Wölkchen hatte ein Häutchen. Das wuchs und wuchs und wurde zu Mischa.

Rita sprach kein Wort, bis wir auf der Straße waren.

Ich nahm ihre Hand und wollte gerade zu einem ausführlichen Vortrag darüber anheben, dass das Leben lang sei und nicht die ganze Zeit schlecht sein könne, dass …

»Wo ist mein Mercedes?«, fragte Rita und zog ihre Hand sanft aus der meinen. Nach den schäbigen Stühlen im Kinderheim kamen mir die Ledersitze in Ritas Wagen unwirklich vor.

»Ich werde das Kind zur Welt bringen«, sagte Rita ganz einfach.

Sie schaute mich nicht an.

Sie wandte den Kopf zum Fenster und lächelte, ein entrücktes Lächeln, das einem Gebet glich.

Der Schnee auf der Windschutzscheibe taute und sah aus wie Regen. Aber der Frühling sah ganz und gar nicht aus wie ein Frühling.

Rita brachte mich nach Hause und fuhr zu Kostja. Ich kroch ins Bett, das Telefon in der Hand. Terminator sprang mir auf den Schoß und tat, als schliefe sie. Das Ende meines Gürtels hielt sie dabei fest in der Schnauze.

Lange nahm niemand ab.

»Wlad«, wisperte ich in den Hörer, als ich sein »Hallo« hörte.

»Wir werden wohl vorläufig nicht mehr üben können«, sagte Wlad.

»Üben?«, fragte ich zurück.

»Ja. Du weißt sicher, was passiert ist.«

»Ich weiß. Und wie geht es dir?« Ich konnte mir nur schwer vorstellen, wie sich jemand fühlt, auf den man gerade geschossen hat.

»Mir? Schlecht. Meinetwegen ist ein Mädchen umgekommen. Besser, ich wäre es selbst gewesen.«

Nein. Das wollte ich mir nicht einmal vorstellen.

»Wie alt war sie?«

»Neunzehn.«

Nur wenige Jahre jünger als ich.

»Wlad, wann sehen wir uns?«

Ich hielt den Atem an, während ich auf seine Antwort wartete.

»Es geht jetzt nicht, Dascha. Aber wir sehen uns bestimmt wieder. In Ordnung? Gräm dich nicht.«

»Hauptsache, du grämst dich nicht.«

Er lachte auf: »Ich bestimmt.«

»Auch gut. Aber nicht zu sehr.«

»Du bist immer noch dasselbe kleine Biest.«

Und du bist auch immer noch derselbe. Und deine Stimme. Nichts hat sich geändert. Höchstens, dass ich dich noch mehr will. Und sonst gar nichts.

»Also bis dann.«

»Bis dann, Dascha. Wenn's dir langweilig wird, ruf an.«

»Und du ruf mich nicht an, wenn dir langweilig ist, sondern wenn du Lust dazu hast.«

11

Ich beschloss, mich an meine Dissertation zu setzen. Auf keinen Fall wollte ich darüber nachdenken, dass Wlad es abgelehnt hatte, sich mit mir zu treffen. Ich bereute, dass ich ihn gefragt hatte. Hätte ich mich nicht zurückhalten können?

Warum wollte er mich nicht sehen?

Natürlich, er hatte jetzt anderes im Kopf. Man hatte ihn ermorden wollen. Und er stand mitten im Wahlkampf. Wer weiß, vielleicht wird er ja Präsident? Und da sage ich so mir nichts dir nichts zu ihm: »Wann sehen wir uns?« Oder, wenn er Präsident geworden ist, rufe ich ihn an und teile ihm mit: »Heute um neun gibt es Abendessen. Und unser Sohn hat eine Vier bekommen.«

Wo gehen eigentlich Präsidentenkinder zur Schule? Und wieso soll ausgerechnet mein Sohn ein schlechter Schüler sein?

Ich schrieb den ganzen Tag und die ganze Nacht an meiner Dissertation.

In meinem Telefonverzeichnis gab ich Wlad einen neuen Namen: »Meine Liebe«.

Um sieben Uhr morgens schlief ich ein.

Um eins rief Rita an. Aus der Klinik. Sie war gerade aus der Narkose erwacht. Nach der Abtreibung.

»Weißt du, wie dieser Ort heißt?«, sagte sie mit schwacher Stimme. »Du meinst, Entbindungsstation? Nein. Er heißt Abortarium. Kannst du dir das vorstellen? Ich wäre fast verrückt geworden, als ich das gelesen habe.«

»Wie fühlst du dich?«

»Er hat mir Blumen gebracht.« Rita sagte das ganz leise, fast flüsternd.

»Wer?« Ich begriff nicht.

»Kostja. Stell dir vor. Blumen schenkt man seiner Frau doch, wenn sie ein Kind zur Welt bringt, und er hat mir welche ins Abortarium gebracht.«

Ich verstand jetzt, warum sie flüsterte. So kann man leichter das Schluchzen unterdrücken. Die Stimme zittert fast gar nicht.

»Rita, er wollte nur das Beste.«

»Für wen? Für unser Kind?«

»Es ist jetzt geschehen. Du darfst nicht hysterisch werden. Versuch einfach, die Nerven zu behalten.«

Kostja hatte nichts davon hören wollen, dass sie ein behindertes Kind zur Welt brachte. Sie hatten die ganze Nacht gestritten. Rita hatte erst nachgegeben, als Kostja ihren Koffer zu packen begann, um ihn in unsere Wohnung zurückzubringen, zusammen mit Rita. In der Metro. Und als er geschworen hatte, sie würde ihn nie wiedersehen. Kostja macht den Eindruck eines Mannes, dem man glauben darf. Rita glaubte ihm.

Er holte sie am Abend aus der Klinik ab. Die Blumen ließ sie im Krankenzimmer.

Sie fuhren zur Kirche. Stellten Kerzen für das tote Kind auf. Rita füllte ein Formular mit der Bitte um eine Messe aus. Auf dem Formular musste man einen Namen angeben. Rita nannte ihren Sohn Petja.

Bei Kostja machte sie eine Flasche Champagner auf. Und rief mich an.

»Dascha, sei so lieb und schau in den Kalender. Welchen Feiertag haben wir heute?«

Es war der Tag, an dem Zar Paul eine Anordnung über die Thronfolge erlassen hatte. Den Thron sollte der älteste Sohn erben.

»Du wirst dich wundern, heute gibt es gar keinen Feiertag.« Ich bemühte mich, möglichst munter zu klingen.

Aber Rita wurde ganz traurig.

»Und wozu dann der Champagner? Und die Blumen?«

»Morgen ist Palmsonntag.«

»Na, Gott sei Dank. Ohne Feiertage halte ich es nämlich nicht lange aus.«

Ich schrieb noch zwei Tage weiter an meiner Dissertation. Am dritten Tag rief ich Wlad an.

»Mir ist langweilig, deshalb rufe ich an.«

»Wie ist es richtig, langweilik oder langweilich?«

»Richtig ist es, Frauen nicht tagelang warten zu lassen.«

»Gibt es denn viele von diesen Frauen?«

»Ich glaube schon. Aber mich interessiert nur eine Einzige.«

»Mich interessiert sie auch. Meinst du Julia aus dem Nachbarhaus?«

»Nein, ich meine Kolja aus der Wohnung gegenüber.«

»Was bist du für ein flatterhaftes Mädchen, Dascha!«

Offensichtlich hatte er gute Laune. Ob ich ihm vielleicht vorschlagen sollte, essen zu gehen? Oder ihn zu mir einladen? Den Tisch decken, Kerzen anzünden?

»Na, was machst du heute Abend?«, sagte ich und begann allmählich, mich zu hassen.

»Ich werde mich nach dir sehnen. Auf den tausend blöden Treffen, die mir bevorstehen.«

Ach, es war doch gut, dass ich angerufen hatte. Wir unterhielten uns so nett. Und lachten. Nur musste ich als Erste das Gespräch beenden. Sagen, dass bei mir gerade die Milch überkochte oder so was Ähnliches.

Am Abend holte mich Rita ab. Sie sah gut aus, war schick angezogen, und die Ringe unter ihren Augen fielen kaum auf.

»Wie geht's der Dissertation?«, wollte sie wissen, während sie im Zimmer umherging und mit der Hand über die Sachen strich. So als hätte sie sie schon lange nicht mehr gesehen und wollte sich vergewissern, dass sie sich noch genauso anfühlten wie früher. Die Wände, die Kommoden, die Bilderrahmen mit den Fotos.

»Normal. Bald bin ich fertig.«

»Möchtest du, dass ich Terminator zu mir hole?«

»Nein!« Ich erschrak richtig.

»Und wenn sie plötzlich deine Dissertation frisst?«

»Die räume ich immer weg, wenn ich gehe. Außerdem fällt sie in der letzten Zeit ausschließlich über deine Sachen her.«

»Gemeines kleines Biest.«

»Sie hat einfach Sehnsucht nach dir.«

»Na gut, ich kauf' ihr einen Overall.«

Terminator steckte ihre Schnauze in den leeren Napf, schaute uns an und grinste.

Rita fuhr mit mir ins Restaurant. In eins von denen, die ich oft mit Wlad besucht hatte.

Sie hatte einen Tisch reserviert, und wir wurden mit strahlendem, freudigem Lächeln begrüßt. Ich hatte inzwischen begriffen, dass es nicht lohnt, auch nur den Versuch zu unternehmen, ebenso strahlend zurückzulächeln.

Wie immer bestellte ich Melone mit Schinken, Rita Lammkarree. Und Wein.

»Was ist ein Karree?«, erkundigte ich mich.

»Möchte ich selbst wissen. Gleich werden wir's sehen.«

Am Nachbartisch saß ein Mädchen mit ihrem Freund. Sie nickten Rita zu, sie lächelte zurück.

»Bekannte von Kostja«, erläuterte sie flüchtig.

Ein Kellner mit Ohrring brachte unsere Bestellung.

Das Lammkarree unterschied sich in nichts von einem Lammfilet.

Auf der Straße erlosch die Laterne.

Passanten schauten teilnahmslos in die Fenster des Restaurants.

Der Wein schmeckte sauer.

»Ich muss Kurse belegen«, seufzte meine Freundin. »Spezielle Kurse, weißt du. Alle Mädchen machen sie mit. Um mehr über Weine zu erfahren.«

»Toll.«

»Weißt du, was ich dir noch erzählen wollte?«

Merkwürdigerweise begreift man sofort, wenn die Rede auf einen selbst kommen soll.

»Was?«

»Kostja hat sich früher mit diesem Mädchen getroffen.«

»Welchem Mädchen?«

»Das getötet wurde. Als man auf Wlad geschossen hat. Sie hieß Lena.«

»Was sagst du da?«

Ich hatte Rita gar nichts von dem Attentat erzählt.

Sie wusste es von Kostja.

»Er ist sogar zur Beerdigung gefahren. Ihre Eltern sind ganz große Tiere. Der Vater soll ein Multi sein.«

»Ein was?«

»Ein Multi.« Rita lachte. »Ein Multimillionär.«

»Ein Millionär?«

»Ja. Sie war die einzige Tochter. Kostja sagt, der Vater habe am Grab geschworen, dass er sie rächen werde.«

»Die Ärmsten.«

»Sie wollte unabhängig sein. Hat von ihrem Vater kein Geld genommen. PR und Marketing hat sie studiert. Und bei deinem Wlad war sie für die Öffentlichkeitsarbeit im Wahlkampf zuständig. Wahrscheinlich hat er sie deshalb auch mitgenommen.«

»Nicht deshalb«, sagte ich leise.

»Weshalb dann?«

»Weil ich nicht mitgekommen bin. Ich war bei dir. Erinnerst du dich?«

Meine Freundin stöhnte lautlos auf: »Aber dann hättest du das ja sein können, Dascha ...«

Ich nickte.

»Siehst du, du hast mich gerettet. Nichts geschieht einfach so.«

Das Restaurant war voll. Mädchen mit wulstigen Lippen und Männer in Jeans oder Anzügen kamen herein und setzten sich an die Tische. Genauso saß jetzt auch irgendwo Wlad. Und wer ihn nicht kannte, hätte niemals gedacht, dass da ein Mann saß, dem man nach dem Leben trachtete. Ein Mann, auf den ein Heckenschütze zwei Kugeln abgefeuert hatte.

Ich schaute mir die Gesichter meiner Nachbarn genauer an. Und versuchte mir vorzustellen, welche Gefühle sich hinter diesem fröhlichen Gelächter verbargen. Was lässt die Herzen unter diesen glatt gebügelten Hemden stocken?

»Gehen wir?«, bat Rita. »Kostja hat mir versprochen, heute früher nach Hause zu kommen.«

»Ja, gehen wir.« Ich nickte.

»Vielleicht macht er mir ja einen Antrag?«

Ich lächelte.

»Wirst du sofort Ja sagen?«

»Nein. Eine Minute werde ich überlegen.«

»Versprich mir, dass es mindestens dreißig Sekunden sein werden.«

»Mindestens fünfzehn. Versprochen.«

Rita gab fünfhundert Rubel Trinkgeld.

»Bist du verrückt geworden? So viel!«, entrüstete ich mich.

»Es ist so angenehm, wenn die Menschen dich anlächeln«, erklärte meine Freundin.

»Schon. Aber doch nicht für Geld.«

»Es geht um die Beziehung. Geld ist doch nur das Lackmuspapier. Es zeigt an, wie teuer dir ein Mensch ist.«

»Teuer ist das richtige Wort.« Ich wies mit dem Kopf auf den Geldschein.

Rita seufzte: »Du weißt doch, je mehr Geld man hat, desto teurer kommen einen die Beziehungen.«

»Ich vermute, diese Weisheit hast du von Kostja.«

»Du hast recht, wie immer.«

Der Kellner geleitete uns mit strahlendem Lächeln hinaus. Mit dem gleichen Lächeln bedachten uns die Hostessen am Ausgang.

»Vermutlich teilen die Kellner mit ihnen die Trinkgelder«, meinte Rita.

Wlad rief an und lud mich für den nächsten Tag zum Abendessen ein.

»Bitte iss vorher den ganzen Tag nichts«, bat er.

»Wieso denn das?«

»Ich möchte, dass du einen Riesenhunger hast!«

Nicht mal Terminator konnte mir die Laune verderben, obwohl sie sich in einer Pfütze wälzte und so ausgelassen darin herumtobte wie Schweinchen Dick im Trickfilm. Und anschließend noch in jeder weiteren Pfütze rund um unser Haus.

Wenn sie gebadet wurde, zeigte sie weit weniger Enthusiasmus.

Man sagt, des Nachts trennt sich die Seele vom Körper und reist durch parallele Welten.

Meine Seele war in dieser Nacht bestimmt weit gereist. Am Morgen musste ich sie sozusagen wieder anpassen wie ein neues Kostüm. Vor dem Spiegel probierte ich ein unsicheres Lächeln, besorgt, nicht das richtige zu finden. Ein paar Schritte, eine Kopfwendung. Ein Blick. Das war nicht meiner. Aber dieser hier – das war meiner. Nur noch ein bisschen mehr die Augen zusammenkneifen.

Ich bereitete mich auf das Treffen mit Wlad vor – den ganzen Tag.

Völlig irrational, aber sehr angenehm.

Ich könnte gar nicht mehr sagen, was ich alles tat.

Der Chauffeur brachte mich zum Sheraton. Ich freute mich, als ich das vertraute Gesicht des Portiers erblickte.

Wlad wartete schon auf mich.

Er stand auf und kam mir entgegen, und ich umarmte und küsste ihn.

»Ich sehe, du hattest Sehnsucht«, sagte er lächelnd.

Ich fühlte mich wohl bei ihm. Als wäre ich lange, lange geschwommen, hätte nun endlich das Ufer erreicht und rekelte mich jetzt genussvoll im warmen Sand. Sonne überall. Obwohl es doch nur die eine war.

Wir übernachteten in der Präsidentensuite. Wlad hielt mich die ganze Nacht fest umarmt. Ich wagte nicht, mich zu bewegen, um ihn nicht aufzuwecken.

Ich bin es nicht gewohnt, so zu schlafen. Ich bin es gewohnt, allein zu schlafen. Und darum schlief ich auch nicht. Ich lag mit offenen Augen neben Wlad und dachte daran, wie unendlich ich ihn liebte.

Natürlich hätte ich zur Seite rutschen und mich mit der zweiten Bettdecke zudecken können ... Aber ich rührte mich nicht. Wlad schnaufte mir gemütlich ins Ohr, und ich lächelte seinen Träumen zu. Vielleicht handelten sie ja von mir? Oder von uns beiden?

Im Morgengrauen schlief ich ein. Gerade in dem Moment, als Wlad zu schnarchen begann. Ein bisschen.

»He, du Transuse! Was willst du zum Frühstück?«

Ich öffnete die Augen. Genauer gesagt, lächelte ich erst und öffnete dann die Augen. Und dann wachte ich auf.

»Ich bin nicht Suse.«

»Ach, stimmt ja, Suse ist blond, und du bist brünett, das heißt, du musst Dascha sein. Richtig geraten?«

Ich warf ein Kissen nach ihm. Daneben.

Er hob es vom Boden auf und warf es zurück. Volltreffer.

»Aua!«, kreischte ich.

»Armes kleines Mädchen, komm und lass dich bedauern ...«

Mein Frühstück bestand aus seinem Kuss.

Wir blieben bis mittags auf dem Hotelzimmer. Im Chor skandierten wir: »Rettich mit Wodka isst Fedka, Fedka isst Rettich mit Wodka.« Diesen Spruch hatte Wlad selbst erfunden.

»Ein Geschenk von mir an dich«, erklärte er. »Verwende es nach Gutdünken.«

Ich tat so, als hörte ich diesen Spruch zum ersten Mal.

»Danke. Das ist das schönste Geschenk meines Lebens.«

»Nach meinem Wolf natürlich«, gab Wlad listig grinsend zurück.

»Natürlich«, stimmte ich zu. Und das war die reine Wahrheit.

Als wir zurückfuhren, fragte Wlad mich, ob ich Geld hätte.

Ich nickte. »Ja, du hast mich doch schon bezahlt.«

»Genau! Also hast du es heute mit mir zum ersten Mal umsonst gemacht, Dascha?«

Ich wollte lachen, aber stattdessen wurde ich rot. Wlad war darüber ganz entzückt.

»Das macht doch nichts, Dascha, im Gegenteil! Wie

schaffst du es nur, so nett zu erröten? Bringst du mir das auch bei?«

Nachdem ich aus dem Wagen gestiegen war, hielt ich noch lange seine Hand. Und bedauerte danach, sie wieder losgelassen zu haben.

Ljubow Makarowna sprach wie immer laut und giftig. Sie schob ihre Brille auf die Stirn und fixierte ihren Gesprächspartner so starr, dass ihm sofort klar wurde: Die Dame sieht durch mich hindurch. Dann rügte sie seine Diktion und Aussprache. Wenn ihre Kritik ignoriert wurde, pflegte sie einfach aufzustehen und mit einem flüchtigen Gruß den Raum zu verlassen. Seinen Satz musste der Ärmste dann an die Tür gewandt zu Ende sprechen.

Im Institut gab es nicht einen einzigen Studenten, der es gewagt hätte, mit einem Kaugummi im Mund zu ihr in den Seminarraum zu gehen. Es ging eigentlich überhaupt niemand zu ihr, wenn sie ihn nicht ausdrücklich zu sich zitiert hatte.

Von mir glaubte man, ich hätte bei Ljubow Makarowna einen Stein im Brett. Deshalb wunderte sich niemand, als sie ankündigte, mit mir über meine Dissertation sprechen zu wollen.

Mein Thema lautete: »Die Technik der Bühnensprache«.

Wie ich erfuhr, hatte Ljubow Makarowna mit ihren Kollegen von der Londoner Theaterschule über meine Arbeit gesprochen. Und sie interessierten sich tatsächlich für einige Methoden, die ich ausgearbeitet hatte. Diese Methoden fußten auf den Arbeiten des englischen Philosophen Francis Bacon, der als Erster das Augenmerk auf die inneren, subjektiven Einflüsse gelenkt hatte, die das Denken des Menschen verzerren. Er nannte diese Einflüsse Trugbilder der Wahrheit. Diese Trugbilder verleiten den Redner oft zu einer Sophistik, die es erheblich erschwert, seine Worte richtig zu verstehen. Ich versuche, in meiner Arbeit zu beweisen, dass der kürzeste Weg, um Vertrauen zu jemandes Gedanken und folglich auch zu seinen Worten zu wecken, die Logik ist.

»Nun, meine Liebe«, Ljubow Makarowna schob ihre Brille auf die Stirn, »auf Sie wartet Erfolg auf Englands feuchter Erde. Sind Sie bereit?«

»Für die feuchte Erde?« Ich lächelte.

»Nun, auf die Erde brauchen Sie sich noch nicht vorzubereiten, das ist noch zu früh für Sie. Für mich übrigens auch.« Sie schob die Brille zurück auf die Nase. »Haben Sie Lust, nach London zu gehen? Für zwei Jahre.«

»Nach London?« Ich erschrak. Vor meinen Augen tauchte das Bild eines zweistöckigen roten Autobusses auf, und mir fiel der dazugehörige Satz aus der Englischlektion »Trafalgar Square« ein.

»Ja, nach London. Nach London! Nicht nach Urjupinsk.«

»Danke, Ljubow Makarowna.« Ich besann mich. Nie schaffe ich es, rechtzeitig Danke zu sagen. Manchmal mache ich die Tür hinter mir zu und denke: Wieso habe ich jetzt nicht Danke gesagt und gelächelt? Das waren doch so nette Menschen …

»Denken Sie darüber nach.«

Meine Lehrerin nahm ihre Brille ab, fasste sie am Bügel und ließ sie kreisen (gleich fallen ihr die Gläser heraus, dachte ich). Mit verträumtem Lächeln sagte sie: »Ich würde auch nicht eine Sekunde zögern … ja …«

Sie setzte die Brille wieder auf die Nase.

»Aber was für Sie am besten ist, weiß ich nicht. Auf Wiedersehen, Dascha.«

»Auf Wiedersehen. Ich rufe Sie dann an, abgemacht?«

»Ja, ruf dann nur an!« Ljubow Makarowna betonte das »dann« und ließ mich auf diese Weise spüren, wie töricht meine Antwort war.

London, das wäre schon großartig. Es stimmt ja überhaupt nicht, dass es dort immer nur neblig ist. Das Klima ist besser als bei uns. Rita könnte mich besuchen … Aber Wlad? … Und – nicht zu vergessen – Terminator?

Ich kenne dort ja keine Menschenseele.

Ich schickte Wlad eine SMS: »Mir ist eine Stelle in London angeboten worden.«

Seine Antwort lautete: »Klasse.«

Ich schickte noch eine zweite: »Soll ich zusagen?«

Irgendwo in der Magengegend spürte ich, dass meine Laune sich gleich abrupt verschlechtern könnte. Oder war es nicht der Magen, sondern das Herz?

Seine Antwort: »Auf keinen Fall!«

Ich liebe die Welt! Und das Leben. Und alle Passanten ringsum. Und alle Passanten anderswo. Ich lächle jeden an und bekomme von jedem ein Lächeln zurück. Vielleicht ist er schon an mir vorbei, und ich sehe das Lächeln nicht mehr, aber das ist nicht wichtig. Ich weiß, es existiert.

Wie schön wäre es, Verkäuferin an einem Blumenstand zu sein! Dann würde ich den Passanten die Blumen ab und zu einfach so geben. Oder jedes Mal.

Ich schickte eine SMS: »Was ist mit heute Abend?«

Eine feine Erfindung, diese SMS.

Die Antwort: »Termine, wie immer. Vermisse dich.«

Ich steckte das Handy in die Tasche.

Wlad schaute mich von den Titelblättern der am Kiosk ausgehängten Zeitungen an. Keine Frage, er sieht umwerfend gut aus. Und nach dem Attentat ist er in den Massenmedien sehr populär geworden.

Vielleicht wird er ja wirklich eines Tages Präsident?

12

Kostja machte Rita einen Heiratsantrag. Sie überlegte nicht eine Sekunde und sagte Ja. Er schenkte ihr einen Ring. Mit einem Brillanten. Von Graff, sagte Rita. Und zur Hochzeit sollte es noch zwei weitere »Grafen« für die Ohren geben!

Die Verlobung wurde für den 28. April festgesetzt, wie Rita erklärte, damit die Feiertage sich nicht überschnitten. Denn am Samstag, dem 29., war schon der Internationale Tag des Tanzes und am Sonntag der Tag der Feuerwehrleute.

Die Verlobungsfeier fand auf dem Land statt in einem Jachtklub. Es gab ein kaltes Buffet, Kellner mit Tabletts glitten geschmeidig umher; die Gäste, es waren etwa dreißig, verteilten sich in kleinen Gruppen über das ganze Restaurant.

Die Glastür zur Terrasse war geöffnet. Die fast schon sommerliche Sonne blendete die Augen. Die eingeladenen Musiker spielten gedämpft, aber mit viel Gefühl. Rita war glücklich.

Ich freute mich für sie.

Sie ging von einem Gast zum anderen, lachte ansteckend und erzählte ohne eine Spur von Verlegenheit die Geschichte ihrer Internetbekanntschaft mit Kostja.

Der »Graf« funkelte an ihrem Finger und warf unzählige Lichtreflexe, die fröhlich über die Gesichter der Gäste hüpften.

Meine Laune wurde nur dadurch getrübt, dass Wlad Ritas Einladung nicht gefolgt war.

Ich betrachtete alles ringsum mit seinen Augen und zweifelte keinen Moment daran, dass ihm dieses Fest gefallen hätte.

Aber Wlad hatte »Termine, wie immer«.

Die Musiker spielten einen Tusch, und alle wurden nach draußen gebeten.

Spitznasig wie ein Bügeleisen, schneeweiß wie ein festliches Tischtuch und anmutig wie eine schlafende Löwin lag gleich gegenüber dem Eingang Kostjas Jacht vor Anker.

Und Kostjas Überraschung für diesen Tag war ihr neuer Name. »Königin Margot«.[4]

Die Kellner öffneten mit lautem Knall den Champagner. Rita quietschte vor Entzücken.

»Hat er die Jacht denn auf dich überschrieben?«, fragte ein grünäugiges Mädchen mit riesigen Brillantohrringen.

»Nein.« Rita zuckte die Achseln. Das Mädchen schaute Rita ungläubig an und begriff offensichtlich nicht, worüber sie sich so freute.

»Ein unglaubliches Gefühl«, wisperte Rita mir ins Ohr. »Ein Schiff, das meinen Namen trägt!«

»Stell dir mal vor, es wäre eine Stadt!« Ich fand es selbst sehr angenehm, die noch nicht ganz getrocknete Schrift auf der Seitenwand der Jacht zu betrachten.

»Nicht übel, der Kahn«, sagte die Grünäugige anerkennend und schüttelte das Eis in ihrem Whiskyglas. »Fünfundzwanzig Meter, schätze ich.«

»Bestimmt«, antwortete Rita mit Nachdruck.

»Gib mir dein Handy«, bat das Mädchen. Rita holte aus der Tasche ihres Wildlederrocks ihr neues Mobiltelefon, aber im selben Moment schnappte es ihr die Frau von Kostjas Freund weg. Rita und ich hatten die beiden schon im Restaurant gesehen. Sie hieß Mascha.

»Sie dürfen Zhanka kein Telefon geben!«, erklärte sie kategorisch.

»Was soll der Blödsinn, Mascha!«, empörte sich die grünäugige Zhanka. Ihre Ohrringe begannen zu schwingen wie Weihnachtsglocken.

»Aber das hat sie ja selbst so gewollt«, erklärte uns Mascha lachend, »dass wir ihr kein Telefon geben. Sonst ruft sie nämlich, wenn sie getrunken hat, ihren Ex an und fängt an, ihn wüst zu beschimpfen und ihm zu drohen.«

Zhanka blickte ihre Freundin gekränkt an. Rita verstaute ihr Handy gehorsam wieder in der Tasche.

»Ich will doch bloß wissen, ob er allein ist oder ob diese Schlampe bei ihm ist«, sagte Zhanka leise.

»Und genau das brauchst du nicht zu wissen«, erklärte Mascha und zupfte ihrer Freundin eine Locke, die sich im Ohrring verhakt hatte, zurecht.

Zhanka schaute sich suchend nach einem Kellner mit Tablett um, stellte, als sie einen entdeckt hatte, ihr leeres Glas einfach auf dem erstbesten Tisch ab und ging auf ihn zu.

Ein älterer Mann mit rundem Gesicht, der gemeinsam mit einem blutjungen hellblonden Mädchen an diesem Tisch saß, schaute ihr verdutzt hinterher. Er nickte einem Kellner zu, das Glas wegzuräumen.

Mascha lächelte ihn entschuldigend an.

»Der würde sogar mit einer Neuntklässlerin hier aufkreuzen«, zischte sie dabei durch die Zähne.

»Ist das nicht gegen das Seegesetz?«, fragte Rita.

»Was für ein Gesetz?«, erkundigte ich mich.

»In den Jachtklub darf man nur mit seiner Ehefrau«, erläuterte Rita.

»Das gilt nur für Feiertage!«, lachte Mascha. »An Feiertagen mit der Ehefrau, an allen übrigen Tagen – mit wem man will.«

»Prima Regelung!«, sagte ich zustimmend. »Wie, sagten Sie, nennt man das?«

»Seegesetz. Damit die Geliebte nicht mit der Ehefrau zusammentrifft. Feiertage sind ja Familientage, da fahren alle mit ihren Kindern auf ihren Kähnen spazieren.«

Am Abend gab es ein Salutschießen. Anschließend fuhr die Hälfte der Gäste nach Hause, die andere Hälfte ging an Bord der Jacht. Die Jachten wurden hier von allen Kähne genannt. Beim Besteigen eines Kahns zog man die Schuhe aus. Das sah sehr komisch aus – die

Männer in Anzügen mit aufgekrempelten Hosenbeinen, mit Krawatten und barfuß.

Auf dem Kahn servierte uns ein Matrose in weißer Hose und Ringelhemd die Getränke. Auf dem Hemd war mit dunkelblauem Garn »Königin Margot« aufgestickt.

Rita konnte sich an dem gestickten Schriftzug nicht sattsehen und rief ihn immer wieder herbei, bis die Zahl leerer Mojito-Gläser neben uns für die Hälfte allen Alkohols gereicht hätte, der an diesem Abend an Bord getrunken wurde.

Lange suchten wir nach Zhanka.

Wir entdeckten sie auf dem Parkplatz.

Der Chauffeur eines silberfarbenen BMW lauschte ihrem Gejammer, ohne eine Miene zu verziehen. Es war ihr BMW und ihr Chauffeur. Zu Beginn des Abends hatte sie ihm ihr Handy anvertraut und ihn angewiesen, es ihr unter keinen Umständen auszuhändigen.

Jetzt betrachtete er melancholisch die Autoreifen, ohne die Drohungen seiner Arbeitgeberin zu beachten.

Zhanka tobte. Sie nannte ihn einen stumpfsinnigen Idioten und schwor, ihn morgen zu entlassen. Sie schmetterte ihr Whiskyglas auf den Asphalt.

Der Chauffeur sammelte ungerührt die Scherben auf.

Zhanka weigerte sich kategorisch, auf die Jacht zu kommen, denn ihr war klar, dass sie von dort keine Chance hatte, ihren Ex anzurufen.

Wir zogen sie mit sanfter Gewalt fort.

Zhanka weinte, und Rita streichelte ihr über den Kopf.

Ich bat den Matrosen im Ringelhemd, einen doppelten Whisky mit Eis zu bringen.

Zhanka trank den Whisky in einem Zug aus und beruhigte sich.

Als man an Deck zu tanzen begann, war Zhanka die eifrigste Tänzerin.

»Aber sobald sie wieder zu Hause ist, ruft sie ja doch an«, seufzte Mascha betrübt. »Und morgen wird sie sich beschweren und uns vorwerfen, dass wir sie nicht davon abgehalten haben.«

»Vielleicht braucht sie noch mehr Whisky?«, schlug ich vor.

»Dann schläft sie sofort ein«, unterstützte mich Rita, »oder ihr wird übel, und dann ist ihr auch nicht nach Anrufen.«

»Gute Idee!«, lobte Mascha und machte dem Matrosen ein Zeichen.

Ich gab Rita mein Handy.

»Was soll das heißen, Dascha?«, wunderte sich meine Freundin. »Du auch?«

Ich schüttelte den Kopf. Und winkte dem Kellner, mir noch Champagner zu bringen.

Ich nahm mir vor, meine Dissertation innerhalb einer Woche fertig zu schreiben.

Oder in maximal zwei.

Ich rief Ljubow Makarowna an, dankte ihr für ihre

Hilfe und Unterstützung und lehnte das Angebot, nach London zu gehen, ab.

»Bist du etwa im Begriff zu heiraten?«, argwöhnte Ljubow Makarowna. »Und dein Mann lässt dich nicht gehen?«

Ich murmelte irgendetwas Unverständliches in den Hörer.

»Denk dran, Männer lieben selbstständige Frauen, die Karriere machen. Jetzt gibst du seinetwegen alles auf, und nachher wirst du dich schwarzärgern!«

»Aber ich heirate ja gar nicht ...«

»Dann erst recht! Wenn er dich liebt, wird er dich verstehen. Und auf dich warten!«

Wenn Ljubow Makarowna mit etwas unzufrieden war, ging sie zum Du über.

Jetzt war sie unzufrieden mit meiner Entscheidung.

Ich hörte ihr zu, und mir schien, ich sei wirklich im Begriff zu heiraten. Und mein Mann ließe mich nicht nach London. Ach, wie gut mir das gefiel! Ich hielt ihn überhaupt nicht für einen Egoisten. Wichtig ist schließlich nicht, wo man ist. Wichtig ist, mit wem man zusammen ist.

Wlad rief nicht an. Ich rief auch nicht an.

Als Rita mit ihrem Koffer in der Hand in der Wohnungstür stand, fühlte ich mich wie eine Mutter, die ihre Tochter nach einer langen Trennung wiedersieht. Im ersten Moment freut sie sich, aber fast gleichzeitig ist sie beunruhigt. Was ist passiert?

»Ich habe Kostja verlassen«, erklärte Rita. Terminator brachte ihre Begeisterung über diesen Entschluss sogleich mit ganzem Körpereinsatz zum Ausdruck.

»Warum?« Ich setzte mich noch in der Diele auf den Fußboden und lehnte mich an die Wand.

Rita setzte sich mir gegenüber.

Terminator beschnüffelte aufgeregt den Koffer.

Rita angelte mit dem Fuß nach ihrer Handtasche und holte eine Schachtel Marlboro heraus.

»Rita, was soll das heißen? Du rauchst?«

Sie ließ ein goldenes Feuerzeug klicken und zog mit Genuss an der Zigarette.

»Ich kann nicht, Dascha. Die ganze Zeit träume ich von Petja. Und mit jedem Traum wird er größer. Heute Nacht ist er zum ersten Mal gelaufen.«

Rita sah mich an und lächelte bitter. So als bedauere sie mich dafür, dass sie in meinen Augen Mitleid las.

»Er war so komisch … Er hat zwei Schritte gemacht und ist hingefallen. Kannst du dir das vorstellen?«

Sie drückte die Zigarette an der Sohle ihres Schuhs aus.

»Rita …«, flüsterte ich.

»Ich werde noch wahnsinnig«, seufzte Rita und wandte sich ab.

»Warst du in der Kirche?«

»Ja … Kostja ist an allem schuld. Ich wollte die Abtreibung nicht, verstehst du?«

»Aber das Kind war doch krank, Rita. Es hätte sich sein Leben lang gequält.«

»Woher weißt du das? Woher willst du das so sicher wissen? Ich sehe ihn jede Nacht. Und er ist völlig gesund. Er hat die gleichen Haare wie ich.«

Rita weinte nicht.

Am allereinsamsten ist man dann, wenn man nicht einmal mehr weinen möchte.

Wenn man nicht bedauert werden möchte.

Wenn man begreift: Es gibt dich, und es gibt die Welt. Und diese Welt ist nicht mit dir. Du bist allein.

In der Nacht kam Kostja angefahren, um Rita zurückzuholen. Lange redeten sie in der Küche miteinander. Gegen Morgen fuhr er weg. Rita blieb.

Ich ging zu ihr in die Küche und nahm sie schweigend in den Arm.

»Wlad ruft nicht an?«, fragte Rita.

»Nein.«

»Und du?«

Ich zuckte die Achseln und stand auf. Stellte den Wasserkocher an, nahm die Tassen aus dem Schrank.

»Du glaubst, er wird noch anrufen?«, sagte Rita halb fragend, halb feststellend.

»Ich weiß nicht.«

»Du wartest?«

»Ich warte.« Ich sah meine Freundin an. In ihren blauen Augen standen wie Tautropfen auf einem Blütenblatt Tränen. Eine rollte herunter. Rita berührte sie mit dem Finger. Im Winkel des blauen Blütenblattes erschien eine zweite.

Ich hätte am liebsten selbst geweint.

So wie wir früher unser Blut vermischt hatten, so vermischten wir jetzt unsere Tränen. Und wurden einander noch vertrauter und näher.

Unter dem Tisch zerknabberte Terminator Ritas neue Handtasche.

Wir schliefen in Ritas Bett ein, zu dritt, uns umarmend.

13

Wlad rief eines Tages frühmorgens an, und wieder setzte sich mein Traum im Wachen fort.

»Ich gratuliere zum Internationalen Tag der Familie!«, rasselte er munter ins Telefon, und ich erwiderte mechanisch und noch ganz verschlafen: »Danke.«

»Keine Ursache. Geschenke werden nicht erwartet.«

Ich kicherte.

»Ich hatte schon Angst, du wärst in London.«

»Und bist losgerannt, um dir eine Fahrkarte zu kaufen?«

»Nein, nur einfach losgerannt, gerannt und gerannt und plötzlich fiel mir ein: Was, wenn du gar nicht in London bist? Und ich renne wie der letzte Trottel? Und da habe ich beschlossen, dich anzurufen.«

»Wie läuft dein Wahlkampf?«

»Ausgezeichnet. Ich habe siebenundachtzigtausend Treffer bei Google. Mehr hat nur noch Mariah Carey.«

»Und singst du jetzt auch schon?«

»Nein. Bislang habe ich nur sprechen gelernt. Und gar nicht mal so schlecht. Dein Verdienst.«

»Danke. Aber du achtest noch nicht immer auf gute Aussprache. Du musst noch weiter üben.«

»Eben deshalb rufe ich an. Mein PR-Direktor sagt dasselbe. Also, Dascha, was hältst du von der Aussicht, noch ein bisschen mit mir zu üben?«

Als man mich mitten auf dem Fluss aus dem Boot ins Wasser geworfen hat, damit ich schwimmen lerne, war mir die Luft genauso weggeblieben wie jetzt.

»Na, wenn du versprichst, dich zu bemühen …«

»Ich verspreche, dir alles zu versprechen, was du möchtest. Übrigens, weißt du was?«

»Was?«

»Ich habe dich vermisst.«

»Und übrigens, ich dich nicht.«

»Du bist roh und herzlos.«

»Sei etwas vorsichtiger mit deinen Ausdrücken, sonst erhöhe ich das Honorar.«

»Du bist ganz ungewöhnlich herzlich und … roh … frisch … ganz besonders frisch.«

»So ist's recht.«

»Morgen um zehn.«

»Nein. Um fünf nach elf.«

»Wer sich mausig macht, den fressen die Katzen.«

»Viele Worte, wenig Werke.«

»Kuss.«

»Bis dann.«

Ich öffnete den Mund und kreischte drei Minuten lang. Bis ich keine Luft mehr bekam.

In der Tür stand die erschrockene Rita. Hinter ihr versteckte sich Terminator.

»Wlad hat angerufen?«, erriet meine Freundin.

»Ja.«

Die nächsten drei Minuten kreischte Rita. Als ihr die Luft wegblieb, löste ich sie wieder ab.

Terminator kläffte erzürnt.

Ich lud Rita am Abend ins Restaurant ein. Ich wollte richtig schön aussehen. Ich bearbeitete meine Haare mit einer Lockenschere und zog mein neues Seidenkleid an, das ich auf einem meiner Einkaufsbummel mit Rita gekauft hatte.

Am Internationalen Tag der Familie war es schon ganz warm.

Ritas Lieblingsrestaurant hatte bereits die Sommerterrasse geöffnet.

Wir saßen eingewickelt in Decken und tranken Martini, denn im Restaurant fand gerade eine PR-Aktion für dieses Getränk statt, und Mädchen in rotweißen Kleidern verteilten es kostenlos.

Ich bestellte Salat César. Melone mit Schinken war ich inzwischen leid geworden.

Rita zog Vitello Tonnato vor.

Auf Ritas Handy rief Kostja an, aber sie nahm nicht ab.

»Was sagt er?« Ich wies mit dem Kopf aufs Telefon.

»Er sagt, ich sei hysterisch und würde das erst später begreifen. Aber dann wäre es vielleicht schon zu spät.«

»Willst du wirklich nicht zu ihm zurück?«

»Darum geht es nicht.«

Langsam wurde es kühl, und die Kellner zündeten neben jedem Tisch Gasöfen an.

»Weißt du, von wem ich nachts träume?« Rita hielt ihr Martiniglas in der Hand. Es sah aus wie eine Möwe auf einer Kinderzeichnung.

Ich blickte sie verwundert an.

»Ja, ich weiß.«

»Aber nein.« Rita machte eine abwehrende Handbewegung. »Mir ist jetzt klar, wen ich in Wirklichkeit im Traum sehe.«

Ich wartete auf Erklärungen.

Ein rotweißes Mädchen stellte zwei weitere Gläser auf unseren Tisch und nahm die leeren mit.

»Weißt du noch, der kleine Mischa in deinem Kinderheim?«

»Mischa? Natürlich. Das ist der, der nichts Süßes essen darf und für den ich jeden Freitag Bananen kaufe.«

»Genau.« Rita nickte. »Er geht mir nicht aus dem Kopf.«

Ich lächelte.

»Ja. Er ist ein lieber Kerl.«

»Was meinst du, könnte ich ihn adoptieren?«

»Adoptieren? Rita, meinst du das ernst?«

»Absolut. Ich denke schon seit einigen Tagen darüber nach.«

Ich stellte mir den kleinen Mischa bei uns zu Hause vor. Ich komme abends von der Arbeit zurück und kaufe ihm Bananen.

»Und Kostja?«

»Kostja ist dagegen.«

»Mit ihm hast du auch schon darüber gesprochen?« Ich war gekränkt. »Das heißt, ich erfahre es als Letzte?«

»Dafür ist deine Stimme die entscheidende.« Rita lächelte mich an.

Einige Minuten lang schwieg ich.

»Weißt du, wenn ich nicht all diese Tage dein unglückliches Gesicht gesehen hätte, würde ich vielleicht versuchen, dir das auszureden.«

»Du bist also dafür?«

»Ich bitte dich aber trotzdem, noch einmal darüber nachzudenken. Ehrlich gesagt, vorläufig kann ich mir das alles noch nicht so recht vorstellen.«

Wenn ich an Mischa dachte, gefiel mir die Idee sehr gut.

Wenn ich an Rita dachte …

»Liebst du Kostja?«, fragte ich.

»Ja. Sehr.« Rita überlegte. »Nur – wie soll ich sagen – etwas ist verloren gegangen. Und das muss ich wiederfinden. Begreifst du?«

Ich nickte. Wir stießen an.

Plötzlich standen die rotweißen Mädchen wieder da. Und fast gleichzeitig mit ihnen tauchte an unserem Tisch Lada auf.

»Was ist los, hat Spartak heute gewonnen?«, fragte sie die Mädchen und lehnte sich dabei an die Schulter eines jungen Mannes mit gut entwickelter Muskulatur.[5]

»Nein.« Das Mädchen mit dem Tablett lächelte. »Das ist eine Werbeaktion für Martini.«

»Den Martini gibt's für lau?«, vergewisserte sich Lada.

»Gratis«, bestätigte das Mädchen bescheiden.

»Hi, Dascha!«, wandte sich Lada an mich, und ich war erstaunt, dass sie sich an meinen Namen erinnerte.

»Hallo, Lada.«

Ich lud sie höflich ein, sich zu uns zu setzen.

Seltsam genug, aber sie willigten ein.

»Das ist meine Freundin Rita.«

»Und das ist mein Trainer«, antwortete Lada im gleichen Tonfall und zeigte auf den jungen Mann.

Der lächelte herablassend und berührte mit den Fingern Ladas Ohr. Lada wedelte seine Hand ungeduldig fort, ohne auch nur den Versuch zu machen, höflich zu erscheinen.

»Einen Stuhl!«, befahl sie ihrem »Trainer«. An unserem Tisch erschien ein weiterer Stuhl, der sofort von Ladas Freundin Lartschik besetzt wurde, bei der ich kürzlich zu Besuch gewesen war.

Lartschik nickte uns zu und nahm dabei alle Gläser mit Martini vom Tablett.

Das Tablett war leer, unser Tisch dafür rappelvoll.

»Möchte jemand die Oliven?«, fragte Lartschik, wartete die Antwort gar nicht erst ab und fischte die Oliven aus den Gläsern.

»Guten Abend!«, verkündete Lada, und wir stießen alle miteinander an.

»Wie bekommt dir der Martini nach der Baccardi-Cola?«, sorgte sich Lartschik.

»Bestens!«, versicherte Lada. Und wandte sich an den jungen Mann: »Bubi, du passt auf mich auf, verstanden?«

Bubi beugte sich zu ihr hinunter und flüsterte ihr etwas ins Ohr. Lada lachte hell auf.

Wlad begann mir leidzutun. Bestimmt war es schwer, so zu leben. Mit so einer Frau.

Wlad wusste doch, dass ich ihn liebe? In diesem Moment wünschte ich mir, dass er es wusste.

Ich beschloss, ihn bei der nächsten Gelegenheit anzurufen und es ihm zu sagen.

»Haben wir uns schon mal irgendwo gesehen?«, fragte mich Lartschik.

»Blöde Frage!«, fiel ihr Lada grob ins Wort. »Das ist doch Wlads Lehrerin. Sie lehrt uns, richtig zu sprechen! Und was wohl sonst noch?«

Ich stellte mein Glas auf den Tisch und schaute Lada ins Gesicht.

Sie brach wieder in Lachen aus: »Er ist ja ein wissbegieriger Schüler, mein Mann. Möchten Sie nicht wissen, was er zum Beispiel in diesem Augenblick lernt?«

»Hör doch auf, Lada«, bat Lartschik.

»Aber ich werde ihn ja nicht anrufen.« Lada nahm sich ein neues Glas Martini.

»Natürlich. Sie wird bei Caesar-Satellit anrufen«, äußerte Bubi gleichgültig.

»Genau. Im Kosmos!«, bekräftigte Lada. »Allerdings nicht per Telefon. Es gibt jetzt neue Technologien. Habe ich erst vor Kurzem gelernt.«

Lada nahm ihr Handy und schaltete das Internet ein.

Wlads Auto war bei einer Gesellschaft versichert, die es über einen Satelliten im All überwachte.

Wenn man das Passwort kannte, wurde einem der Standort des Autos auf einer Karte der Gesellschaft angezeigt.

Das Passwort hatte Lada bei einem Telefongespräch Wlads zufällig aufgeschnappt.

»Besser wäre natürlich ein großer Monitor«, murmelte Lada.

Sie drückte auf die Tasten und wartete einige Minuten lang auf die Verbindung.

»Na bitte! Ich hab's doch gewusst!«

Lada sah so zufrieden aus, als blicke sie nach einer Woche erfolgreicher Diät auf die Waage.

»Willst du wissen, wo er ist?« Sie wandte sich direkt an mich.

Ich schwieg.

»Du willst es lieber nicht? Ist auch besser so. Aber ich, ich will es immer wissen. Ich will alles wissen!« Lada lachte wieder laut auf.

»Kannst du wirklich die Adresse rauskriegen?«, fragte Lartschik erstaunt.

»Hier, sieh selbst!« Lada reichte ihr das Telefon.

»Den Straßennamen kann ich nicht entziffern ...« Lartschik beugte sich tief über den Bildschirm.

»Guck dir die Nachbarstraßen an. Twerskaja.«

»Also das Sheraton!«, rief Lartschik erfreut.

»Genau«, bestätigte Lada. Sie wandte ihren Blick

nicht von mir ab. »Und da wir uns alle hier befinden, heißt das, dort sind … mein Göttergatte Wlad und …« Lada machte eine lange Pause. Ich wäre am liebsten aufgesprungen und weggelaufen.

Ich blieb sitzen.

»Und … eine gewisse junge Person mit roten Haaren. Obwohl auch andere Varianten denkbar sind. Hast du das gewusst?«

»Lada, hör auf.« Bubi streckte den Arm nach ihr aus.

»Ach, verpiss dich!«

Lada hob ihr Glas. Sie wollte etwas sagen, überlegte es sich aber anders und nahm schweigend ein paar Schlucke.

»Lartschik, was machen wir an diesem Tisch?«, fragte sie dann mit vollkommen nüchterner Stimme.

»Ich habe Sie doch eingeladen«, sagte ich.

»So?«, fragte Lada gedehnt. »Und wozu? Wolltest du mich mal genauer unter die Lupe nehmen?«

»Wahrscheinlich.« Ich nickte.

»Und ich dich.«

Ich lächelte. Ein sehr höfliches Lächeln.

»Das haben wir ja nun getan.«

»Ja. Aber ist dir überhaupt klar, dass er im Sheraton mit einem anderen Mädchen ist?«

Ich schwieg.

»Oder glaubst du etwa, er sitzt dort um ein Uhr nachts allein an der Bar?«

»Nein.«

»Na, und wie findest du das?«

Ich lächelte.

»Hör mal, du hast dich in ihn verliebt, stimmt's? Na? Armes Ding. Aber ich – ich liebe ihn nicht. Ich hasse ihn!«

»Ich dachte, das sei bei Ihnen alles ganz anders …«, sagte ich leise.

»Ganz anders?«, schrie Lada. »Ganz anders? Gibt es das denn, ganz anders? Wo ich ihm doch immer verzeihe, so viele Jahre schon?«

Lartschik nahm Lada in den Arm und flüsterte ihr etwas ins Ohr. Lada nickte gehorsam.

»Also«, sagte Lartschik und lächelte, wie man ein kleines Kind anlächelt, »du liebst ihn doch. Und er dich. Und irgendwann wird alles gut sein, nicht wahr? Ihr gehört doch zusammen.«

Lada nickte.

»Und die«, fuhr Lartschik fort und zeigte mit dem Finger auf mich, »die braucht ihn nicht. Sie kriegt jetzt von ihm, was sie haben möchte, und das war's.«

»Dascha will überhaupt nichts von ihm!« Das waren die ersten Worte, die Rita sagte.

»Lada …«, sagte ich flehend.

Lada schob die Arme ihrer Freundin beiseite und schaute mich an.

»Ich brauche ihn nicht«, sagte ich mit fester Stimme. »So viel steht fest. Und ich will auch nichts von ihm.«

Lada schwieg.

»Ich gebe dir mein Wort. Meine Arbeit ist zu Ende, und wir treffen uns nicht mehr.«

»Mädels!« Bubi legte seine Arme um Lada und Lartschik. »Lasst uns in den Klub fahren! Ich brauche Bewegung!«

»Ach, scher dich doch sonst wohin!«, brüllte Lada.

»Und wohin soll das sein?«, grinste Bubi. Lada sprang auf und versuchte, ihm den Stuhl wegzuziehen.

»Verschwinde!«, schrie sie. »Mach, dass du wegkommst!«

Von den Nachbartischen sah man interessiert zu uns herüber.

Bubi bekam Ladas Arm gerade in dem Moment zu fassen, als sie ausholte, um ihn zu ohrfeigen.

»Also, ich bin im Winter. Wenn was ist, kommt dorthin.« Er stand auf und ging hinaus, ohne Rita und mich zu beachten.

»Idiot«, sagte Lada und ließ ihren hochmütigen Blick über die Nachbartische schweifen.

»Trinken wir?« Ich hob mein Glas.

»Trinken wir.« Lada streckte mir ihres entgegen. »Du bist schon in Ordnung.«

»Danke.«

Sie lehnte sich zurück, lächelte und trank ihren Martini in einem Zug aus.

»Komm, Lartschik, fahren wir ins Winter! Und euch wünsche ich noch einen schönen Restabend, Mädels.«

Rita und ich blieben noch eine Weile schweigend sitzen. Plötzlich trat ein erstaunter und erschrockener Ausdruck in Ritas Augen.

»Dascha, weißt du was … Hast du schon mal daran

gedacht, dass Wlad dich als eine Art Bauernopfer benutzen wollte? Bei dem Attentat, meine ich?«

Wlads Chauffeur kam wie immer eine halbe Minute zu früh.

Die Nase an der Fensterscheibe platt drückend, schaute ich aus meinem Zimmer auf seinen Wagen hinunter. Von oben ähnelte er einer Kakerlake aus schwarzem Perlmutt. Es war merkwürdig, ihn so reglos zu sehen. Man hatte das Gefühl, als wolle er jeden Augenblick lospreschen.

Der Wagen wartete auf mich.

Ich wollte vom Fenster weggehen, mich mit meinen Angelegenheiten beschäftigen, so tun, als existiere dieser Wagen nicht.

Ich stand da wie angenagelt.

Beide rührten wir uns nicht von der Stelle: der Wagen unten, ich hier oben.

Ich schaltete mein Handy ab. Aber vorher löschte ich noch »Meine Liebe«. Ich trug einen neuen Namen ein: »Nicht abnehmen«.

Kann man eigentlich erklären, was Enttäuschung ist?

Enttäuschung findet im Kopf statt. Während das Herz sich noch an Worte, Blicke, Hände erinnert, der Verstand aber schon begreift: Es war Lüge. Sowohl die Worte als auch die Blicke. Und sogar die Hände.

Und dann beginnt der Kopf mit dem Herzen zu kämpfen.

Wie wunderbar, wenn das Herz den Kampf gewinnt! Dann zieht man seine Schuhe an und geht nach unten. Unten wartet der Wagen. Und bringt dich an den Ort, zu dem es dich mehr zieht als zu jedem anderen auf der Welt. Und du fühlst dich leicht und bist glücklich.

Der Chauffeur schaltete die Scheibenwischer an. Es sah aus, als bewege die Kakerlake ihre Fühler.

Ich stand, ohne mich zu bewegen. Blinzelte nicht einmal. Barfuß.

Am schrecklichsten ist es, wenn der Verstand gewinnt. Dann gerät man leicht in Versuchung, alles und jeden zu hassen.

Und man muss sich selbst gut zureden – das Leben ist doch gar nicht so schlimm. Es gibt auch Glück. Und glückliche Menschen.

Ich habe einfach Pech gehabt.

Aber bestimmt werde ich auch wieder Glück haben. Beim nächsten Mal. So ist das Leben eingerichtet.

Andernfalls wäre ich nie geboren worden.

Die metallische schwarze Kakerlake setzte sich in Bewegung, gewann rasch an Tempo und verlor sich im Verkehrsgewühl.

Ich rollte mich auf dem Bett zusammen und schloss die Augen.

Eine Stunde verging, und ich dachte, dass es nicht nett von mir gewesen war, den Chauffeur warten zu lassen. Und ich hätte Wlad benachrichtigen müssen. Letztendlich sollte ich ja zur Arbeit fahren und nicht zu einem Rendezvous.

Ich wusste, dass diese Gedanken ein Zeichen von Schwäche waren. Aber ich wollte so gern schwach sein.

Ich schaltete das Handy ein und rief Rita an.

»Ich habe mich mit Kostja versöhnt«, verkündete sie.

»Herzlichen Glückwunsch.«

»Und morgen kommt er mit, um Mischa kennenzulernen.«

»Gute Idee.«

»Und er will mit dir über irgendwas sprechen.«

»Ja? Gern.«

»Über etwas, was nur dich betrifft. Kommst du uns besuchen?«

»Ich werde wahrscheinlich nach London fahren.«

»Aber doch nicht jetzt sofort, Dascha?«

»Nein.«

»Ruf mich an, okay?«

»Okay.«

Wlad rief nicht an.

Ich dachte, es wäre gut, wenn er überhaupt nicht mehr anriefe. Nie wieder.

Klein beizugeben ist weit leichter als zu kämpfen. Spät am Abend rief ich selbst an.

»Wir werden uns vorläufig nicht wiedersehen«, sagte Wlad. Ich schwieg, meine Hände zitterten.

Noch lange, nachdem er sich verabschiedet hatte, starrte ich das Telefon an.

»Nicht wiedersehen«, wiederholte ich wie ein Echo. Drückte auf die Knöpfe der TV-Fernbedienung. Schaltete MTV ein.

Ich hatte mich so daran gewöhnt, mir aus Liedern die Zukunft zu weissagen, dass ich es schon ganz mechanisch tat.

Diesen Clip sah ich zum ersten Mal.

Du sollst bei mir sein,
sollst mir alles verzeih'n.
Leere Träume träumtest du.
Hoffnung und Liebe wurden Verzweiflung,
unverhofft.
Das Leben ist nicht immer einfach.

ZWEITER TEIL

Im Leben hielt er sich an die Regel: Gleich, was man tut, wichtig ist bei einer Tat nicht, ob sie gerecht ist, sondern wie hoch das Risiko ist. Er beteiligte sich nur dann an etwas, wenn er restlos überzeugt war, dass es funktionieren würde. Im Feuer einer finanziellen und wirtschaftlichen Krise fühlte er sich wie der mythische Salamander.

Juri Korolkow, »Kio Ku Mizu!«
(»Top Secret – Bei Gefahr verbrennen«)

14

Esel. Was sind das für Esel.

Und ich selbst bin auch ein Esel.

Ich wollte diese Operation doch gar nicht! Meine Nase war ja ganz normal …

»Was hast du da gemacht?« Ich wies Pascha mit einer Kopfbewegung auf mein Spiegelbild hin.

Ungerührt betrachtete er mein Profil. Solche Profile kommen jeden Tag dutzendweise aus seinem Operationssaal.

»Eine normale Nase habe ich dir gemacht. Auf jeden Fall kannst du jetzt durch die Nasenlöcher atmen. Und auch ästhetisch ist sie …«

»Ästhetisch?! Aber ich sehe ja aus wie Mike Tyson!«

»Du hast mir nicht gesagt, dass du ihm nicht ähnlich sehen willst!«

Irgendwann werde ich mich sicher an meine neue Nase gewöhnt haben. Beim Abschied drückte ich Pascha sogar die Hand.

»Du wirst mir noch dankbar sein«, verhieß Pascha. »Was glaubst du, wie viele von euch schon bei mir gewesen sind! Vor jeder Wahl lassen sie sich die Nase beschnitzen oder die Ohren anlegen.«

»Einen Silikonbusen lassen sie sich nicht machen?«

»Nein. Fettabsaugungen, ja, die gibt es ziemlich häufig. Aber die hast du noch nicht nötig ...«

Auf dem Rücksitz meines nagelneuen BMW 750 betrachtete ich meine Nase im Spiegel.

Eigentlich gar nicht so übel. Den Wählern wird sie gefallen. Vor allem den Wählerinnen.

Und ich kann damit normal atmen. Vielleicht höre ich sogar auf zu schnarchen.

Ich rief meine Sekretärin an.

»Such mir einen Spezialisten für Sprecherziehung raus. Den besten. Und rasch. Ich will ihn schon morgen bei mir sehen.«

Dann fuhr ich ins Büro.

Breschnew wedelte mit einer Zeitung herum und brüllte hysterisch, wir würden ihn nicht respektieren.

Die Boulevardpresse.

Sie schrieben, wir brauchten von Breschnew nur den Namen. Er sei eine Marionette, kein Parteiführer. Er plappere nur nach, was ich ihm sagte.

Ich ließ den Leiter des Pressedienstes kommen.

»Was erlaubst du dir? Wessen Namen ziehst du in den Dreck?«

»So ist der Boulevard nun mal ...«

Er hat eine Glatze und mit knapp über dreißig schon einen gewaltigen Bauch.

»So was darf einfach nicht passieren! Vor den Wahlen! Mit der Boulevardpresse muss man sich gut stellen! Spiel ihnen Informationen über unsere Konkurrenten zu! Oder über wen auch immer! Das ist deine Aufgabe!«

»Wenn wir ihnen Informationen zuspielen, benutzen sie uns ein paar Monate, und dann setzen sie uns selbst auf die Titelseite – als inoffizielle Quelle.«

Ich stellte fest: Männer mit Glatze sind dickköpfig.

»In ein paar Monaten werden sie das nicht mehr wagen!«

Ich brüllte ihn an und beobachtete, wie Schweißtropfen auf seine Glatze traten.

»Na schön. Ich werde tun, was ich kann.«

Niemand bemerkt meine neue Nase. Oder sie tun alle nur so.

Ich ließ Lena rufen.

Sie ist neunzehn. Hat eine super Figur. Und auch ihr Herr Papa hat seine Vorzüge.

Lena leitet unseren Wahlkampfstab.

»Ich habe dem Schuldirektor zweitausend Dollar angewiesen, das heißt, die Lehrer erhalten die Zuwendungen schon am Montag. Drei Leute schicken wir in den Unterricht. Man steht uns dort sehr positiv gegenüber, das bedeutet zusätzliche Stimmen.«

Lena hat ein vielversprechendes Lächeln.

Und ich habe eine Regel – keine Verhältnisse bei der Arbeit.

»Ausgezeichnet. Und die Computer?«

»Sind gekauft.«

Ein Wahlkampfhelfer erhält dreihundert Dollar plus einen Zehner für jede Unterschrift. Eine spürbare Aufbesserung des Lehrergehalts. Wir unterstützen sie finanziell, aus Dankbarkeit werden sie Wahlkampfhelfer, und dafür zahlen wir dann noch mal extra.

Wie allen anderen auch.

»Lena, denkst du an übermorgen? Was können wir machen?«

Übermorgen ist der Jahrestag der Schlacht von Stalingrad – der Zerschlagung der faschistischen deutschen Truppen durch die Sowjetarmee.

»Ich lasse es mir durch den Kopf gehen.«

Das werde ich auch tun. Keine Regel ohne Ausnahme. Außerdem muss es ja nicht gleich ein Verhältnis sein. Ein kleines Techtelmechtel ... eine Beförderung ... und alle sind zufrieden.

Breschnew ist zurück. Er hat sich beruhigt.

Eine halbe Stunde lang habe ich ihm erzählt, wie sehr wir ihn schätzen. Oder sogar eine ganze Stunde.

Jaroslaw Breschnew ist der Enkel des allgemein bekannten Breschnew. Seine Großmutter war im Krieg an der Front die inoffizielle Frau des künftigen Generalsekretärs. Laut inoffiziellen Quellen.

Jaroslaw besuchte eine normale Schule und studierte anschließend Kunst. Er malte nostalgische Bilder im Stil des sozialistischen Realismus und machte sich über Politik keine Gedanken. Bis wir uns zufällig auf einer Regierungsdatscha trafen, auf der sich außer uns auch noch achtzehn Striptease-Tänzerinnen aus einem nicht ganz unbekannten Moskauer Klub befanden

Als der letzte Whisky getrunken war, gab es eine neue Partei. Eine prokommunistische, die alle die vereinen sollte, die den goldenen Jahren des Sozialismus nachtrauerten.

Die Kirche beabsichtigten wir vom Staat zu trennen, was uns automatisch viele Muslime und – mit etwas Glück – auch Juden zuführen würde.

Zum Chefideologen und Parteivorsitzenden wurde einstimmig der freischaffende Künstler Jaroslaw Breschnew gewählt.

Auf meiner Bank sollte das »Gold der Partei« deponiert werden. Dass es dieses Gold geben würde, stand für mich außer Frage.

Ich gab siebzigtausend für die Organisation aus. Jaroslaw mietete ein Büro im Internationalen Handelszentrum, engagierte eine Sekretärin und kaufte ein Fax.

An den Wänden des Büros hingen natürlich die patriotischen Gemälde Jaroslaws.

Den ersten Parteikongress beschlossen wir in Tunis abzuhalten.

Ich kümmerte mich um die Durchführung. Wir orderten einen Charterflug für dreihundert Personen. Meine Freunde, Mädchen in großer Zahl, ferner Künstler, Sänger, Geschäftsleute des Schlages, der sich keinen Anlass zum Feiern entgehen lässt, und natürlich die »VIP VIPowitsche«, die fünf Personen, deretwegen das alles überhaupt organisiert wurde. Denn sie sollten die Finanzierung der Partei übernehmen.

Es gab ein umfangreiches Programm, das sogar einen Schönheitswettbewerb einschloss, die »Krone Russlands« genannt.

Im Hotel warnten wir alle sofort: »Es wird anstrengend, aber ihr werdet gutes Geld verdienen. Hauptsache – niemanden verhaften, von nichts Notiz nehmen, einfach nur alles in Rechnung stellen.«

Die tunesische Polizei wurde nach vorheriger Absprache durch russische Security-Männer ersetzt.

In der Disco wurde ausländische Musik verboten. Nur russische war erlaubt. Manchmal auch nur russische Volkslieder.

An den ersten beiden Tagen meuterten die Deutschen, von denen es im Hotel sehr viele gab. Die Security hob mitfühlend die Arme.

Am dritten Tag schwammen die Deutschen bereits fröhlich mit unseren Stripperinnen und schottischem Whisky im Swimmingpool.

Und grölten russische Lieder.

Am vierten Tag wären sie ohne zu zögern in unsere Partei eingetreten, wenn wir sie darum gebeten hätten. Und hätten es für das Beste gehalten, was ihnen in ihrem grauen Leben widerfahren konnte.

Parteimitglieder wurden alle dreihundert, die mit uns an Bord des Flugzeugs gewesen waren – ohne Ausnahme.

Alle Geschäftsleute investierten Geld in die Partei. Zu Recht waren sie der Ansicht, dass sie für einen öden Familienurlaub an der Côte d'Azur genauso viel ausgegeben hätten. Oder doch beinahe so viel. Und hier winkte ihnen noch die Aussicht auf politische Lobbyarbeit.

Alle fünf VIPs überwiesen nach der Ankunft in Moskau Geld auf Konten meiner Bank. Genauso viel, wie ich erwartet hatte.

Niemand bemerkt meine neue Nase. Oder tun sie alle bloß so? Ich rief Lada an.

»Liebster, wann kommst du nach Hause?«

»Liebste, ich habe eine ganze Woche im Krankenhaus vertrödelt. Bei mir türmt sich die Arbeit.«

»In dem Fall gehe ich mit den Mädels essen. Du kommst doch nicht allzu spät?«

»Ich weiß es nicht.«

»Kannst du nicht mal zu einer normalen Zeit nach Hause kommen? Schließlich warst du eine ganze Woche lang nicht da!«

»Liebste, du hättest mich ja im Krankenhaus besuchen können!«

»Aber wenn ich gestern erst aus Rom gekommen bin, welchen Sinn hätte es da haben sollen, zu dir ins Krankenhaus zu fahren?«

»Keinen.«

»Also du kommst nicht so spät, Liebster?«

»Doch, Liebste.«

Sie warf den Hörer auf.

Ich stellte mir vor, wie sie sich auf die Unterlippe biss. Das ist bei ihr das erste Anzeichen von Wut. Das zweite ist lautes Gelächter. In einer halben Stunde fing das Fußballspiel an. Rechtzeitig zum Beginn musste ich zu Hause sein. Wieder rief Lada an.

»Liebster, weißt du noch, dass wir bald unseren fünfzehnten Hochzeitstag haben?«

Sie wollte sich offenbar in bessere Stimmung bringen.

»Natürlich, Liebste.«

»Ich wundere mich, dass du mich nicht fragst, was ich mir wünsche?«

»Was wünschst du dir, Liebste?«

»Ohrringe. Weißt du nicht mehr?«

»Doch, jetzt erinnere ich mich.«

»Und Nerzbezüge fürs Auto.«

»Bei mir ruft jemand auf der anderen Leitung an. Ich rufe dich zurück.«

Wer hat sich nur diese idiotischen Feiertage ausgedacht! Heute Nacht gibt es im Fernsehen auch noch Tennis. Direktübertragung aus Amerika.

Lada kam um vier Uhr morgens nach Hause. Gerade als das Tennis zu Ende war.

»Liebster, du bist schon zu Hause?«

Sie war ziemlich angesäuselt.

»Ich hab 'ne tolle CD mitgebracht! Aus dem Winter.«

Sie schob die CD in den Player und begann zu tanzen. Sehr verführerisch.

Auch der Striptease gelang ihr nicht übel. Überhaupt ist sie auch nach fünfzehn Jahren Ehe noch gut in Form.

Jedenfalls solange sie sich noch auf den Beinen halten kann. Fällt sie erst mal hin …

Ich trug sie auf meinen Armen ins Schlafzimmer, denn allein hätte sie es nicht mehr geschafft.

15

Der Spezialist für Sprecherziehung entpuppte sich als junges Mädchen. Eine Doktorandin.

Rührendes Ding. Wurde ständig verlegen und rot.

Ein wenig erinnerte sie mich an Lada vor fünfzehn Jahren.

Dascha.

Redet ziemlich geschwollen daher. Möchte erwachsen wirken. Sehr drollig. Fürchtet sich noch zu kokettieren.

»Wann ist Ihr Termin?«, fragte sie streng.

»Termin?«

Ich hatte noch nie eine Gynäkologin. Auch noch keine Lokführerin oder Kosmonautin.

Dascha schaute mich mit blitzenden Augen an.

»Eigentlich in einem Monat. Aber in zwei Wochen würde ich es lieber schaffen.«

Zu sagen, für Dascha würden mir auch ein paar Tage genügen, wäre allzu zynisch gewesen.

Meine Mutter rief an. Wollte wissen, ob man an Spaghetti mit Meeresfrüchten noch Curry geben sollte.

»In Sahnesauce?«, fragte ich.

»Natürlich.«

»Dann kann ruhig ein bisschen dran. Und Paprika.«

Ich war eine Zeit lang begeisterter Hobbykoch. Damals, als alle Restaurants eröffnen wollten.

»Danke, mein Lieber. Wie geht es deiner Nase?«

»Bestens.«

Wer hatte ihr das erzählt? Lada? Oder hatte sie meine Sekretärin ausgequetscht?

»Wozu war diese Operation überhaupt nötig?«

»Mama, ich habe gerade zu tun.«

»Du hättest mich doch vorher mal anrufen können und um Rat fragen. Die Tanja hier aus dem ersten Stock, deren Freundin hat sich auch die Nase operieren lassen – und weißt du, was jetzt ist?«

»Was?« Besser, ich hörte es mir sofort an, dann war das Thema vom Tisch.

»Sie muss noch mal operiert werden, weil gepfuscht worden ist, aber trotzdem geht sie wieder zum selben Arzt. Wer hat dir denn den Arzt empfohlen?«

»Lada.«

»Das heißt, es war ihre Idee? Wieso, hat ihr deine Nase nicht mehr gefallen?«

»Mama, ich habe eine Besprechung. Ich komme zu spät. Ich rufe dich nachher zurück.«

»Gut, dann rufe ich jetzt Lada an.«

»Sie schläft noch, Mama. Bis dann. Dir geht's doch gut?«

»Nun ja … normal. Wie soll es mir in meinem Alter schon gehen?«

Lange suchte ich nach einer passenden Krawatte für meinen neuen Anzug. Dreimal wechselte ich das Hemd. Das dritte Hemd warf ich wütend auf den Boden. Ist es denn so schwierig, die Anzüge zusammen mit den Hemden und Krawatten aufzuhängen?

Lada wachte auf. Auf dem Weg zum Mineralwasser zog sie eine Krawatte von der Garderobe und gab sie mir. Eine, die ich bis jetzt noch gar nicht anprobiert hatte.

Sah nicht übel aus.

Im Wohnzimmer entdeckte ich Dascha. Die hatte ich ja völlig vergessen!

»Guten Morgen.«

Werde sie mit ins Büro nehmen müssen.

»Guten Morgen«, sagte sie artikuliert und mit Ausdruck. Als wolle sie gleich im Radio den Wetterbericht verkünden. »Die Zunge muss elastischer sein ...«

Ich blickte sie aufmerksam an. Hübscher Busen.

»... Das T ist ein Verschlusslaut, dessen Verschluss durch den Luftdruck gelöst wird. Gu-ten Morgen.«

»Gu-ten Morgen«, wiederholte ich. Warum trägt sie so weite Pullover?

»Gut. Tausend tapfre Templer.«

»Tausend tapfre was? Wer?«

Armes Mädchen, vor lauter Verlegenheit ist sie ganz rot geworden.

Wie viele Jahre ist es her, seit Lada das letzte Mal rot geworden ist?

»Tapfre Templer.«

»Alles klar.«

Angezogen ist sie ärmlich, aber offensichtlich hat sie sich für diesen Termin sorgfältig hergerichtet. Ob ich ihr einen Vorschuss geben soll?

Ich sprach ihr die albernen Worte und Laute nach. Keine Ahnung, wer von uns beiden sich mehr Mühe gab. Wie viel Zeit für diesen Unsinn draufgeht!

Als mein Handy klingelte, wandte sie sich ab und tat, als höre sie nicht hin. Zu komisch.

»Wie viele Quadratmeter hat das Penthouse?« Wie alt mag sie sein? Zwanzig? Dreiundzwanzig? »Aber er schuldet mir mehr! Tja, ich weiß nicht. Du meinst, eine andere Möglichkeit, das Geld zurückzukriegen, gibt es nicht?«

Ein Penthouse in der Ostoshonka. Warum nicht.

»Okay. Geh drauf ein.«

Mein Hai hat ihr gefallen. Meine träge satte Bestie. Wenn ich ihn zwei Tage nicht füttere, wird er am dritten die kleinen Fische fressen. Das jedenfalls hat mein Assistent gesagt.

Ich mäste ihn wie eine Weihnachtsgans. Ich will, dass er die Fische nicht aus Hunger verschlingt, sondern dass der Ruf der Natur ihn dazu treibt. Ich half Dascha in den Mantel. Sie wurde verlegen. Sieht ganz so aus, als hätte sie nicht ein Gramm Silikon im Leib.

Fuhr zum Rundfunk. Gab in einer Live-Sendung Wahlkampfversprechen.

Die Moderatorin war ein hübsches junges Mädchen mit schwarzen Kopfhörern. Sie saß hinter einem riesigen Mikrofon und lächelte mich verführerisch an. Jedes Mal wenn sie den Mund öffnete, fürchtete ich, sie würde das Mikrofon verschlucken.

»Ich gratuliere! Die Hörer waren sehr aktiv. Das spricht für Ihre wachsende Beliebtheit.«

Sie begleitete mich zur Tür, und die ganze Zeit wurde ich die Vorstellung von dem Mikrofon vor ihrem Gesicht nicht los.

Ich holte meine Visitenkarte aus einer Spezialtasche in meinem Jackett. Ein sehr praktisch geschnittenes Kleidungsstück. Paul Smith.

Schrieb ihr meine Handynummer dazu.

»Über eine Einladung von Ihnen werde ich mich immer freuen. Rufen Sie mich einfach an, ganz zwanglos.«

»Danke. Mache ich bestimmt.«

Ein Mikrofon brauchst du nicht mitzubringen.

Ich rief meine Sekretärin an.

»Finde raus, was das Wort Templer bedeutet. Ist das jemand, der sein ganzes Leben lang Single ist? Oder was?«

Ich hätte Dascha zur Sendung mitnehmen sollen. Sie hätte meine Fehler kommentieren können. Aber eigentlich hatte ich ja ganz normal gesprochen.

Ich fuhr kurz ins Büro, und von dort brachen wir zu Mischanja auf. Bei ihm kaufte ich ein erstklassiges Set Golfschläger mit einer Widmung darauf.

Im Restaurant waren schon alle versammelt. Silicon Valley.

Lada fehlte. Sie kann Oleg nicht ausstehen. Was auf Gegenseitigkeit beruht.

Einmal hat er sich betrunken und ihr Grobheiten gesagt. Allerdings hatte sie damit angefangen.

Am nächsten Morgen rief er an und entschuldigte sich.

Lada sprach eine Woche lang nicht mit mir, weil sie meinte, ich hätte ihm in die Fresse hauen müssen.

Ich hätte Dascha gar nicht mitzunehmen brauchen. Sie setzte sich sofort zu den Mädchen.

Ich lächelte, um meine Verärgerung zu verbergen. Natürlich hatte ich nicht geplant, die volle Nummer durchzuziehen, aber ein bisschen was hätte doch wohl drin sein können.

Dafür hätte ich sogar Geld draufgelegt. Für Arbeit »unter ungewöhnlichen Bedingungen«.

Nein, das war eine schlechte Idee.

Andererseits – nach einer Flasche Whisky würde ich wohl kaum noch ein Wort aus ihrem Repertoire artikulieren können.

Dimka beklagte sich wie immer über seine Geliebte. Sie will in die Oberliga. Sagt, sie sei schon dreißig und müsse endlich ihren Platz im Leben finden. Aber Dimkas Frau ist vierzig und hält diesen Platz längst fest besetzt.

»Sie hat meinetwegen ihre Familie verlassen. Da kann man sie ja verstehen«, seufzt Dimka nun schon seit drei Jahren. Nicht ohne eine gewisse Eitelkeit.

Wir rieten ihm, ihr eine Wohnung zu kaufen. Dann wäre sie mit der Renovierung beschäftigt, anschließend mit der Einrichtung, und so für eine Weile beruhigt.

Eine Immobilie im Zentrum Moskaus ist der Stabilisierung von Beziehungen äußerst förderlich.

Sanja erzählte, wie er die Bekanntschaft einer Miss World gemacht hatte. Im Metropol. Er hatte sie mit seinem Hündchen geködert. Diese Miss World würde fünf Tage in Moskau sein und hatte versprochen, alle fünf Tage mit ihm zu verbringen. Sanja behauptete, er habe der Miss einen leidenschaftlichen Kuss direkt auf ihren dekolletierten Busen gedrückt.

Wir glaubten ihm nicht.

Sanja misst ganze hundertachtundsechzig Zentimeter.

Vielleicht war diese Dame die Miss World von 1968?

Ich rief Lada an. Sie sagte, sie schlafe, und legte sofort wieder auf.

Ich legte mich im Arbeitszimmer zu Bett. Nahm vorher noch Enterosgel, um keinen Kater zu bekommen.

Geweckt wurde ich von Lada.

»Du hast gleich Pediküre. Willst du aufstehen?«

»Ja.«

Das Enterosgel hatte nicht geholfen. Ich würde mich den ganzen Tag schlecht fühlen. Noch ein verlorener Tag.

»Sie wird auf dich nicht warten. Ich bin in fünf Minuten fertig, bekomme schon die Nägel lackiert, also mach schnell und steh auf.«

Unsere Hausangestellte heißt Sita. Sie hat Angst vor mir. Weil Lada ihr mit mir droht. Wenn sie etwas falsch macht, greift Lada sich an den Kopf und sagt: »Mein Gott, was wird Wlad dazu sagen?!« Und verdreht entsetzt die Augen.

Die Hausangestellte beginnt zu zittern und verspricht, dass bis zu meiner Ankunft alles tipptopp sein wird.

Kaum betrat ich die Küche, war von Sita nicht mehr zu spüren als ein Luftzug. Und auch der nur schwach.

Hafergrütze, Kaffee, Käse. Alles wie üblich auf dem Tisch serviert.

Ich trank ein großes Glas Cola mit reichlich Eis obendrauf.

Die Fußpflegerin schwieg.

Wenn Lada mit der Fußpflegerin über mich redete, nannte sie mich immer Wladimir Wiktorowitsch.

Das versetzte die Fußpflegerin in Angst und Schrecken.

Ich spreizte meine Zehen auseinander.

Ich zog einen grauen Anzug mit einem rosa Hemd und einer fliederfarbenen Krawatte an.

Schaute nach, ob im Kühlschrank noch Bier war. Nein.

»Willst du etwa mit dieser Krawatte weg? Und mit diesem Hemd?«

Lada stand in der Tür und starrte mich an, als hätte ich ihr Lieblingskleid angezogen.

»Schlaf noch eine Runde, Liebste«, riet ich meiner Frau.

»Nimm eine andere Krawatte, Liebster.«

»Mir gefällt diese, Liebste.«

»Du siehst aus wie eine Tunte.«

»Könntest du mich in Ruhe lassen?«

»Und könntest du mir gratulieren, dass ich jetzt schon seit fünfzehn Jahren deine Krawatten aussuche?«

Genau. Heute war ja unser Hochzeitstag.

»Liebste, ich hatte vor, dir heute Abend zu gratulieren.«

»Gratulier dir selbst.«

Sie ging zurück ins Schlafzimmer.

»Übrigens ist das auch mein Feiertag!« Jedes laute Wort hallte schmerzhaft in meinem Kopf wider.

»Du kannst ihn behalten!«, schrie Lada aus dem Schlafzimmer.

Eine Minute später tauchte sie wieder in der Küche auf. Schleuderte mir erbittert eine kleine, hübsch verpackte Schachtel entgegen.

Warum hatte ich Idiot ausgerechnet an diesem Tag geheiratet? Ich hätte doch auch noch eine Woche warten können.

»Liebste!« Ich riss das Papier auf und fand im Inneren eine Skeleton-Uhr. Beste Qualität. Omega Speedmaster. Tachometer, Chronograf, Platingehäuse, Saphirglas. Meine Frau hat einen guten Geschmack.

Sie schloss sich im Schlafzimmer ein.

Ich unternahm ein paar Versuche, mich mit ihr zu versöhnen, aber sie waren nicht von Erfolg gekrönt.

Die Krawatte nahm ich ab, weil dieses Hemd auch ohne Krawatte gut aussieht.

Schimpfte mit meiner Sekretärin, weil sie mich nicht an den Hochzeitstag erinnert hatte.

Sollte mir überhaupt besser eine neue nehmen. Kaffee kochen kann sie auch nicht, ihr Kaffee schmeckt scheußlich.

Dascha traf ein und ließ mich nachsprechen: »TADITA-TADITJA«. So was kriegt man ja nicht mal in guter Verfassung über die Lippen.

Ohne Bier überstehe ich den heutigen Tag nicht.

Ich rief im Autohaus an. Man sagte mir, mein neuer Mercedes sei noch nicht gekommen. Bestellt habe ich ihn schon vor einem Monat! Saftladen!

Dann rief mein Assistent an und sagte, die Geschenke für meine Frau seien da. Zwei Karat pro Ohr und Sitzbezüge aus Nerz fürs Auto. Sie hatte sich allerdings auch noch neue Felgen gewünscht. Mit Edelsteinen. Na, es wird auch ohne gehen.

»Pack alles ein und schick es rüber. Und vergiss die Blumen nicht.«

Schenke ich ihr die Felgen eben zum Frauentag. Die

Rothaarige schickte mir eine SMS: »Habe Sehnsucht nach Dir.«

»TADITA-TADITJA.«

Die Konferenz sage ich ab. In so einem Zustand ist das die einzig richtige Entscheidung.

Der Rothaarigen schickte ich eine Antwort-SMS und schlug ihr ein Treffen im Sheraton vor.

Dascha war enttäuscht, weil wir so wenig geübt hatten. Ich versprach ihr, es unterwegs nachzuholen. Im Auto.

Ich glaube, sie ist scharf auf mich.

Ich schlug ihr vor, im Hotelrestaurant zu essen, solange ich mit der Rothaarigen auf dem Zimmer war.

Sie lehnte ab. Ein Fehler. Bestimmt aß sie tagelang nur irgendwelchen Müll.

So dünn wie sie war, hätte sie ruhig was essen sollen.

Lada war genauso. Obwohl sie an einem einzigen Tag so viel vertilgen konnte wie eine durchschnittliche siebzehnköpfige indische Familie in zwei Wochen.

Mit der Rothaarigen stieß ich am Eingang zusammen. Schon im Lift stürzte sie sich auf mich.

Lada erzählte über sie, sie könne nicht zur Massage gehen. Sie werde dadurch so erregt, dass jede Massage mit Sex ende. Ich fragte die Rothaarige, ob sie es schon mal mit Masseurinnen versucht hätte. Hatte sie nicht.

Ich holte Bier aus der Minibar.

»Hat es dir gefallen?«, flüsterte sie mir ins Ohr.

»Sehr«, erwiderte ich und nahm einen belebenden Schluck.

»Essen wir zu Abend?« Sie brachte es fertig, gleichzeitig zu reden und zu küssen.

»Ich kann nicht. Habe einen Termin im Weißen Haus.«[6]

Mein Chauffeur holte Dascha ab, und wir fuhren zu mir nach Hause auf die Party.

Meine Geschenke waren inzwischen sicher eingetroffen, und Lada war wieder glücklich und zufrieden.

Rund dreißig Freunde hatten sich versammelt, um uns dafür zu preisen, dass wir fünfzehn Jahre gemeinsam verbracht hatten.

Sie selbst wären dazu niemals imstande gewesen.

Wieso schleppe ich eigentlich Dascha mit?

Wir saßen in meinem Arbeitszimmer, tranken Whisky und rauchten Zigarren.

Sanja erzählte von seiner Miss World. Er hatte heute mit ihr zu Mittag gegessen. Die Miss hatte ihren Nachtisch noch nicht ganz verspeist, als sie einen Anruf aufs Handy bekam und sich augenblicklich verabschiedete. Mit einem Kuss auf die Wange. Dafür musste sie sich bücken.

Sanja war böse. Nannte sie eine dumme Kuh. Prophezeite, sie werde noch auf den Knien angekrochen kommen. Wahrscheinlich, um sich nicht ständig bücken zu müssen.

Dann rief er sie an und lud sie in den Klub ein. Sie sagte, sie habe zu tun.

Da rief er ein anderes Mädchen an und fuhr ins Winter.

Kostja, mein früherer Geschäftspartner, erzählte, er habe sich gestern so betrunken, dass er im Restaurant irgendeine Tussi aufgerissen und mit nach Hause genommen hätte. Als er aufgewacht sei und sie gesehen habe, hätte er sich noch anderthalb Stunden schlafend gestellt, in der Hoffnung, dass er sich so vielleicht an sie gewöhnen könnte.

Oder dass sie in der Zwischenzeit verschwinden würde.

»Eine Brünette mit erheblichen Gebrauchsspuren. Circa vierzig. Eine solche Vogelscheuche, dass es mir vor den Bodyguards peinlich war.«

Das gestrige Fußballspiel wurde erörtert.

»Wer von denen will denn noch spielen?«, fragte Dimka empört. »Die verstehen sich nur aufs Abkassieren.«

»Und erst der Kommentator.« Ich öffnete eine neue Schachtel Zigarren, die ich mir zusammen mit einer Kiste Wein hatte schicken lassen. Château Mouton-Rothschild 1997, für den Preis von Limonade. Mit Diplomatenpost und ohne Etiketten.

»Der Kommentator war ein Esel«, pflichtete Dimka mir bei.

»Und so ein blamables Ergebnis …«, seufzte Oleg.

»Sollen wir am Wochenende nicht mal wieder Fußball spielen?«, schlug Kostja vor.

Wir verabredeten uns für Samstag.

Dann sprachen wir über den Kongress in Tunis. Und über den Schönheitswettbewerb »Krone Russlands«.

Ich als Organisator hatte natürlich in der Jury gesessen. Sanja mit seinem Hündchen ebenfalls.

Die Wahl der Siegerin stand an.

Langbeinige Schönheiten aus ganz Russland schritten über die Bühne und träumten vom Hauptpreis: einem bodenlangen Nerzmantel. Zuerst hatten wir einen aus Zobelfell nehmen wollen, dann aber entschieden, dass ein Nerz reichte.

Der Wettbewerb wurde von einem Fernsehteam aufgenommen, und keiner verschwendete einen Gedanken daran, warum die »Krone Russlands« in Tunis überreicht wurde. Und wie Tunis und ein Nerzmantel zusammenpassten.

Ich deutete mit dem Finger auf eine kleine, unsympathisch aussehende Bewerberin.

»Die wird die ›Krone‹ sein.«

»Wlad, bist du verrückt geworden?«, rief Sanja entrüstet. »Diese Missgeburt!«

»Na und, was macht das aus?«

»Wlad, die Journalisten werden keine Ruhe geben!«, wandte Dimka vernünftig ein. »Sie werden fragen, warum gerade die?«

»Von mir aus. Sollen sie fragen. Was wollen wir denn? Dass man von uns spricht. Stimmt's?«

Die Entscheidung wurde angenommen. Am folgenden Tag sollte das Finale stattfinden.

Nachts in der Disco, als alle begeistert zu den Liedern von Grischa Leps[7] tanzten, kam einer unserer Parteinovizen auf mich zu. Er schwenkte sein Cocktailglas, fiel mir um den Hals und mühte sich, mir etwas ins Ohr zu flüstern.

Es stellte sich heraus, dass er auf eigene Faust, ohne vorher um Rat gefragt zu haben, mit dem Bürgermeister einer Kleinstadt verabredet hatte, bei der Misswahl solle dessen Geliebte gewinnen. Sie war ein schönes Mädchen und uns, so hatte er richtig geschlossen, würde es natürlich wurscht sein, wer den Wettbewerb gewann.

Dimka fielen sofort eigene Interessen ein, die er in diesem Städtchen verfolgte. Irgendein Heckmeck mit einer Fabrik.

Wir riefen den Bürgermeister an. Es war vier Uhr früh. Das Finale sollte um zwölf beginnen. Um zwölf Uhr zwanzig nahm seine Geliebte die »Krone Russlands« entgegen. Zusammen mit dem bodenlangen Nerz.

Und wir hatten einen neuen Freund gewonnen: den Bürgermeister eines Provinzstädtchens.

»Ach, was hatten wir nur für einen Spaß«, seufzte Dimka.

»Wie wär's mit einem zweiten Kongress?« Oleg schnitt mit dem Cutter die Spitze seiner Cohiba ab. »Vielleicht in Courchevel? Sonst wird es langweilig.«

In der Tür zum Arbeitszimmer tauchte Dascha auf, lächelte und verschwand rasch wieder.

»Nein. Aber wenn wir bei den Wahlen zehn Prozent kriegen, dann schmeiße ich 'ne Riesenparty für euch!«

Um drei Uhr morgens gingen wir auseinander.

Lada saß auf meinem Schoß und war ganz entzückt über die Ohrringe.

Um das Geld für Ladas Brillanten tut es mir nur in dem Augenblick leid, in dem ich die Scheine aus dem Portemonnaie nehme und sie dem Verkäufer gebe.

Schmuck für die eigene Frau zu kaufen, ist so ähnlich, wie zum Zahnarzt zu gehen: Man hat keine Lust, aber man muss. Dafür ist es nachher umso angenehmer: Die Bekannten loben einen und sind begeistert.

»Lartschik hat gesagt, solche hätte sie nur bei Anjetschka gesehen.«

Ich nickte.

»Hast du sie bei Mercury gekauft? Haben sie dir Rabatt gegeben?«

Ich bin doch nicht so dämlich, Graffs ohne Rabatt zu kaufen. Diese hatte ich mir sowieso aus New York mitbringen lassen.

»Komm schlafen!« Lada war ausnahmsweise völlig nüchtern.

»Du meinst – schlafen?«, erkundigte ich mich.

»Ich meine – komm, Liebster.«

Wir erklärten uns gegenseitig unsere Liebe.

»Stell dir vor, fünfzehn Jahre! Weißt du noch, wie ich damals war?«

»Natürlich. Genauso wie heute.«

Wir lagen gemütlich im Bett und tranken die Flasche Château Mouton-Rothschild aus.

»Und du hast jeden Tag denselben Anzug getragen!«

»Gar nicht wahr. Ich habe mich damals immer sehr modisch gekleidet.«

»Natürlich! Frag Lartschik, mit ihr hab' ich das ja immer bekakelt! Und erst dein Haarschnitt!«

»Erzähl keine Märchen.«

»Doch. Heute kommt es dir so vor, als wärst du immer schon so ein toller Hecht gewesen!«

»Nein, wahrscheinlich war ich der letzte Depp!«

»Allerdings! Den Kellnern hast du kein Trinkgeld gegeben!«

»Und deshalb hast du mich geheiratet. Weil du Deppen liebst, ja?«

»Nein.«

»Liebst du mich?«

»Ja.«

»Das will ich auch hoffen! Wer sonst würde dir noch solche Ohrringe schenken?«

»Wahrscheinlich niemand mehr …«

Die Ehe ist ein Zaubertrick, dessen Geheimnis niemand kennt. Aber jeder glaubt, ihn zu beherrschen.

16

Als ich aufwachte, saß Lada schon beim Frühstück.

Ich zog einen seidenen Morgenmantel über meinen Pyjama und ging in die Küche.

Bevor ich Lada kennenlernte, schlief ich nackt.

Die Hausangestellte briet Rührei. Die Augen wären ihr fast aus dem Kopf in die Pfanne gefallen, als sie mich erblickte.

Ich wartete großmütig, bis sie das Rührei auf den Teller geladen hatte.

»Guten Morgen, Liebster.«

Lada trank Kaffee. Sie war gekämmt und sicher auch schon gewaschen.

»Guten Morgen, Liebste. Ich soll ein Penthouse als Schuldenerstattung bekommen, fahren wir mal hin und sehen es uns an? Mit dem Architekten habe ich mich schon verabredet.«

»Ich kann nicht, Liebster. Ich habe Termine.«

»Was für Termine?«

Lada schenkte mir Kaffee ein. Ich wollte Tee.

»Maniküre.«

»Und nach der Maniküre?«

»Nun, danach weiß ich noch nicht.«

»Dann also nach der Maniküre. Ich habe jetzt gleich Unterricht bei Dascha, das wird rund zwei Stunden dauern.«

»Und, machst du Fortschritte?«

»Sehr gute.«

»Tatsächlich sehr gute?«

»Wieso, glaubst du, nur du könntest etwas sehr gut machen?«

»Ich muss doch mal bleiben und Mäuschen spielen.«

»Unnötig. Übrigens ist sie eine sehr gute Lehrerin.«

»So?« Lada sah mich misstrauisch an.

Das hätte ich mir besser verkneifen sollen.

Dascha schaute sich zum wiederholten Mal die Fotografien an, mit denen unser Wohnzimmer üppig ausgestattet ist.

Lada. Sie schaute sich Lada an.

Wir übten zwei Stunden lang. Ich kann nur hoffen, diese Übungen haben Sinn.

Wir gingen zum Du über. Zu Anfang genierte sie sich allerdings und versuchte, die Anrede zu vermeiden.

Ich möchte ihr wirklich gern Geld geben.

Ob sie wohl noch Jungfrau ist?

Das Penthouse stellte sich als ganz passabel heraus. Circa fünfhundert Quadratmeter.

Lada erklärte dem Architekten, was zu tun sei. Wenn der Architekt nicht einverstanden war, lächelte

Lada und sagte: »Machen wir's erst mal so, und dann sehen wir weiter.«

Sie zeichnete die Mauern und Wände so sicher in den Plan, als hätte sie die ganzen letzten zwei Wochen über dieses Projekt nachgedacht.

Aber vielleicht war es ja auch so. Meiner Frau ist alles zuzutrauen.

Während der Wirtschaftskrise war ich einige Tage lang in echten Schwierigkeiten. Wie alle anderen auch. Meine Schwierigkeiten beliefen sich auf zweihunderttausend Dollar. Lada brachte sie mir. Sie hatte sie für Notzeiten gespart.

Nach der Krise gab ich ihr natürlich alles zurück.

Ich überschlug im Kopf, wie viel der Umbau kosten würde.

»Ich möchte alles so … so richtig bourgeois, wissen Sie. Und von allem sehr viel, too much, verstehen Sie? Bordeauxrote Wände, Gold, Stuck, Fenster wie Bilder. Die Bilder selbst sollen aber modern sein. Deshalb muss man sich gut überlegen, wie man sie einfügt!«

»Vielleicht goldene Rahmen?«

Die Augen des Architekten funkelten. Er begriff – hier konnte er einen guten Schnitt machen.

»Und eine goldene Kloschüssel«, schlug ich vor.

Lada tat so, als habe sie das nicht gehört. Ich hatte eigentlich auch nicht damit gerechnet.

»Ja, vielleicht goldene Rahmen. An allen Wänden Goldrahmen mit großen Fotografien von Moskau. Ich brauche gute Fotografien.«

»Liebste, bei Sotheby's gibt es gerade zwei Arbeiten von Paul Newton, welche, weiß ich nicht.« Lada war der Hund und meine Bemerkung der leckere Knochen.

»Hören Sie?« Ohne den Kopf zu wenden, wies sie mit dem Zeigefinger in meine Richtung und bat den Architekten: »Finden Sie bitte Näheres heraus.«

Im Auto zeichnete Lada hingebungsvoll einen nach Stockwerken aufgeteilten Plan.

Ich mischte mich nicht ein. Das alles würde sich noch zwanzig Mal ändern. Armer Architekt. Er wird dabei natürlich gut verdienen, aber leicht verdientes Geld wird es nicht sein.

Na, dafür begreift er vielleicht, dass Geld nicht das Wichtigste im Leben ist.

Ladas Handy klingelte. Sie telefonierte und zeichnete dabei weiter.

»Hallo, Mama ... Normal. Ich bin mit Wlad zusammen. Wir waren geschäftlich unterwegs. Ist bei dir alles okay? ... Ja, gut, dann schaue ich vielleicht in der Woche mal vorbei. Kuss. Gut, bringe ich mit.«

Ich hasse es, wenn sie den Ton des CD-Players abschaltet, um zu telefonieren. Als ob sie allein im Auto säße.

An der Ampel vor mir brauste ein BMW 645ci mit Acht-Zylinder-Motor mit so viel Schwung los, als hätte man ihn ins Weltall geschossen.

Vier Liter Hubraum, manuelle Gangschaltung. Nur wozu im Winter Cabriolet fahren?

In der nächsten Woche kommt mein Mercedes.

Wieder Ladas Handy.

»Ja … Hallo. Normal … Ich bin mit Wlad zusammen. Gut, mach das. Bis dann.«

»Wer war das?« Ich saß selbst am Steuer. Die Bodyguards fuhren hinterher. Ich schaltete die Lenkradheizung ein und zog die Handschuhe aus.

»Mama.«

»Und beim zweiten Mal?«

»Mama. Sie lässt dich grüßen.«

Die Kreise und Halbkreise, die sie auf den Plan malte, sollten wahrscheinlich Tische und Sessel darstellen.

Auf NTV-Sport war der Fußball zu Ende. Ein schönes Spiel, ZSKA hatte gewonnen. Obwohl sie nicht mit der kompletten Mannschaft gespielt hatten. Ein Gegentor hatten sie sich eingefangen.

Ich holte die Mini-Disc aus meiner Tasche und schob sie in den High-End-Mini-Player von Restek. Goss mir einen Whisky ein. Da kam ein Anruf von Dimka.

»Ich ruf dich gleich zurück, Kumpel. Ist doch nichts Dringendes?«

»Nein.«

Ich schaltete das Gerät ein.

Ladas Telefonate. Die Mitschnitte.

»Hallöchen.«

Das war Lartschik. Zöge man einen Fallschirm über ihren Hintern, würden die Nähte reißen.

»Hi. Wie geht's?«

»Grässlich. Ich bin fix und fertig. Weiß nicht, was ich tun soll.«

»Was ist passiert? Kommt dein Mann früher zurück und wir gehen nicht in den Klub?«

»Unsinn, natürlich gehen wir! Ein Mitschüler meiner Anja hat sich umgebracht.«

»Was?«

»Ja. Und hat eine Notiz hinterlassen, dass er es wegen Anja getan hat.«

»Was du nicht sagst. Und wie reagiert sie darauf?«

»Sie ist natürlich völlig fertig! Weint! Die Miliz hat sie vorgeladen.«

»Wieso, hatten die beiden was miteinander?«

»Aber nein, das ist es ja gerade. Sie hat ihn gar nicht beachtet. Er muss krank gewesen sein …«

»Ja … und was wirst du nun tun?«

»Ich weiß nicht. Am Donnerstag ist die Beerdigung, soll sie hingehen oder nicht? Seine Eltern sind dort, verstehst du?«

»Schrecklich. Aber ich glaube, sie muss hingehen. Da muss sie durch. Schließlich hat er sie nicht ohne Grund in seinem Abschiedsbrief erwähnt. Sie sollte zu seinen Eltern gehen, man kann sich ja vorstellen, wie ihnen jetzt zumute ist!«

»Sie werden ihr die Schuld geben …«

»Aber so ist das Leben nun mal. Soll sie etwa so tun, als wäre nichts geschehen? Er ist tot, na und, ist nicht mein Problem.«

»Lada, sie ist doch noch ein halbes Kind. Vielleicht hält sie das nervlich nicht durch? Oder sie bekommt Komplexe und fürchtet, alle Jungen, die sich in sie verlieben, würden durch Selbstmord enden?«

»Ich weiß nicht recht, Lartschik. Was sagt sie denn selbst?«

»Sie weint bloß.«

»Aber denk trotzdem drüber nach. Sie muss später damit leben.«

»Na gut. Lass uns nachher noch mal reden.«

»Klar. Mach dir nicht zu viele Sorgen.«

»Leicht gesagt. Natürlich will ich nichts Böses über ihn sagen, aber … ach, verdammt!«

»Ja, schrecklich! Ruf mich an, ja?«

»Mach ich.«

Wir hatten für Breschnew ein Fernsehinterview arrangiert.

Dimka und ich schauten uns das Interview an wie eine Show von Benny Hill.

Breschnews Augen waren dunkel umrandet und seine eingefallenen Wangen mit Rouge aufgefrischt worden. Er sah seinem geliebten Salvador Dalí ähnlich. Ein bisschen auch Frédéric Beigbeder.

Er wandte sich an die Wähler: »Solltet ihr irgendwann erfahren, dass ich auch nur eine Kopeke unrechtmäßig angenommen habe – dann kommt und erschlagt mich! Ich schwöre hier und jetzt, dass ich nie im Leben Anlass dazu geben werde, mich der Bestechlichkeit und der Korruption zu verdächtigen. Oder der Heuchelei. Ich bin mit anderen Idealen groß geworden. In unserer Familie gab es andere Götter. Die Kunst! Die Reinheit! Ihnen haben wir gehuldigt! Ich bin Künstler. Ich kann von dem leben, was ich verdiene. Viel brauche ich nicht. Solange ich nur eine Leinwand und Pinsel habe!«

»Genau, genau!« Dimka lachte schallend. »Pass auf, jetzt kommt der Schlüsselsatz!«

»Allerdings – meine Bilder sind nicht billig! Sie finden Anerkennung in den höchsten Kreisen. Sie sind – frei heraus gesagt – teuer. Aber ich sehe darin nichts Schlechtes. Das ist der Lohn für meine Arbeit. Für eine sehr schwere Arbeit. Ihr widme ich mein ganzes Leben. Ihr und euch. So haben es mich meine Eltern gelehrt. Und ich werde sie nicht enttäuschen.«

»Wer hat den denn auf die Menschheit losgelassen? Und wieso wieherst du so?«

»Stell dir vor, wie man ihm nach der Wahl seine Bilder aus der Hand reißen wird! Jeder Beamte wird es für seine Pflicht halten. Er wird nicht nur teurer als Dalí, er wird teurer als die Mona Lisa werden!«

Ich fuhr mit Breschnew zur Eröffnung einer Apotheke mit Vorzugspreisen für Rentner.

Breschnew schnitt mit theatralischer Geste das Band durch.

Ich hielt eine kurze Rede. Versprach, dass es bei Vorlage eines Rentnerausweises alle Medikamente in unserer Apotheke zwanzig Prozent billiger geben würde. Übrigens wird das tatsächlich der Fall sein.

Es sind die Omas, die die Wahlen entscheiden. Ihnen muss maximale Aufmerksamkeit gewidmet werden.

Der Rest der Bevölkerung geht nur zu den Präsidentschaftswahlen.

Ich kehrte in die Bank zurück.

Dascha sagte, ich mache Fortschritte. Ich wiederholte: »Schluss-szene, Aus-schuss-sitzung, Rast-stätte, Durststrecke. Übrigens, weißt du, was ein Templer ist?«

»Ein Templer?«

»Ja, ein Templer, ein Templer!«

Sie fing mit konzentrierter Miene an, im Lehrbuch zu blättern.

»Dascha!« Trotzdem finde ich es lustig mit ihr.

»Was?«

»Ein Templer ist ein Mitglied des Templerordens. Ein keuscher Ritter.«

»Ja?«

Sie hatte Verstand genug, um nicht zu heucheln, sie habe das gewusst.

»Ja. Ich bin auch so ein Tempelherr, ein enthaltsamer Ritter.«

Das gefällt jeder Frau, wenn man ihr sagt: Wenn du wüsstest, wie lange ich schon niemanden mehr geküsst habe!

»Du willst sagen, du bist eine Art Mönch?«

»Nun ja.«

»Und gibt es auch weibliche Mitglieder in diesem Orden? Was wäre dann ich?«

»Du, Dascha, wärst eine Tempeldame. Eine typische Tempeldame. Und eine sehr sympathische.«

Sie hat ein richtig nettes Lächeln. Sie lächelt gern, anstatt eine Antwort zu geben.

Meine Fischchen leben immer noch. Ob sie wohl ruhig schlafen? Oder stellen sie des Nachts einen Wächter auf, der sie vor einer Attacke des Hais warnen soll? Wohl kaum. Sie sind viel zu schön, um klug zu sein. Die Frage ist, worauf der Hai noch wartet. Wahrscheinlich ergötzt er sich an seiner Macht.

Meine Sekretärin erschien im Minirock. Sie hat schöne Beine. Warum läuft sie die ganze Zeit in Hosen herum?

Wir saßen zu dritt zusammen: ich, Dascha und Sanja. Er hatte wie immer sein Hündchen auf dem Schoß. Die Mädchen zerfließen vor Entzücken bei diesem Anblick.

Das Restaurant war brechend voll.

Jede Menge Frauen. Aber alle nur zweite Liga. Reservebank.

Sanja ließ sich schon wieder irgendeine Telefonnummer geben.

Dascha war ebenfalls ganz begeistert von dem Hund. Als hätte man ihnen allen ein und denselben Chip ins Gehirn gepflanzt.

Sollte ich vielleicht Petja anrufen?

Die Rundfunkmoderatorin meldete sich. Ich hatte gedacht, sie würde eher anrufen. Bin gespannt auf sie. Hatte sie schon fast vergessen.

Obwohl sie ja eigentlich ganz nett ist. Eine passionierte Mikrofon-Verschluckerin.

Wir verabredeten uns für morgen in der Tretjakowski-Straße. Im Restaurant.

Sanja erzählte, wie er die Miss World rumbekommen hatte.

»Ich lade sie ins Restaurant ein – sie sagt Nein. In den Klub – wieder nein. Was jetzt, denke ich. Und sage: Wie wär's mit Kino? Sie lacht und willigt ein. Für sechs Uhr. Ich sage, der Film wird dir garantiert gefallen. Was für einer es ist, verrate ich nicht – ist eine Überraschung. Hab' richtig geheimnisvoll getan. Ich rufe im Romanow an, miete den ganzen Saal …«

»Wirklich? Ist ja irre.«

»Kostet 'nen Dreier. Ich bestelle einen Kellner und alles, was dazugehört. Wir treffen ein, sie fragt: ›Wieso ist hier kein Mensch?‹ Ich sage: ›Weil das Kino sehr teuer ist, deshalb.‹ Aber dann hat sie's gecheckt. Als die Kellner mit Wodka Kristall erschienen.«

»Na, das war ja ein tolles Ding. Und weiter?«

»Weiter wie geschmiert. Problemlos. Wer kann einem solchen Romantiker widerstehen?«

»Was für ein Film war es denn?«

»›Geballte Ladung – Double Impact‹.«

»Alles klar.«

17

Am nächsten Morgen rief Dascha an. Wir schliefen noch.

Sie war krank geworden.

Lada öffnete ein Auge und versuchte zu verstehen, mit wem ich sprach.

Ich legte schnell wieder auf.

Konnte nicht wieder einschlafen.

Beschloss, mich heute nicht zu rasieren.

Rief den Chauffeur an, beauftragte ihn, bei Fauchon etwas zu essen zu kaufen. Und aus der Apotheke Medikamente zu holen. Wenn Lada krank ist und keine Schokolade von Fauchon bekommt, kann es über zwei Wochen dauern, bis sie wieder gesund ist.

Er hat Dascha angerufen und nach ihrer Adresse gefragt.

Ich stellte mir ihre Verwirrung vor. Wie verlegen sie sein würde.

Wozu tue ich das? Fahre zu ihr und spiele den guten Samariter.

Wenn sie bei ihren Eltern wohnt, werden die es falsch verstehen.

Ich wollte den Wagen schon wieder wenden. Fuhr dann doch weiter. Sie soll wenigstens etwas Anständiges zu essen bekommen.

Sie gibt sich so viel Mühe. Und ist so drollig.

Sie wird sich freuen.

Hinter der Toilettentür kläffte wie besessen ein Hund. Dascha und ihre Freundin taten, als hörten sie nichts. Auch gut. Dann stelle ich mich ebenfalls taub.

In so einer Bude habe ich früher auch mal gewohnt. Fernsehen nur in einem Zimmer. Das zweite Zimmer auch ein Schlafzimmer. Das heißt, sie wohnen zusammen. Hollywood pur. Kein Kühlschrank. Überhaupt alles ziemlich prosaisch.

»Na, wie steht's, Mädchen? Ich will euch nicht lange stören. Werde schnell wieder gesund, wir brauchen dich.«

Dascha schaute an mir vorbei in die Ferne und lächelte. Ein Blick ohne Pläne für Zukünftiges und ohne Bedauern über Vergangenes. Ich fühlte mich fünfzehn Jahre jünger.

Mein Wahlkampfstab schickte mir den Medienspiegel. Überwiegend positiv. Unser Rating wächst wie die Zinsen eines Pfandbriefs.

Ich fuhr in die Provinz.

Traf mich mit einem Bürgermeister. Danach mit einem Bezirkschef. Nette Kerle.

Versprach ihnen die Angliederung an Moskau, wenn ich ihre Stimmen bekäme.

Wir besiegelten unsere Abmachung mit Handschlag.

Alles läuft nach Plan.

Kehrte in bester Stimmung nach Moskau zurück.

Dimka schaute herein. Wies mit dem Kopf aufs Aquarium.

»Sie leben noch?«

»Ich werde bald ein Wettbüro aufmachen müssen. Gute Idee. Alles, was ich tue, ist genial!«

Ich machte ein paar Tanzschritte durch mein Büro und sang zur Melodie von Buratino[8]:

»Ge! Tä-tä-rä-tä-tä!

Ni! Tä-tä-rä-tä-tä!

Al! GE-NI-AL!«

»Wieso bist du so vergnügt?«

»Nenn mich einfach Genie. Übrigens, weißt du, was man in England herausgefunden hat? Fünf Prozent der Menschheit sind echte Genies. Das heißt, so um die dreihundert Millionen Menschen. Zu einer so riesigen Zahl werden wir ja wohl auch gehören, glaubst du nicht? Wer sonst, wenn nicht wir?«

Ich drückte auf den Knopf der Sprechanlage: »Tanja, sorg dafür, dass ein Kühlschrank gekauft wird … ein ganz normaler, durchschnittlicher, und schick ihn an folgende Adresse … Lass dir die Adresse vom Chauffeur geben. Er war dort heute zusammen mit mir.«

»Wem schickst du einen Kühlschrank?«

»Kennst du nicht.«

»Eine neue Flamme?«

»Nein. Ist nichts Besonderes …«

»He, Freundchen! Sieh mir in die Augen!«

Mein Telefon piepste. Eine SMS.

Alle minderjährigen Mädchen schicken schrecklich gern SMS. Mit konkreten Verheißungen – was ich kriege, wenn ich auf der Stelle komme. Unverblümt und detailliert.

»Wir müssen Jaroslaw zu den Gouvernementswahlen schicken«, sagte Dimka. »Für das Geld, das sie eingezahlt haben, kann er sie ja wohl unterstützen.«

»Kann er. Aber sag ihm, er soll nicht über seine Bilder reden. Wenn unser Mann durchkommt, wird er ihm sowieso seine ganze Kollektion abkaufen.«

»Seine ganze wohl kaum. Er malt ja jede Nacht ein neues Bild.«

»Sollen wir ihm vielleicht ein Mädchen besorgen?«

»Ach, dann fängt er nur an, Mädchen zu malen. Was macht das für einen Unterschied?«

»Einen großen. Er kommt mal auf andere Gedanken.«

»Na, ich weiß nicht. Übrigens, meiner Flamme hab' ich eine Wohnung gekauft. Bei Walerka, in dem neuen Haus. Wir zanken uns jetzt überhaupt nicht mehr. Und von meiner Frau spricht sie auch nicht mehr.«

»Vielleicht schafft sie es ja noch, dass du dich scheiden lässt?«

»Nein. Sie liebt mich.«

»Ich verstehe.«

Ich trank mit der Rundfunkmoderatorin Kaffee. Sie spreizte unterm Tisch die Knie und redete mich mit Sie an.

»Das war eine sehr interessante Sendung. So viel Zuspruch vonseiten der Hörer.«

Aha, wir werden schlaue Gespräche führen. Der Kellner erschien. Ich bestellte: »Für mich einen Flammenden Krakauer mit Zabaione Piña Colada und Schokoladencreme.«

Sie starrte mich mit aufgerissenen Augen an und genierte sich zu fragen, was das sei. Ein warmes Gericht? Alkohol? Ein Dessert?

Der Kellner notierte mit verständnisvollem Kopfnicken.

»Ich mag die Desserts hier sehr gern. Und Sie?«

Sie lächelte.

»Doch, ja.«

»Darf ich Ihnen etwas empfehlen?«

»Mit Vergnügen.«

»Dann für die Dame: Mille Feuilles Muscovado mit Mousse Praliné und Waldbeeren. Sie haben nichts dagegen?«

»Nein, nein. Danke.«

Ich bestellte Tee. Und schaute die ganze Zeit auf die Uhr. Nach vierzig Minuten legte ich die Serviette auf den Tisch.

»Leider habe ich jetzt eine wichtige Verabredung und muss Sie verlassen. Möchten Sie noch irgendetwas?«

Sie blickte verwirrt. Offensichtlich hatte sie für heute andere Pläne gehabt.

Ich brachte sie zum Auto. Sie versuchte, sich nichts anmerken zu lassen. Lachte laut und unpassend.

Ich fuhr zu Sanja. Er trank mit den Stripperinnen.

Lada aß Schokolade. Sie konnte im Lauf eines Tages ein Kilo Schokolade verspeisen. Und sonst nichts. Höchstens noch eine halbe Tafel vor dem Schlafengehen.

Ich hatte es mir vor dem Fernseher gemütlich gemacht und las ein Buch. »Kio Ku Mizu!« (»Top Secret – Bei Gefahr verbrennen«).

In zwanzig Minuten kam auf NTV-Sport Tennis. Unsere Mädels. Das wollte ich mir ansehen.

»Weißt du, was Lenka von Max zum Geburtstag bekommen hat?«, fragte Lada.

Meine Erfahrung sagte mir, dass dies eine Frage mit Fortsetzung war.

Aber ich versuchte trotzdem, sie nicht zur Kenntnis zu nehmen.

»Wlad?«

»Mhm?«

»In Belgien gibt es eine Schokoladenfabrik, die produziert nur für VIPs.«

Worauf wollte sie hinaus? Hatte sie etwa vor, sich in Schokolade gießen zu lassen? Ein Denkmal von sich selbst zu bestellen? Manchmal wünsche ich mir einen Sessel, der wie in den japanischen Zeichentrickfilmen im Boden versinken und ins Weltall fliegen könnte. Mit Lichtgeschwindigkeit. Und in dem Sessel säße Lada.

»Lenka war dort zur Degustation. Sie sagt, eine so leckere Schokolade hätte sie in ihrem Leben noch nicht gegessen.«

»Liebste, wie geht eigentlich unser Umbau voran? Bist du mit dem Architekten zufrieden?«

Lada ignorierte meinen kläglichen Versuch, das Gespräch auf ein Thema zu bringen, das uns beide interessierte.

»Sie durfte sich vier verschiedene Füllungen aussuchen, die ihr am besten schmeckten. Und dann hat man speziell für sie vier Pralinen mit ihren Initialen gemacht! Ist das nicht super?«

Vier Pralinen? Viel zu wenig für Ladas Appetit. Also erzählt sie das bloß so.

»Super!« Ich legte sogar mein Buch zur Seite, um mein Interesse an diesem Thema zu bekunden.

»Und nun hat Max ihr eine lebenslange monatliche Pralinensendung aus Belgien geschenkt. Die Pralinen werden ihr direkt nach Hause geschickt, in einer extra für Lenka entworfenen Verpackung! Kannst du dir das vorstellen? Pralinen mit den eigenen Initialen, jeden Monat, speziell für dich?! Kostet eine Million. Ich finde, das brauchen wir auch. Liebster, lass es uns bestellen.«

Eine Million Dollar dafür, dass man uns Pralinen ins Haus liefert?!

»Und ich finde, das brauchen wir nicht, Liebste.«

»Im Sommer schicken sie einem gratis Schokoladenmuscheln mit Eis.«

»Ich mag kein Eis. Und du auch nicht.«

»Wlad! Ich möchte es doch so gern! Ich bitte dich so selten um etwas!«

»Lada, bist du noch ganz bei Trost? Hast du eine Vorstellung davon, was eine Million ist?«

»Dasselbe wie für alle anderen auch! Du bist nur zu geizig! Nie willst du für mich etwas tun!«

Die Tennisübertragung fing an. Ich stellte den Ton lauter.

»Hauptsache, du kannst diesen Mist sehen!«, zürnte Lada. »Selbst bist du zu nichts imstande! Guckst dir nur an, was andere können!«

»Dafür kannst du umso mehr! Zum Beispiel zur Maniküre gehen und zur Massage nicht zu spät kommen.«

»Ach, sieh einer an! Sonst nichts? Hast du dir eigentlich nie Gedanken darüber gemacht, was ich dazu beigetragen habe, damit aus dir werden konnte, was du jetzt bist?«

Dieser bescheuerte Max! Konnte er nicht irgendeinen Ring schenken! Oder zwei! Oder zehn!

»Und was ist aus dir geworden? Tagelang trinkst du und treibst dich rum! Du glaubst, du hättest Freunde? Die lachen doch über dich!«

Ich schaltete den Fernseher aus.

Ich muss ein Schloss in meine Zimmertür einsetzen.

Und die Schokoladenfabrik in Belgien in die Luft sprengen.

Die Tür schlug zu. Lada war weg.

»Hallöchen.«

Wieder Lartschik. Mit ihrem bescheuerten »Hallöchen«.

»Grüß dich, meine Liebe. Wie geht's dir?«

»Ganz gut. Und dir? Wart ihr gestern Abend noch aus?«

»Ja, wir waren essen, ganz ruhig und beschaulich. Um zwei war ich schon wieder zu Hause. Was macht deine Anja?«

»Ich hab' sie nicht zur Beerdigung gehen lassen.«

»Ja, vielleicht war das besser.«

»Ich schicke sie in ein Camp. Nach Neuseeland. Dort gibt es ein spezielles Camp für Mädchen in ihrem Alter, um die sechzehn. Es gibt nur vierzig Plätze.«

»Mitten im Schuljahr? Oh, wart mal eben, mein Telefon klingelt, der Festnetzanschluss … Hallo, Lartschik?«

»Was soll ich denn machen? Willst du, dass in der Schule alle mit dem Finger auf sie zeigen? Sie leidet doch sowieso schon so! Sie wollte ja zum Friedhof fahren …«

»Schlimm. Und was ist das für ein Camp, will sie denn dorthin?«

»Es ist ein Camp für Extremsport. Skispringen aus dem Hubschrauber und so ein Zeug.«

»Oh, toll. Das wird sie auf andere Gedanken bringen. So was liebt sie doch.«

»Genau. Was hast du heute noch vor?«

»Bei Serjoga gibt es eine Brillantenparty. Kommst du mit?«

»Gern, allerdings werde ich nichts trinken.«

»Ich auch nicht. Was gibt's da zu wiehern?«

»Ich sehe gerade das Bild um sechs Uhr früh vor mir: wir beide stockbesoffen!«

»Ha-ha-ha.«

»Na gut, wir telefonieren später noch mal. Jetzt gehe ich zum Sport.«

»Mach das. Ich rufe noch Walka an. Und Nastka.«

»Küsschen.«

»Hör mal, was zieht man auf diese Party an? Ach, verdammt!«

»Was ist?«

»Ich hab' mir den Nagel abgebrochen! Dabei war ich erst gestern bei der Maniküre.«

»Bei mir ist alles picobello.«

»Was ziehst du denn an?«

»In der Einladung steht was von Abendgarderobe. Ich weiß nicht. Wahrscheinlich ein Kleid.«

»Na gut.«

»Küsschen.«

»Bis dann.«

Ich studiere Alan Flussers Liste in »Dressing the Man«. Dort steht, ein Mann müsse in seinem Kleiderschrank zehn Anzüge haben, zehn Sportjacketts, sechsunddreißig Hemden, zehn Paar Hosen, drei Smokings, drei Mäntel, fünfzig Krawatten, sechs Pyjamas, drei Lederjacken, zwei Bademäntel, einen Regenmantel, Manschetten und Taschentücher.

Ich habe keine Taschentücher. Ich habe nur einen Smoking, und der ist ewig staubig. Auf dem Kleiderbügel steht merkwürdigerweise das Logo Nevski Palace. Ich habe nur drei Pyjamas. Lada kauft sie. Wie auch die Bademäntel. Davon gibt es tatsächlich zwei.

Dafür habe ich zwei Regenmäntel und fünf Lederjacken. Eine davon trage ich allerdings nie. Ich habe sie selbst gekauft, auf dem Münchner Flughafen. Mein Flug hatte Verspätung, und ich hatte nichts Besseres zu tun.

Krawatten habe ich so um die fünfzig, aber ich trage nur zehn. Oder zwölf.

Ich bin nicht sicher, ob ich sechsunddreißig Hemden habe.

Bestimmt habe ich zehn Sportjacketts, aber sie sind nicht alle aus dieser Saison.

Ich habe mehr als zehn Paar Hosen.

Welcher Idiot hat eigentlich entschieden, dass ich nur zehn Anzüge haben darf?

Ich rief meine Sekretärin an.

»Tanja, ruf bei Dolce&Gabbana an. Sie sollen Krawatten bringen. Und bei Brioni – ich brauche zwanzig Hemden. Sie sollen welche schicken. Und Pullover von Zegna. Alles morgen Vormittag um zehn.«

Früher hat sich Lada um meine Garderobe gekümmert. Irgendwann, ohne dass ich diesen Zeitpunkt richtig registriert hätte, war das vorbei.

Aber zum Glück gibt es ja Alan Flusser und sein »Dressing the Man«. Seltsam, dass in seiner Liste keine Pullover und Rollis auftauchen. Wo kriege ich die her?

Ich muss mir einen neuen Smoking kaufen. Armani oder ... Ach, das bespreche ich mit Lada.

Im BMW vor mir leuchtete das zweistufige Bremslicht auf. Ich bremste ebenfalls. Mein Handy klingelte. Dascha war wieder gesund. Sie war auf dem Weg ins Büro.

»Sie leben noch?« Dascha betrachtete die bunten Fischchen.

Langsam komme ich zu der Überzeugung, dass sie uns noch alle überleben werden.

»Ja. Wie sie es so lange ohne dich aushalten konnten, ist mir allerdings unbegreiflich.«

»Heute ist mein letzter Tag.«

Wenn sie jetzt nur nicht in Tränen ausbrach.

Was wäre wohl, wenn ich sie ins Fußballstadion mitnehmen würde ... Wahrscheinlich würde sie von allen am lautesten schreien. Und das Pfeifen auch noch lernen.

»Heute ist der Tag der Aeroflot.«

»Tatsächlich, Dascha, ist das dein Ernst?«

Ich tat ganz erstaunt, dabei war ich noch vor zwei

Stunden in der Luftfahrtbehörde gewesen und hatte dort ein paar Dutzend Hände aus Anlass dieses fabelhaften Feiertags geschüttelt.

Außer der Behörde begingen ihn also auch noch ein paar Bürger in Zivil. Dascha und ihre Freundin.

Übrigens hatte man mir in der Luftfahrtbehörde ein echtes Armeegewehr geschenkt. Das war ihnen vom Verteidigungsministerium zum Feiertag verehrt worden.

So vergnügt war ich um zwei Uhr nachmittags schon lange nicht mehr gewesen. Mit nichts als einer Tasse Kaffee auf dem Tisch.

»Dascha, an so einem Tag sollen wir uns trennen? Nein, ich bitte dich!«

»Lass uns arbeiten.«

So ein Püppchen, aber hat Charakter.

Der Tag der Aeroflot. Vielleicht träumte sie ja von einem Flieger?

»Wiederhole bitte: pra-pri-pro-pre ...«

Ich wiederholte. Fast glaubte ich schon selbst, dieser ganze Mumpitz hätte einen tieferen Sinn, den ich irgendwann noch verstehen würde. Sie aber hätte ihn schon verstanden.

»Pra-pri-pro-pre.«

Sie hatte sich am Telefon so komisch für den Kühlschrank bedankt. Nicht Oh und Ach gerufen. Nicht gejuchzt. Nicht geheuchelt. Das tun normalerweise alle. Sogar Lada.

Sie hatte gefragt, wie viel sie mir schuldig sei.

Das passierte mir zum ersten Mal in meinem Leben.

Gewöhnlich nehmen die Mädchen Geschenke und Unterstützung als selbstverständlich hin.

Ich hätte ihr gern sämtliche Haushaltstechnik geschickt, die es im Katalog des Geschäfts Partija gab. Oder irgendeines anderen Geschäfts, egal. Aber ausgerechnet an diesem Tag machte mir Lada mal wieder eine hysterische Szene, und ich vergaß meine Pläne. Schade. Wenn ich mir vorstelle, wie sie sich gefreut hätte!

Aber ihre Wohnung, die sollte sie wirklich wechseln. Und diese Freundin war auch mehr als überflüssig.

Ich wies meine Sekretärin an, sich um die Makarowna zu kümmern. Was soll ich mit der Makarowna?

Die Radiomoderatorin schickte mir eine SMS. Ich denke, ich lasse sie noch zwei Tage schmoren, dann kann ich sie bestimmt ohne Umstände mit ins Sheraton nehmen. Nein, besser vier Tage. Lieber auf Nummer sicher gehen.

Zu Abend aß ich mit Oleg.

Er war von zu Hause geflohen, fort von Windeln, Kindergeschrei und einer bornierten Nanny. Seine Frau ist der Ansicht, Oleg müsse alle mit einem neugeborenen Kind verbundenen Unannehmlichkeiten hautnah miterleben, damit sich Vatergefühle bei ihm entwickeln. Sie drückt ihm ständig das brüllende Bündel in den Arm, das ihm dann auf sein neues Jackett spuckt.

Das Interesse an Sex hat sie völlig verloren, das ist für sie eine Art Atavismus.

»Dauernd kontrolliert sie mich«, beschwerte sich Oleg, bestellte sich den vierten Whisky und für die Mädchen am Nachbartisch eine Flasche Moët. »Zehnmal am Tag ruft sie mich an. Bin ich in einer Besprechung, glaubt sie, ich sei bei einer anderen Frau.«

Die aufgestylten Mädchen in Miniröcken lächelten, als ihr Sekt kam, und schoben ihre Beine unter dem Tisch hervor. Ich glaube, sie trugen Strümpfe.

»Wenn ich nach Hause komme, muss ich noch ihr Abendessen runterwürgen. Obwohl ich ja schon hier mit dir gegessen habe. Aber das kann man ihr nicht erklären. Sie macht eine Riesenszene und schmeißt den Teller zum Fenster raus.«

Die Silikonbrüste der Mädchen sahen aus wie eingeschnürte Fußbälle.

Um sieben Uhr morgens fuhr Oleg nach Hause. Ich hoffe, dass er um diese Zeit schon wieder Hunger hatte.

18

»Hallo.«

»Walja, schläfst du?«

»Wie spät ist es denn, Lada?«

»Neun Uhr früh.«

»Bist du verrückt geworden? Ich schlafe.«

»Walja, wir lassen uns Titten machen, ja?«

»Titten?«

»Ja doch.«

»Können wir in drei Stunden noch mal telefonieren?«

»Nein, erst entscheiden wir uns. Machen wir es oder machen wir es nicht?«

»Alle haben Titten.«

»Du hast es erfasst – alle haben Titten! Bald ist Sommer – Bikinizeit!«

»Mein Mann sagt, je weniger Busen eine Frau hat, desto mehr nimmt sie sich alles zu Herzen.«

»Hm ...«

»Und was sagt Wlad?«

»Was hat Wlad damit zu tun?«

»Aber warum dann?«

»Ich weiß nicht. Wahrscheinlich werde ich alt.«

»Lass uns noch etwas schlafen.«

»Na schön. Besonders gesellig bist du nicht gerade.«

»Küsschen.«

»Küsschen.«

Aus der Provinz kamen »kriminelle Autoritäten« angereist. Goldketten, die Finger zum Teufelsgruß gespreizt. Eine Karikatur auf das Moskau Ende der Achtziger.

Sie sind scharf auf Dimkas Fabrik.

Wir erzählten ihnen, sie seien nette Kerle. Und wir seien auch nette Kerle. Und das sei unsere Fabrik. Aber wenn sie Interesse hätten, könnten wir ja irgendwas gemeinsam auf die Beine stellen. Jede Idee sei uns willkommen. Sie freuten sich. Morgen fahren sie nach Hause, um nachzudenken. Natürlich wird ihnen nichts einfallen. Zu wenig Gehirnwindungen. Na, sie sind nicht die Ersten und werden nicht die Letzten sein.

In ein paar Monaten wird man sie sowieso umlegen. Oder einbuchten. Dann kommen die Nächsten. Mit dem gleichen Text. Und reisen wieder ab, um nachzudenken. Aber zuerst führt Dimka sie alle noch ins Theater. Die Liebe der Banditen zum Theater hat Tradition. Schon seit den Zeiten der Cosa Nostra. Italien erfuhr zum ersten Mal von der Existenz der Mafia durch die Komödie »Die Mafiosi des Gefängnisses von Vicaria«.

Seitdem sind die Prototypen dieser Helden auf der Bühne zu besichtigen, und die Helden eifern geflissentlich ihren Bühnenabbildern nach. Zurzeit wollen sie alle sein wie Sascha Belyj aus dem Film »Die Brigade«.

Und gehen wie Sascha Belyj ins Bolschoi-Theater. Ein schönes Beispiel für die bildende Wirkung des Kinos.

Heute Morgen hat mir Lada zum Tag der Verliebten gratuliert. Noch so ein bekloppter Feiertag. Ich hatte kein Geschenk besorgt. Lada machte mir keine Szene. Sie lächelte traurig, als wolle sie mir auf diese Weise demonstrieren, dass sie gewillt sei, jedes ihr vom Schicksal beschiedene Unglück stoisch zu ertragen. Ihr Hauptunglück bin ich.

»Liebste, wir könnten uns doch heute Abend treffen und gemeinsam ein Geschenk für dich aussuchen. Und danach essen gehen.«

»Ich hätte mich schon über einen Blumenstrauß zum Frühstück gefreut.«

»Ich bin ein Schuft. Aber du weißt doch auch, wie leid es mir schon jetzt tut.«

Trauriger Blick aus dem Fenster.

Ich weiß genau, wie es weitergeht.

»Liebste, was ist nun mit heute Abend?«

»Nichts.«

»Du wirst zu Hause sein?«

»Nein.«

»Sicher?«

»Sicher.«

Zum Teufel mit dir.

Die Fische im Aquarium hatten wenig Ähnlichkeit mit Opfern.

»Tanja, wenn du noch einmal vergisst, mich rechtzeitig an einen Feiertag zu erinnern, so muss ich dich warnen, dass eine Kündigung sehr schnell gehen kann. Dauert nur fünfzehn Minuten.«

Ich ließ Lena kommen. Sie lächelt, wie immer.

Sie hat sicher noch eine große Zukunft vor sich. Parallel für alle Kandidaten in unserem Stab zu arbeiten – das war eigentlich ihre Idee gewesen, weniger meine.

Für ein Zusatzhonorar berichtet sie mir nun von den Wahlkampfstrategien meiner Mitstreiter.

»Breschnew hat seinen eigenen Beraterstab gebildet«, teilte mir Lena mit und betrachtete den Hai.

»Woher hat er das Geld dafür?«

Sie zuckte die Schultern.

Wahrscheinlich hat er irgendeinem Provinzhäuptling ein Bild verkauft. Für einen Wucherpreis. Ich hätte ihm mit Vergnügen seinen Pinsel ins Ohr gebohrt. Diese Künstler kennen keine Dankbarkeit.

»Er malt jetzt Plakate für die Wahllokale. Den Auftrag haben Sie ihm ja selbst gegeben, oder?«

»Ja und? Wem sonst hätte ich ihn geben sollen, wenn nicht ihm?«

»Tja, es ist nämlich so, der Pfeil, der von der Losung ›Alle zu den Wahlen der Duma-Abgeordneten!‹ ausgeht, wird nicht auf alle Kandidaten zeigen …«

»So ein Esel!«

»Genau. Der Pfeil wird nur auf sein Bild weisen!«

»Ich schlag' ihn tot!« Ich sprang aus dem Sessel auf.

Da gibt man den Leuten Geld, hilft ihnen, und was tun sie?!

»Das können Sie nicht.« Lena lächelte.

»Aber was sollen wir tun?«

»Wir drucken doch Kurzbiografien der Kandidaten?«

Ich nickte.

Sie lächelte wieder: »Wir setzen alle Texte schwarz auf roten Hintergrund, das ist praktisch unlesbar. Nur Ihre wird weiß auf schwarz sein.«

»Nicht schlecht.«

»Ich garantiere Ihnen, fünfundneunzig Prozent der Leute, die in die Wahllokale kommen, werden nur Ihre Biografie lesen.«

»Gebongt. Das machen wir.«

Ein prima Kerl ist sie. Und dazu noch hübsch.

Ich bin sicher, das werden nicht ihre letzten Wahlen sein.

Ich bat sie, das Gewehr der Luftfahrtbehörde an die Schule weiterzugeben, als Ausstellungsstück für ihr Museum des Kriegsruhms.

Dascha traf ein.

Wie immer legte sie auf dem Tisch ihre Kärtchen mit den idiotischen Silben und Lauten aus.

Hier war ja nun jemand, der immer über alle Feiertage auf dem Laufenden war. Jemand, dem ich gern ein Geschenk gemacht hätte. Aber kein Geld, das ging nicht.

Ich zeichnete ihr einen Wolf. Genauso ein Wolf hatte drei Jahre lang am Spiegel in Ladas Badezimmer gehangen.

»Danke. Ich gratuliere dir auch.«

Nun würde so ein Wolf in Daschas Schlafzimmer hängen. Oder bewahrte sie ihn vielleicht unterm Kopfkissen auf?

»Und wo ist mein Geschenk?«

»Gib mir ein Blatt Papier.«

»Nein! Nachäffen gilt nicht! Es muss schon etwas Eigenes sein.«

Sie warf mir einen Handkuss zu. Ohne jegliche Koketterie. Sie erlaubte mir nicht, sie zu küssen. Dabei wollte sie es, hundertprozentig. Und wie sie es wollte!

Ein feiner Kerl, diese Dascha. Erstaunlich, dass es noch Mädchen gibt, die mit dem Kopf denken und nicht mit dem Rest des Körpers. Natürlich kann ich sie küssen, wenn ich will. Und nicht nur das.

»Ich lade dich heute zum Abendessen ein. Einverstanden?«

Ich Idiot, wozu habe ich das jetzt gesagt?

»Einverstanden.«

Es wurde ein richtig netter Abend. Es macht Spaß, sich mit ihr zu unterhalten. Sie hat eine scharfe Zunge. Und natürlich ist sie kein Dummkopf.

Ich fühle mich bei ihr wie ein kleiner Junge, der von einem Abhang springen möchte, um sie zu beeindrucken.

Lada rief an und bat mich, ihr schnell Kopfschmerztabletten zu bringen. Sie war zu Hause, allein und unglücklich.

Offenbar war ihre Verabredung geplatzt.

Ich schickte Dascha nach Hause und brachte meiner Frau die Tabletten. Ich hätte sie ihr natürlich auch durch die Bodyguards bringen lassen können, aber nicht ausgerechnet am Tag dieser bescheuerten Verliebten.

»Ja?«

»Nastja, hallo. Wie war dein Flug?«

»Normal. Ein paar Turbulenzen, aber ich habe gleich von Anfang an Wein getrunken. Ich hatte einen so sympathischen Nachbarn! Einen Großwildjäger.«

»Jagt er auch Frauen?«

»Nein. Die jagen ihn.«

»Und, wie war's in Mailand?«

»Ich hab' Kissa getroffen. Sie lief laut heulend über die Straße. Ich sage zu ihr: ›Kissa, mein Gott, was ist passiert?‹ Ich dachte, es wäre was mit ihrem Mann ...«

»Und, was war?«

»Man hatte ihr bloß ein Paar Stiefel vor der Nase weggeschnappt. Stiefel von Roger Vivier aus Atlas für fünfzehntausend Euro. Du weißt, welche ich meine?«

»Ich weiß. Die bestickten. Von René Lezard. Und sie hat wirklich laut geheult?«

»Ja.«

»Gibt's nicht!«

»Und wie geht es dir?«

»Meiner war vorgestern auch auf Shoppingtour. Die halbe Tretjakowski-Straße hat man uns ins Haus geschleppt. Wenn du gesehen hättest, was er ausgesucht hat! Grauenvoll! Ich werde mich nie daran gewöhnen.«

»So schrecklich?«

»So schrecklich. Ich musste natürlich zu Hause bleiben.«

»Natürlich! Du hast dich ja schon dein ganzes Leben lang um seine Garderobe gekümmert!«

»Und nicht nur darum.«

»Aber die Männer wissen das gar nicht zu würdigen.«

»So ist es. Hat dir deiner was zum Tag der Verliebten geschenkt?«

»Tja … Blumen.«

»Und du ihm?«

»Ein Aftershave. Presence Cool von Mont Blanc. Was soll ich ihm schon schenken?«

»Und das ist gut?«

»Doch, ja, er mag solche Düfte.«

»Mhm. Was machst du jetzt?«

»In einer Stunde muss ich zur Epilation, und danach könnten wir essen gehen.«

»Abgemacht.«

»Wir telefonieren aber noch mal.«

»Machen wir. Bis dann.«

»Küsschen.«

19

Petka hat ein Restaurant eröffnet. Dreihundert Gäste, achtzig Leute von der Presse.

Ich muss auch hin. Sonst ist er gekränkt.

Außerdem können wir jetzt jede Art von Reklame außer einem Nekrolog gebrauchen.

Ich fuhr zu Dascha, um sie abzuholen.

Jedes Mädchen behauptet, es sei anders als alle anderen.

Dascha kam zwanzig Minuten zu spät. Wie alle anderen.

Sie trug Jeans. Und einen scheußlichen Mantel. Man wird mir nachsagen, dass ich die Mädchen jetzt schon von der Straße auflese. Wozu habe ich sie mitgenommen? Ich Idiot!

Sie setzte sich ins Auto, aufgeblasen und böse. Schaute zum Fenster hinaus.

Ich wäre jetzt lieber zu Sanja gefahren, ins Doll's. Na, egal.

Schließlich hätte ich ihr auch schon längst neue Klamotten kaufen können.

»Ich habe dir noch gar nicht gesagt, dass das eine offizielle Veranstaltung ist. Deshalb fahren wir jetzt erst mal einkaufen und tauschen deine Jeans gegen etwas Passenderes ein.«

Ich glaubte, sie wolle erst aussteigen, wenn ich ihr die Wagentür aufhielte. Sieh an, ging mir durch den Kopf, wie schnell sie das gelernt hat.

Aber sie wollte überhaupt nicht aussteigen. Sie brauche keine Kleider. Sie brauche gar nichts.

Will sie mehr Geld rausschlagen? Ein Trick, um den Preis in die Höhe zu treiben?

Nein, sie sträubte sich mit aller Macht. Wahrscheinlich hat ihre Mutter ihr verboten, Geschenke von fremden Männern anzunehmen.

Meine Bodyguards konnten sich nur mit Mühe das Lachen verbeißen. So was hatten sie noch nicht gesehen.

Sie schaute sich verschreckt nach allen Seiten um. Blickte dann hoffnungsvoll mich an.

Das Kostüm sah an der Schaufensterpuppe ganz ansprechend aus. Ich versuchte mir vorzustellen, was Lada auswählen würde.

Soll sie das Kostüm erst mal anprobieren, dann sehen wir weiter. Sie kam aus der Kabine heraus. Barfuß. Eine klasse Figur hat sie. Ja, sie ist eine richtige Schönheit!

Ob sie wohl Strümpfe trägt oder eine Strumpfhose?

Jetzt verstehe ich, wie das Märchen vom hässlichen Entlein entstanden ist. Und von seiner wundersamen Verwandlung.

Ich ließ ihr Schuhe bringen.

Sie fiel mir um den Hals.

Wenn ich bis jetzt nicht gewusst hätte, wozu man Geld braucht, so hätte ich es in diesem Augenblick begriffen.

Die Journalisten stürzten sich mit ihren Kameras auf uns.

Was tut man nicht alles für kostenlose PR? Man lächelt sogar wie ein Idiot in die Objektive.

Dascha hielt sich hervorragend. Sie sah gut aus an meiner Seite.

Die Society-Reporter wollten wissen, wer sie war.

Ich antwortete: »Nur nicht neidisch werden.«

Mir schmeichelten die Blicke, mit denen ausnahmslos alle Männer sie anstarrten.

Natürlich ging es nicht ohne Fragen nach meiner Frau ab.

Sie selbst sind es, die uns zwingen zu lügen. Selbst die Besten von ihnen tun es.

Sie müssen unbedingt das eroberte Territorium ausdehnen. Und uns gleichzeitig belehren und erziehen. Sie merken dabei gar nicht, wie sie sich von Erzieherinnen zu Dompteurinnen verwandeln.

Ich brachte Dascha nach Hause.

Sie stieg nicht sofort aus dem Wagen aus.

Ich konnte mich nicht entschließen – sollte ich sie küssen oder nicht?

Besser nicht. Sonst dränge ich mich auch noch zu einer Tasse Tee auf!

Lass die Doktorandin in Ruhe.

Der Bodyguard öffnete ihr die Tür, ich reichte ihr die Handtasche.

Die Tasche war bis obenhin mit Klebeband und Bindfädenresten vollgestopft. Und irgendwelchem anderem Zeug. Merkwürdig. Braucht man das, damit die Tasche ihre Form behält?

Ich hoffe, das stammt nicht aus ihrem Büstenhalter?

Am nächsten Morgen musste ich auf Dienstreise.

Zu einem der zweihundert Wahlkampfstäbe der Partei.

Ein Kaff im Norden Russlands. Zweihundertfünfzig Einwohner.

Ich traf mich mit dem Stab. Fuhr direkt vom Flughafen hin, um keine Zeit zu verlieren.

Feierlich verteilten wir die Parteiausweise.

Mit viel Trara, unter Reden und Beifall wurde der Bürgermeister des Orts in die Partei aufgenommen. Zu einem gesalzenen Preis. Drei Millionen.

Sofort traten auch alle seine Stellvertreter in die Partei ein. Und die Stellvertreter der Stellvertreter natürlich auch.

Alles verlief in aufgekratzter Stimmung, auf hohem ideologischem Niveau.

Wir fuhren zur Tonfabrik. Dem strategischen Punkt. Obwohl daran natürlich längst keiner mehr dachte.

Strategisch ist er jetzt nur noch für uns. Die Mehrzahl der Einwohner arbeitet in diesem Werk.

Mit optimistischen Parolen und einem roten Tischtuch händigten wir Abzeichen und Urkunden aus.

Ich hielt wieder eine Rede.

Es fehlte nur noch der Panzerwagen.[9]

Die Wahlkampfhelfer hatten gute Arbeit geleistet: Es gab mehr Aufnahmeanträge als vorbereitete Mitgliedsausweise. Der feierliche Teil war damit zu Ende.

Weiter ging es mit dem Hubschrauber. Zur Jagd. Wir beschlossen, in einem kleinen Ort einen Zwischenstopp einzulegen zwecks Agitation.

Wir verteilten an alle Einwohner Pelze. Begleitet wurde ich vom Leiter des Wahlkampfstabs, vom Bürgermeister und seinen beiden Assistenten.

Vom Hubschrauber stiegen wir in einen Geländewagen um.

Der Wind wurde immer stärker.

Der Bürgermeister sagte, es könne einen Schneesturm geben.

Ich entschied, trotzdem weiterzufahren.

Wenn ich schon einmal hier war, wollte ich die Zeit auch nutzen.

Wir hätten umkehren müssen. Einen Unterschlupf suchen, abwarten, bis der Sturm sich legt.

Ein störrischer Esel bin ich.

Merkwürdig, aber jedes Mal, wenn ich in den Norden fliege, zieht unweigerlich ein Schneesturm auf.

Vielleicht hört er auch bloß niemals auf.

Der Navigator funktionierte nicht mehr, die Batterie gab ihren Geist auf. Wie mit Absicht.

Der Schnee drang in Nase, Augen und Ohren. Wir sahen nichts mehr, und das raue Heulen des Winds übertönte unsere Stimmen.

Wir tappten aufs Geratewohl weiter.

Es war ein Gefühl, als würde das niemals enden. Ein ausgezeichnetes Mittel, um alle Probleme zu vergessen: bis aufs Mark durchzufrieren.

Wir hatten uns verirrt.

Der Schneesturm konnte noch mehrere Tage dauern.

Wir hatten noch dreißig Minuten Fußweg vor uns.

Auf dem Höhepunkt seines Wütens erstarb der Sturm.

Der Geländewagen stand am Ufer eines Sees.

Unser nächster Programmpunkt war die Jagd.

Ein altrussisches Bauernhaus mit einem üppig gedeckten Tisch.

Nirgends ist der Appetit so groß wie hier.

Traditionsgemäß wird das Essen von den lokalen Kaufleuten bezahlt, denen man dafür die Bekanntschaft mit dem Gast aus Moskau versprochen hat. Und denen man die potenziellen Perspektiven dieser Bekanntschaft dargelegt hat.

Sie alle machten uns ihre Aufwartung, und ich hörte mir ihre Angebote an. Der Reihe nach. Und trank dazu Wodka.

Das zog sich fast bis zum Morgen hin.

Mädchen wurden geholt. Kräftige, stämmige, lachlustige.

Zur Jagd brachen wir erst einen Tag später auf. Denn unsere Alkoholfahnen hätten alle Tiere verscheucht.

Zuerst setzten wir uns in Schneefahrzeuge, anschließend stiegen wir auf Skier um und liefen lange zu Fuß, um den Bären nicht aufzuscheuchen. Den Einzelgänger, der keinen Winterschlaf hielt.

Es war meine zweite Jagd. Den Frost spürte ich nicht, die Luft war erfüllt von gespannter Erwartung. Wir alle atmeten diese Luft.

Der Bär wurde von Jagdterriern gehetzt, denn es herrschten etwa minus vierzig Grad. Ab dreißig Grad unter Null gefrieren den Polarhunden die Zitzen, und dann übernehmen die scharfen Terrier ihre Aufgabe.

Ich stand bis zum Gürtel im Schnee, als die Treibjagd begann.

Der Bär kam direkt auf mich zu. Nur er und ich, im Zweikampf einer gegen den anderen.

Zum ersten Mal im Leben begriff ich die Bedeutung des Wortes Zweikampf. Nichts um uns herum existierte mehr.

Ich drückte auf die Entsicherung meines Karabiners, während der Bär, den Blick auf den Boden gerichtet, näher kam.

Jäh wurde mir klar, dass durch den Frost das Schmierfett an der Entsicherung festgefroren war.

Der Bär war noch etwa achtzig Meter von mir entfernt.

Ich tastete nach dem Messer in meiner Tasche, zog

es heraus und schlug mit zitternden Fingern das Eis von der Sicherung ab.

Als der Bär bis auf dreißig Meter herangekommen war, schoss ich mit einer Dumdumpatrone auf ihn. Traf ihn ins Auge.

Bären fallen um wie Menschen – nach vorn. Sein Nacken war weg. Schwarzrotes Hirn sickerte langsam in den Schnee.

Der Schweiß hatte sich als Raureif auf meinem Dreitagebart abgesetzt.

Dreißig Kilometer lief ich schweigend auf Skiern, ohne an irgendetwas zu denken.

Man reichte mir ein Glas Wodka, und ich trank es in einem Zug aus, gierig, wie Salzlake nach einem Rausch.

»Ich habe den Bären getötet«, sagte ich.

Man brachte mich zu Bett.

Ich schlief einen Tag und eine Nacht.

Es duftete nach Essen.

Aus den Pfoten des von mir erlegten Bären hatte man Pelmeni zubereitet. Sie lagen in einer riesigen flachen Holzschale mitten auf dem Tisch und dampften appetitlich.

Ich bat um Hammelfleisch.

Der Hubschrauber brachte mich zum Flughafen.

Lada war nicht zu Hause. Und ich hatte gedacht, sie warte mit dem Frühstück auf mich.

Sie war weggefahren. Die Hausangestellte sagte:

»Ihre Lehrerin ist bei ihr. Sie sind zusammen weggefahren.«

Ich rief Lada an.

Lada ist eine gute Autofahrerin. Sie fährt wie ein Mann. Und liebt es. Sagt, es beruhige sie. Sonst hätte sie längst einen Chauffeur engagiert.

Ich hatte ihr nur eine Bedingung gestellt – nicht mehr als ein Glas Wein zu trinken, wenn sie am Steuer sitzt.

Offensichtlich hatte sie mehr getrunken.

Sie waren bei der dicken Lartschik. Sie und Dascha.

Ich fuhr selbst los, um Dascha abzuholen. Lada kam nicht herunter.

Ich wiederholte all diese idiotischen Laute und paukte die dämlichen Zungenbrecher.

Lachte und neckte sie.

Sie wurde rot und gab ein paar freche Antworten.

Am Montag verkündete Lada, ab jetzt werde sie fasten. Sie schenkte der Hausangestellten ein Buch über vegetarische Kost.

Ihre Fastenzeit dauert bis zum 22. April.

Es wird eine strenge Diät. Keine Mehlspeisen, nichts Gebratenes, kein Fleisch, kein Sex.

»Liebste, bist du verrückt geworden? Anderthalb Monate kein Sex?«

So lange hält sie es ja selbst nicht aus.

»Ich an deiner Stelle würde auch eine Fastenkur machen.«

»Ich glaube, dazu bin ich noch nicht bereit.«

»Ein Fehler.«

»Lada, Fleisch – das verstehe ich ja. Was noch? Mehlspeisen. Aber wieso Sex?«

»Das ist doch nicht meine Idee.«

»Und was soll ich machen?«

»Was ich dir gesagt habe.«

»Dir hat doch der Alkohol das Gehirn rausgeblasen.«

»Nach einer solchen Bemerkung kann ich dir nur raten, schnellstens zur Kirche zu laufen und Kerzen aufzustellen. Und weißt du was?«

»Was?«

»Sei so gut und respektiere, was ich tue.«

Am Dienstag präsentierte Lada mir ein Ticket Moskau – Zürich, Businessclass. Abflug am nächsten Tag.

»Ich fliege mit Walka für zehn Tage in die Berge.«

»Warum? Weil für Schwangere und Reisende die Fastenzeit nicht gilt?«

Lada war in bester Laune. Sie begutachtete ihren Snowboard-Anzug und kicherte.

»Das ist natürlich auch ein wichtiger Pluspunkt. Und da ich ja nicht schwanger werden kann, muss ich reisen.«

Ich werde niemals Kinder haben. Diagnose Aspermie. Unheilbar.

Und so wird auch Lada niemals Kinder haben.

Und wird sich in der Fastenzeit niemals mit Schwangerschaft entschuldigen können.

Ich teilte ihr das mit, bevor ich ihr einen Heiratsantrag machte.

»Und das ist bestimmt nicht heilbar?« Sie schaute mich ganz entsetzt an.

»Bestimmt nicht.«

Sie sagte, sie müsse darüber nachdenken. Ich war einverstanden.

Vier Tage lang rief sie nicht an.

Ich war überzeugt, ich würde sie nie wiedersehen. Aber ich ließ das Telefon nicht eine Minute lang aus der Hand.

Sie rief nachts an, als ich schon schlief. Das Telefon lag neben meinem Kopfkissen.

»Ich habe nicht ganz verstanden, hast du mir überhaupt schon einen Antrag gemacht?«

»Bis jetzt noch nicht.«

»Ach so!« Und sie legte auf.

Eine halbe Stunde später war ich bei ihr. Das Auto bis zum Dach gerammelt voll mit Blumen.

Lada sagte, ein paar Sträuße könnten wir mitnehmen, den Rest würden wir am Morgen holen.

Am Morgen erkundigte sich Ladas Nachbar, der uns beobachtete, als wir die Blumen aus dem Auto trugen, mitfühlend: »Was ist passiert, ist der Blumenladen abgebrannt?«

Lada packte ihre Sachen.

»Aber in einer Woche ist der 8. März! Zum Frauentag willst du wegfahren?«

»Wieso sollte ich bleiben? Du gratulierst mir ja doch nicht und wirst den ganzen Tag in deiner Bank hocken.«

»Und wenn ich verspreche, dir zu gratulieren und um die Bank einen großen Bogen zu machen?«

»Zu spät. Ehrlich gesagt glaube ich, du bist mir im Grunde dafür sogar dankbar. Ich befreie dich von dem Riesenkopfschmerz namens 8. März.«

»Danke, Liebste.«

»Nicht der Rede wert, Liebster.«

Sofort nach den Wahlen werde ich mich um meine Ehe kümmern.

20

»Ja?«

»Nastja?«

»Oh, hallo! Wie geht's?«

»Och, ganz gut. Hab' gerade mein Hausmädchen ausgeschimpft.«

»Wieso, was hat sie denn gemacht?«

»Ich hasse es, wie sie die Socken ineinanderstopft, eine in die andere. Ich habe ihr das schon tausend Mal gesagt! Furchtbar!«

»Genau. Meine legt sogar die Strümpfe so zusammen.«

»Die auch, grässlich!«

»Was machst du heute?«

»Weiß ich nicht. Mein Auto ist zur Reparatur. Ich muss es abholen.«

»Lada, warum legst du dir eigentlich keinen Chauffeur zu? Wie kann man denn selbst zur Werkstatt fahren, das ist doch unmöglich!«

»Wlads Chauffeur kann mich ja fahren, wenn nötig.«

»Und wenn du was trinkst? Du lässt den Wagen doch ewig irgendwo stehen!«

»Dafür weiß niemand, wo ich war und mit wem.«

»Auch wieder wahr. Die verpetzen einen ja doch alle.«

»Eben.«

»Brauchst du vielleicht einen Masseur? Einen ganz tollen!«

»Warum nicht.«

»Er macht ayurvedische Massage.«

»Und wie geht das?«

»Zuerst kommt ein Peeling, dann die Massage und dann Stretching.«

»So wie bei der Thai-Massage?«

»Ja, so ähnlich, nur alles zusammen.«

»Ich muss mir so eine Bank kaufen.«

»Olga hat sich so ein Ding gekauft. Für dreizehntausend. Beheizbar, alles elektrisch, mit Rollen und allen möglichen Extras.«

»Toll.«

»Mhm. Ich frage sie mal nach der Adresse.«

»Das wäre nett.«

»Also ruf mich an, sobald du deinen Wagen zurück hast, okay?«

»Okay.«

Ich holte Dascha ab, und wir fuhren zu Tolik zum Schaschlik-Essen.

Der Winter war endgültig vorbei. Zurückgeblieben waren nur schmutzige Flecken auf der einst schneeweißen Fassade von Toliks Haus. Und Morgenfrost.

Wir tranken Whisky. Im Freien zu trinken, hat den Vorteil, dass man sehr viel verträgt.

Und die frische Luft ist gesund.

Wir sangen Karaoke. Ich trug nur ein einziges Lied vor – »Der Adler«. Aber das mit Gefühl.

Dascha sang nicht.

Sie trank Wein und plauderte mit den Mädchen.

Hoffentlich muss ich sie hinterher nicht tragen.

Im Auto fingen wir an zu knutschen. Morgen werde ich das wahrscheinlich bereuen.

Wir gingen zu ihr in die Wohnung.

Sie kochte mir widerwärtige Pelmeni.

Ich aß sie alle auf.

Nach zähem Hin und Her legte ich mich im Zimmer ihrer Freundin schlafen.

Als ich aufwachte und die Augen öffnete, erschrak ich im ersten Moment heftig.

Neben meinem schweren Brummschädel lagen mehrere herzförmige rosa Kissen. Auf der Fensterbank stand eine herausgeputzte Puppe mit goldener Krone. Die Bettdecke war mit Spitzen besetzt.

Die drückende Stille schmerzte in den Ohren.

War dies das Paradies? Und ich schon tot? Oder war es die Hölle? Nein, alles deutete darauf hin, dass es das Paradies war. Für kleine Mädchen.

Aber wo steckten sie?

Die Tür ging auf, und Dascha erschien.

Gott sei Dank, ich war nicht gestorben.

Ich freute mich aufrichtig über Dascha, und sie wusste es zu würdigen.

Sex am Morgen ist gewöhnlich das Beste vom ganzen

Tag. Vorausgesetzt natürlich, es ist guter Sex. Aber der größte Vorteil ist, dass man sich denkt: Wenn schon der Morgen so wunderbar begonnen hat, wie wird erst der Tag sein! Eine trügerische Hoffnung.

Und das Herz hüpft einem in der Brust wie ein Pingpongball.

Im unpassendsten Moment tauchte Daschas Freundin auf. Und verschwand sofort wieder.

Einen Augenblick lang wünschte ich mir, ich könnte für immer in diesem Zimmer bleiben.

Aber das war unmöglich. Denn dies war ein Paradies für kleine Mädchen.

»Ja?«

»Hi, Walja.«

»Hi, Liebes. Ich wollte dich auch gerade anrufen.«

»Ja?«

»Erinnerst du dich noch an diesen Typ, der dir im Restaurant so gefallen hat?«

»Natürlich. So einen Mann vergisst man nicht.«

»Das ist ein Bekannter von Saschka. Wenn du möchtest, kann er ein Abendessen mit ihm organisieren. Und du tauchst dann wie zufällig auch auf.«

»Gute Idee.«

»Allerdings hat Saschka gesagt, er sei ein Gigolo.«

»So? Na, dann werde ich ihm bestimmt gefallen.«

»Ha-ha. Soll ich das also arrangieren?«

»Ja, mach das. Aber es muss schon in den nächsten Tagen sein, danach fliege ich nämlich in die Berge.«

»Vielleicht fliegt ihr ja schon zusammen?«

»Ha-ha.«

»Also gut. Ich rufe wieder an.«

»Küsschen. Hör mal, du irrst dich doch nicht? Er war doch wirklich sympathisch?«

»Ein toller Mann!«

»Prima. Ich hatte schon Angst, ich hätte vielleicht nur zu viel getrunken.«

»Nein, nein. Er ist super!«

»Gut.«

»Und lauter tolle Freunde hat er auch.«

»Okay!«

Wenn mein Hai einfach nur faul wäre, würde er nicht wie ein atomgetriebenes U-Boot durchs Aquarium sausen. Trägheit ist es also nicht. Irgendeine andere Erklärung dafür, dass diese unseligen bunten Fischchen immer noch am Leben waren, konnte ich aber auch nicht finden.

Dimka schaute herein.

»Hör mal, im Büro von Sjuganow[10] hängt ein Porträt von Puschkin. Wen gedenkst du denn aufzuhängen?«

»Wir sind für den entwickelten Sozialismus. Wir …«

»Etwa Breschnew?«

»Mit Breschnew sind bei Jaroslaw alle Wände gepflastert, sogar an der Zimmerdecke hängt sein Porträt.«

»Ja, das hab' ich gesehen. Mit Heiligenschein.«

»Deshalb werde ich Lenin nehmen.«

»Patriotisch. Und völlig unverdächtig, was Linksextremismus angeht.«

»Und zwar den von Andy Warhol. Es gibt zwei von ihm: einen mit blauem Bart und einen mit rotem. Was meinst du, welcher ist besser?«

»Blau ist vielleicht etwas heikel ... Aber natürlich auch ein Standpunkt. Und bringt zusätzliche Wähler ...«[11]

»Ja, aber die Brüder von der Mafia verlieren wir dann. Deswegen ist der Lenin mit rotem Bart besser.«

»Amen.«

»Finde doch mal raus, ob der zu kaufen ist.«

»Bei der letzten Auktion von Sotheby's ist ein Warhol für zehneinhalb weggegangen. Wer auf dem Bild war, habe ich vergessen.«

»Für die gerechte Sache ist kein Preis zu hoch.«

»Wie wär's denn mit Marilyn Monroe? Mir gefällt sie.«

»Hör mal, Kumpel, wir sind doch kein Plattenstudio! Bitte etwas mehr Ernsthaftigkeit in ideologischen Fragen.«

Dimka trat zum Aquarium.

»Gammelt er immer noch rum?«

»Tja.«

»Vielleicht ist es gar kein Hai?«

»Das ist ein Hai. Ich habe es selbst nachgeprüft. Tanja hat extra einen Professor kommen lassen.«

»Vielleicht ist er krank?«

»Nein, er ist gesund.«

»Dann ist er wahrscheinlich einfach ein Trottel.«

»Warten wir's ab.«

Wir beriefen eine Stabssitzung ein und bestätigten die Kurzbiografien fürs Zentrale Wahlkomitee. Jeder Kandidat unserer Partei erhielt eine genau austarierte und mit allen abgestimmte Anzahl von Lobesworten. Und jeder achtete eifersüchtig darauf, dass die anderen nicht mehr gelobt wurden.

Die Abnahme des Sitzungsbulletins dauerte rund zwei Stunden. Wobei Breschnew sich die meiste Zeit völlig hysterisch aufführte.

Heute war der Tag der Angestellten im Justizvollzugsdienst. Ich rief Mischanja an und sagte, ich würde vorbeikommen, um ein Geschenk für den Justizminister abzuholen. Was wird er für ihn wohl vorschlagen? Handschellen aus Platin? Oder wird er sich mit Manschettenknöpfen begnügen?

Die Sitzung war zu Ende, in meinem Büro saßen nur noch Lena und Dimka.

»Morgen wird das Bulletin im Zentralen Wahlkomitee sein«, verkündete Lena. Sie saß auf meinem Sofa und wippte mit dem Bein.

Warum nimmt sie nicht einfach das Geld ihres Vaters? Will sie nach europäischer Sitte selbstständig Karriere machen? Dem Papa beweisen, dass sie genauso gut ist wie er? Aber das wird sie kaum schaffen. Seine Fußstapfen sind für sie zu groß.

»Weitere Vorschläge?«, erkundigte sich Dimka.

»Eine Geldüberweisung an den Vorsitzenden.« Andere Vorschläge hatte ich nicht. »Eine Eingabe schreiben und ein neues Bulletin herausgeben.«

»Mit einer ausführlichen Biografie von Wladimir Wiktorowitsch«, ergänzte Lena.

»Machen wir doch glatt«, meinte Dimka.

»Was gibt es Neues von den feindlichen Stäben?«, fragte ich.

»Alles unter Kontrolle«, antwortete Lena. »Ein Problem gibt's nur in der Schule.«

»Interessieren sich die Jungs nicht mehr für die Mädels?« Dimka schnitt ein erschrockenes Gesicht.

»Genau«, bestätigte Lena. »Sie haben sich nämlich Munition verschafft und ballern jetzt im Museum mit unserem Gewehr herum.«

Das hatte mir gerade noch gefehlt.

»Mit scharfer Munition?«

»Ja.« Lena nickte. »Aber Gott sei Dank schießen sie nur in die Decke.«

»Fahr zur Schule. Obwohl das ja eigentlich Aufgabe der Schulverwaltung ist. Sie sollen gefälligst besser auf ihr Waffenarsenal aufpassen. Man stelle sich vor, das wäre ein Maschinengewehr gewesen. Tschapajews Gewehr aus dem Bürgerkrieg zum Beispiel.«

»Oder ein Panzer«, fiel Dimka ein.

»Wir wollen's lieber nicht beschreien.« Lena klopfte abergläubisch auf den Tisch.

Anschließend fuhr ich ins Justizministerium und Lena zur Schule.

Dascha war gekommen.

In ihrem Telefonverzeichnis stehe ich als »Bosnickel«. Und sie hat tatsächlich einen Abreißkalender und begeht alle diese Feiertage.

Ich muss ihr zu einem dieser Tage ein Geschenk machen. Zum Beispiel eine Eigentumswohnung zum Tag der Bevölkerung.

Oder ein Auto zum Tag der Verkehrspolizei.

Habe meine Sekretärin gleich beauftragt herauszufinden, wann der ist.

Im Juli. Also nicht so bald.

Wir blieben über Nacht im Sheraton.

Am nächsten Tag gingen wir essen.

Ich lernte circa fünfzig neue Zungenbrecher.

Sie hörte sich russische Popmusik an.

Sie aß alles restlos auf, ohne Rücksicht auf irgendwelche Kalorien.

In der Schweiz hat es ein Lawinenunglück gegeben. Ich riet Lada, besser nicht Ski zu laufen. Sie versprach es mir, aber wahrscheinlich wird sie es doch tun.

Lada musste jeden Augenblick vom Flughafen kommen. Die Hausangestellte hatte den Frühstückstisch für uns beide gedeckt.

Ich stand vor dem Spiegel und betrachtete die neue Falte unter meinem linken Auge. Lada hat mir geraten, sie einzucremen. Ich glaube nicht, dass es was nützt. Aber probieren kann ich's ja mal.

Sie hat mir auch geraten, den Backenbart abzunehmen. Weil mein Backenbart schon grau meliert ist.

Lada rief vom Flughafen aus an.

»Liebster, um wie viel Uhr gehst du aus dem Haus?«

»Ich warte, bis du kommst, und gleich danach fahre ich los, Liebste.«

»Fahr ruhig schon, warte nicht auf mich. Ich will von hier aus direkt zu Lartschik. Wir sehen uns dann heute Abend.«

Ich legte auf. Rieb noch eine Portion Creme unter mein Auge. Lächelte meinem Spiegelbild zu, wodurch die Falten endgültig aussahen wie Krater, wenn man sie aus dem Weltall fotografiert. Wies die Hausangestellte an, das Frühstück abzuräumen. Wählte Ladas Handynummer.

»Lada, hältst du es für normal, mit Lartschik zu verkehren, obwohl ich dich gebeten habe, das nicht zu tun?«

»Liebster, fang nicht wieder davon an. Deine Beziehung zu ihrem Mann ist eine Sache, meine Beziehung zu ihr eine ganz andere.«

»Aber ihr Mann schuldet nicht mir Geld, sondern uns beiden. Also geht es auch dich an.«

»Aber was hat Lartschik damit zu tun? Hat sie sich etwa dieses elende Geld von dir geliehen?«

Lada brüllte in den Hörer, um die Lautsprecherdurchsagen im Flughafen zu übertönen.

»Für dieses elende Geld kauft er ihr Klunker und

Pelze! Und du kommst nach Hause und erzählst mir auch noch davon! Und nebenbei, dieses elende Geld muss ich verdienen! Und wenn ich schon unbedingt fünfhundertachtzigtausend verpulvern wollte, könnte ich mir was Besseres vorstellen als Brillanten für diesen Fettarsch Lartschik!«

»Bist du jetzt fertig?«

»Und heute Abend habe ich zu tun!«

»Davon bin ich überzeugt!«

»Von mir aus!«

Ich wischte mir die Reste der Creme vom Gesicht. Hauptsache, ich hielt noch circa zehn Jahre durch. Bis dahin würde sicher ein Mittel erfunden sein, das ewige Jugend garantiert.

21

Mein Hai war gestorben.

Das war das Letzte, was ich von ihm erwartet hatte.

Er lag auf dem Boden des Aquariums, verheddert im Tang wie eine leere Flasche im Gebüsch.

Dascha sagte, aus Einsamkeit. Was weiß Dascha über Einsamkeit?

Der Verstand einer Frau ist Intuition. Auf dem Niveau des Unterbewusstseins.

Denn bei klarem Bewusstsein pflegen Frauen selten zu sein.

Lada kam ins Büro gestürzt. Machte mir eine Eifersuchtsszene.

Im Beisein von Dascha.

Offenbar hatte sie mit Lartschik ihre Rückkehr gefeiert. Nein, doch nicht, sie war völlig nüchtern. Ach ja, die Fastenkur.

Sie sah fabelhaft aus. Gut erholt und braun gebrannt.

Lada hat sich überhaupt kaum verändert, seit wir uns kennengelernt haben.

Sie ist die einzige Frau, deren Äußeres auf mich immer einen sehr starken Eindruck gemacht hat.

Gut, dass sie Dascha keine Gemeinheiten an den Kopf geworfen hat. Weit davon entfernt war sie nicht.

Dascha schlüpfte rechtzeitig aus dem Zimmer.

Abends rief Dascha nicht mehr an. Sie war mit ihrer Freundin einkaufen gefahren und hatte dabei offenbar die Zeit vergessen.

Ich aß zusammen mit Dimka und Sanja im Basar in der Shukowka.

Zwischen den Tischen lief Sanjas Hund herum. Sammelte wie immer die Mädchen für uns ein.

Was finden die Mädchen nur alle an diesen dummen kleinen Tölen?

Vielleicht hat es etwas damit zu tun, dass sie sich wenigstens ihnen gegenüber überlegen fühlen können.

Ich bestellte Risotto mit Pilzen und Weißwein.

»Wie ist das Risotto?«, erkundigte sich Dimka.

»Wie es sein muss. Übrigens, Reis absorbiert Alkohol.«

»Ja? Eine wichtige Information.«

»Schreib's dir auf.«

»Ich verzichte jetzt ganz auf Brot«, teilte Sanja mit und warf seinem Hund ein Stück Brot zu, so groß wie dessen ganzer Kopf. Er stürzte sich darauf, als hätte er seit drei Tagen nichts gefressen.

Tanja Melkonowa, die Besitzerin des Restaurants, kam an unseren Tisch. War ganz entrüstet: Warum hatte der Hund nichts bekommen? Wir waren gezwungen, Fleisch für ihn in einer Extraschüssel zu bestellen.

»Und vor den Mahlzeiten esse ich immer einen Apfel«, fuhr Sanja fort.

»Wozu?«, fragte Dimka.

»Er spaltet die Fette.«

»Und ich mache gerade eine Eiweißdiät. Nur das Weiße vom Ei. In beliebigen Mengen. Ich habe schon drei Kilo abgenommen!«

»In welcher Zeit?« Ich warf einen Blick auf Dimkas Bauch.

»In acht Tagen.«

Der Sommelier brachte eine zweite Flasche.

»Und bei mir ist es Lada, die fastet. Ganz eisern.«

»Ich habe letztes Jahr in der ganzen Fastenzeit nichts Süßes gegessen. Dabei habe ich auch ordentlich abgenommen.« Dimka überlegte. »So um die sechs Kilo, glaube ich.«

Ein Mädchen am Nachbartisch hatte den Hund auf den Arm genommen und küsste ihn auf seine feuchte Nase.

Sanja schaute sie mit einem Gesichtsausdruck an, als wolle er vor Rührung gleich in Tränen ausbrechen. Wenn ich ihn nicht schon vor fünf Jahren beobachtet hätte, wie er diesen Blick einstudierte, wäre ich glatt darauf hereingefallen.

»Wie läuft es sonst bei dir?«, fragte ich Dimka.

»Tja ... Die Renovierung ist sie leid, wir haben jetzt ein neues Thema.«

»Heirat?«

»Ein Kind. Sie sei schon so alt und so weiter, sie müsse wissen, woran sie sei, ich hätte es ihr versprochen …«

»Tja … Bestellen wir uns Zigarren?«

Man brachte uns einen Humidor. Ich nahm eine Davidoff Grand Cru.

»Und jetzt muss ich auch noch mit meiner Frau zum Skilaufen fahren. Es kommt mal wieder alles zusammen!« Dimka wählte eine Cohiba Robustos.

»Schick sie doch zusammen mit einer Freundin auf Reisen. Zum Shopping nach Mailand. Oder noch besser nach London«, empfahl Sanja.

»Sie will nicht. Sie sagt, ohne mich fährt sie nirgendwo mehr hin.«

»Dann setz eine Frist fest. Sag ihr: Gib mir ein Jahr. Und ich verspreche dir, mich im Lauf dieses Jahres scheiden zu lassen.«

Dimka blickte mich zweifelnd an.

»Genau«, bekräftigte Sanja. »Und wo ein Jahr geht, ist auch noch ein halbes Jahr mehr drin. Im Endeffekt hast du anderthalb Jahre deine Ruhe.«

Ein Mädchen mit Plastiklippen diktierte Sanja ihre Telefonnummer.

Der Hund, den nun niemand mehr brauchte, winselte einsam unterm Tisch.

Lada hat mir schon wieder eine Riesenszene gemacht. Irgendwer hat ihr von Dascha erzählt. Vielleicht war aber auch die Rothaarige gemeint. Oder die Radiomoderatorin?

Sie weiß genau, wann ich im Sheraton bin und wie viel Zeit ich dort verbringe.

Woher?

Ich schwor, das sei alles nicht wahr. Ich warf ihr meinerseits Untreue vor, ich spielte den Beleidigten, ich schrie.

Lada war verstört. Sie verlangte, ich solle auf der Stelle mit ihr einkaufen fahren, um ihre Stimmung zu heben.

Die Stimmung meiner Frau heben nur Brillanten ab drei Karat.

Wir aßen im neuen Restaurant ihrer Freundin und fuhren wieder nach Hause.

Schon im Lift fingen wir an, uns zu küssen. Sie hielt mir die Hand vor den Mund, als ich sie nach der Fastenzeit fragen wollte. Und nach der Enthaltsamkeit.

Wir schafften es nicht einmal bis ins Schlafzimmer.

»Sag, dass du keine Frau hast außer mir!«, flüsterte Lada, als sie mir die Hose herunterzog.

Ich schwor es.

»Und du?«

Sie schimpfte mich einen Esel. Ich widersprach ihr nicht.

Dascha brachte einen Gedichtband mit.

Wie alle anderen warf auch sie gewohnheitsmäßig einen Blick aufs Aquarium.

Wie alle anderen ließ auch sie ihren Blick nicht lange auf den bunten Fischchen ruhen.

Dascha sah gekränkt aus.

Mit boshaften Worten sprach sie von Lada.

Ich versuchte sie aufzuheitern.

Wie allen Frauen bereitete es ihr Genuss, dass sie mir etwas vorwerfen konnte.

Und sie tat das mit einer Raffinesse, die ihnen allen offenbar angeboren ist.

Ich musste aus dem Buch, das sie angeschleppt hatte, ein Gedicht über die Liebe vortragen. Lag völlig daneben.

Abends aßen wir im Sheraton, aber Dascha lehnte es ab, über Nacht zu bleiben.

Ich fürchtete ein Beziehungsgespräch, Vorwürfe vom Typ: »Du respektierst mich nicht«, Seufzer: »Natürlich, wer bin ich schon? Eine Null«, die Frage: »Liebst du mich?« und das Fazit: »Entweder du lässt dich heute noch scheiden, oder wir sehen uns nie wieder.«

Nichts dergleichen.

Aber sie gab es mir mit ihren Blicken und ihrem Benehmen zu verstehen.

Ich brachte sie nach Hause.

Danach hatte ich keine Lust mehr, noch mal mit einer anderen ins Sheraton zurückzukehren.

Lada war zu Hause und schlief.

Ich knipste die Lampe auf ihrer Seite des Bettes aus. Hob die »Vogue« vom Boden auf.

Goss mir einen Whisky ein.

Das Thema Dascha ist für mich erledigt.

»Hallöchen.«

»Hi, Lartschik. Wie sieht's aus?«

»Entsetzlich.«

»Was ist passiert?«

»Erinnerst du dich noch an das nette blonde Mädchen, das gestern im Restaurant am Tisch neben uns saß?«

»Hm … Nicht so genau. Wieso?«

»Sie hat Probleme mit ihrem Mann. Er lebt in London, zurück nach Russland kann er nicht. Und deshalb will er das Kind zu sich holen. Sie gibt es aber nicht heraus. Aber er hat Millionen und viel Einfluss.«

»Richtig von ihr. Sind sie geschieden?«

»Ja, seit zwei Jahren. Er zahlt ihr auch kein Geld mehr, und das Haus will er ihr wegnehmen, du glaubst nicht, was er schon alles gemacht hat!«

»So ein Saukerl.«

»Und gestern wollte sie mit dem Kind und der Nanny nach Disneyland fliegen, in die Staaten. Aber auf dem Flughafen hat man sie festgehalten, weil sie angeblich irgendwas geschmuggelt hat.«

»Was denn?«

»Genaueres weiß ich auch nicht. Aber das hat alles ihr Mann inszeniert. Jetzt sitzt sie im Gefängnis. Er hat ihr einen Anwalt geschickt – unterschreib, dass du auf das Kind verzichtest, und du kommst sofort wieder frei …«

»So ein Schuft. Und sie?«

»Ausgeschlossen, sie gibt das Kind nicht her. Aber jetzt drohen ihr fünfzehn Jahre ...«

»Lartschik, das ist ja furchtbar. Das arme Mädchen.«

»Ja, und Tanka Berkowitsch sammelt nun deshalb überall Geld. Ist das nicht toll von ihr? Wir anderen haben alle bloß Ach und Weh geschrien, aber sie tut wirklich etwas.«

»Geld für einen Rechtsanwalt?«

»Die Anwälte wollen damit nichts zu tun haben. Denen ist klar, gegen wen sie kämpfen müssten. Nein, einfach Geld, damit sie wenigstens in eine Einzelzelle verlegt wird. Sie schlafen dort abwechselnd, kannst du dir so was vorstellen?«

»Furchtbar. Ich gebe auch was. Einen Dreier.«

»Gut, ich sag's Tanka.«

»Verdammt, Lartschik, so eine scheußliche Sache!«

»Ja, wirklich. Und die Männer wollen es nicht glauben – behaupten, so was würde er niemals tun.«

»Natürlich steckt er dahinter! Woher kommt sonst der Anwalt mit so einem Wisch?!«

»Ja, ist doch eine klare Sache! Ist das nicht ein Schuft?«

»Armes Mädel. In so einem Milieu ... Furchtbar.«

»Kannst du dir den Budenzauber dort vorstellen? Die Toilette hinter einem Vorhang!«

»Oh mein Gott!«

»Also, ich rufe dann Tanka an und sage ihr, es kommen noch dreitausend dazu. Sie hat schon so um die hundertzwanzigtausend zusammen.«

»Super. Dann kriegt sie ja wenigstens eine normale Zelle.«

»Mach's gut. Küsschen.«

»Küsschen.«

In der Presse tauchten plötzlich negative Informationen auf. Nicht über die Partei im Allgemeinen, sondern über mich.

Woher? Ich begriff es nicht.

Lena ging in meinem Büro auf und ab und führte aus, wie man meine Popularität erhöhen könnte.

»Es gibt verschiedene PR-Methoden«, erläuterte sie und klopfte mit dem Finger gegen die Scheibe des Aquariums. Die Fische drückten sich entsetzt in eine Ecke. »Aber am wichtigsten ist – man muss über Sie reden. Und zwar positiv.«

»Zum Beispiel?«

»Zum Beispiel hat sich Berlusconi die Fußballmannschaft AC Milan gekauft, weil er wusste, wie verrückt die Italiener auf Fußball sind. Das war der kürzeste Weg zu den Herzen der Wähler.«

»Willst du, dass ich Chelsea kaufe?«

»Geht leider nicht. Aber vielleicht haben Sie ja einen unehelichen Sohn, der ein berühmter Fußballspieler geworden ist?«

»Lena, seit wann bist du so ein Fußballfan? Kannst du nicht über was anderes reden?«

»Doch. Übrigens, besagter Berlusconi hat sich auf die Wahlen sehr sorgfältig vorbereitet. Sogar eine Schönheitsoperation hat er machen lassen.«

Mir schien, sie warf dabei einen verstohlenen Blick auf meine Nase.

»Und außerdem hat Berlusconi ...«

»Lena, darf ich dich um zwei Dinge bitten: kein Berlusconi mehr und auch keine linksradikalen Albernheiten.«

»Dann ein Attentat.«

»Auf wen?«

»Auf Sie.«

»Meinst du?«

»Natürlich. Das wird sowohl Ihre persönliche Autorität als auch das Vertrauen in die Partei stärken. Und der ganze Wirbel drumherum bringt Ihnen rund dreißig Prozent mehr Wähler. Damit kommen wir über die Zehn-Prozent-Hürde bei den Wahlen und ... und Sie erhöhen mir das Gehalt.«

»Vorläufig schenke ich dir erst mal das Aquarium, wenn du es haben möchtest.«

»Nur her damit. In meinem Büro ist sowieso zu wenig Leben.«

»Nimm es mit.«

»Und was ist mit dem Attentat?«

»Darüber werden wir nachdenken.«

»Gut.«

»Du bist also überzeugt, es reicht nicht, wenn wir Zeitungsartikel und Fernsehsendungen kaufen?«

»Nein, Blut muss her. Je mehr, desto besser. Obwohl in unserem Fall auch ein missglücktes Attentat denkbar wäre.«

Lena ging. Ich gab Anweisung, das Aquarium abzubauen.

Ich veranstaltete einen Tag der offenen Tür für die Wähler. Es kamen lauter Omas und beklagten sich über ihre Nachbarn. Über die Preise. Die Heizung. Die Kinder. Das Leben.

Ich lauschte ihnen aufmerksam und versicherte sie meines Mitgefühls.

Versprach ihnen, gründlich aufzuräumen. Mit den Nachbarn. Den Preisen. Der Heizung. Den Kindern. Mit ihrem ganzen Leben, das sie in baufälligen Wohnungen fristen, alle diese alten Menschen, die keiner mehr braucht und die den Großteil unserer Wählerschaft ausmachen. Selbst wenn sie nicht allen Versprechungen glaubten – sie redeten, jammerten und gingen zufrieden fort, weil sich jemand gefunden hatte, der ihnen zuhörte.

Hin und wieder wurden ein paar besonders senile Leutchen ausfallend. Sie drohten, fluchten und forderten Geld.

Wir verteilten Lebensmittelkörbe und beruhigten sie. Draußen wurde es immer wärmer, und die Reizbarkeit des Frühlings ließ nach.

Ich beantragte für ein Haus in unserem Bezirk, das dringend renoviert werden musste, eine entsprechende Mittelzuweisung und fuhr dann in die Duma, um mich nach einem Büro für mich umzusehen.

Ich wollte ein gutes Büro haben, mindestens fünfzig Quadratmeter in einer der oberen Etagen. Je höher das Büro eines Abgeordneten, desto besser. Der achte Stock zum Beispiel würde mir zusagen.

Um solche Dinge muss man sich beizeiten kümmern: mit Geld und Worten an den richtigen Stellen.

Außerdem war da noch das Buch »Die Abgeordneten der Staatsduma«. Der Artikel über mich musste mindestens eine Spalte lang sein, weniger kam für mich nicht infrage.

Und auch diese Angelegenheit galt es rechtzeitig zu regeln.

Breschnew traf ein.

Mit wichtiger Miene schritt er durch mein Büro. »Es gibt da einen Mäzen ...« Jaroslaw blieb an der Stelle stehen, wo noch kürzlich der weiße Hai die Gewässer meines Aquariums durchpflügt hatte. »Beziehungsweise einen Kunstliebhaber ... aus der großen Politik ...«

»Was?«, fragte ich. Wahrscheinlich ein wenig drohend.

»... der will für eines meiner Bilder ... es heißt ›Roggen‹ ... fünfhundertsechzigtausend zahlen.«

»Rubel natürlich?«

»Dollar.«

Ich hasse Idioten.

»Aber er möchte, dass ich ihm einen Gefallen tue und meine Kandidatur bei den Wahlen zurückziehe.«

Ohne Breschnew als offiziellen Parteiführer schaffen wir es nicht.

Es war nicht schwer zu erraten, wer dieser Mäzen war. Iljin und seine Partei sind unsere Hauptkonkurrenten bei den Wahlen.

»Und das Vertrauen unserer Wähler, Jaroslaw?«, fragte ich mit kaum gezügelter Wut.

»Wlad! Ich bin Künstler.«

»Also dann: Als ein Künstler dem anderen verspreche ich dir, dass dein ›Roggen‹ nach den Wahlen so viel wert sein wird wie van Goghs ›Sonnenblumen‹! Sogar noch mehr!«

»Ja?« Breschnew überlegte. »Glaubst du?«

»Ich bin sicher.«

»Ich aber nicht.«

Ich stand auf, ging zu ihm und legte ihm die Hand auf die Schulter.

»Du hast von Anfang an nicht recht an unsere Sache glauben wollen. Weißt du noch?«

»Ja, ich weiß. Und?«

»Und? Hast du etwa keine persönliche Einladung zu der Feier im Kreml erhalten? Zu einer Feier auf allerhöchster Ebene? Nächste Woche?«

»Doch.«

»Und? Wer hat dich noch vor ganz Kurzem gekannt? Na? Niemand! Und jetzt schickt dir der Präsident dieses Landes persönlich eine Einladung! Übrigens, komm ja nicht zu spät. Nicht eine Sekunde – das meine ich sehr ernst. Hast du verstanden?«

»Natürlich. Wozu erzählst du mir das?«

»Für alle Fälle.«

»Ich bin kein Idiot.«

»Ich sagte doch – für alle Fälle.«

Ich hatte einen Traum. Es ist kalt, ich versinke bis zum Gürtel im Schnee. Ein Bär kommt auf mich zu. Der Bär von damals. Mein Gewehr hat sich verklemmt. Der Bär kommt näher. Ich mühe mich, die Sicherung zu lösen. Als ich schieße, sind Frost und Schnee plötzlich verschwunden.

Ich stehe in einer Zirkusarena, der von mir getötete Bär fällt von einem Zweirad, und dann sitze plötzlich ich an seiner Stelle auf diesem Rad, trete in die Pedale, und hinter mir fahren die Bärin und ein kleines Bärenjunges. Die Zuschauer klatschen, und ich bin sehr zufrieden mit mir.

Dimka fuhr mich zum Badehaus seines Nachbarn.

»Du brauchst dringend Entspannung, wenigstens für ein paar Stunden.«

Ein Kasten Bier, Dörrfisch und ein professioneller Bademeister mit dem Namen Wowa waren uns bei der Entspannung behilflich.

Der Bademeister peitschte mich mit einer Birkenrute, rieb mich mit verschiedenen Ölen ein und warf mich ins eiskalte Wasser.

»Wirst dich fühlen wie neugeboren«, versprach mir Wowa, und ich glaubte ihm.

Wir saßen in Laken eingewickelt und sprachen über die Instabilität der heutigen Welt.

»Ich habe ein Haus in Marbella. Für den Fall, dass was passiert.«

Der Besitzer des Badehauses war einer der Ersten, die ins Geschäft mit Alkohol eingestiegen waren, und den »Fall, dass was passiert«, kannte er nicht nur vom Hörensagen.

»Und ich habe eine Wohnung in Florida. Aber ich will sie verkaufen. Wenn was passiert, hat man sowieso keine Zeit mehr wegzufahren.« Dimka säuberte den Fisch so geschickt, als äße er Sashimi mit Stäbchen.

Dann redeten wir über Autos. Oleg, der Besitzer des Badehauses, hatte sich einen Rolls-Royce Phantom gekauft.

»Kitsch ist das! Kitsch hoch drei! Fehlt nur noch der behandschuhte Neger am Steuer – und los kann's gehen!«, so urteilte Dimka über die Erwerbung.

»Wieso denn?«, fragte Oleg gekränkt. »Was für ein Kitsch? Das sind uralte englische Traditionen. Ich würde das Klasse nennen.«

»Klasse, natürlich. Du drückst auf einen Knopf – und ein Regenschirm fliegt heraus. Stimmt's?«

»Genau!«, freute sich Oleg. »Direkt neben dem Fahrersitz.«

»Und? Hast du den Schirm aufgespannt und bist losmarschiert?«

»Na hör mal! Wohin sollte ich damit gehen?«

»Genau das meine ich. Ein Gag, allerdings ein erstklassiger! Und deshalb gratuliere ich dir ganz ehrlich zu deinem Kauf!«

Alle würdigten meine Neuerwerbung – einen CLS. Schwarz lackiert.

Sobald es wärmer wird, werde ich damit herumfahren. Lada gebe ich das Mercedes-Coupé aber nicht.

22

»Hallöchen.«

»Hi.«

»Du glaubst nicht, wie ich gerade gelacht habe!«

»Wieso?«

»Gestern hat Bubi hier angerufen. Bei mir zu Hause, der Idiot! Und wollte mich sprechen.«

»So ein Trottel! Ist ihm nicht klar, dass du verheiratet bist?«

»Ein Idiot, ich sag's ja. Und mein Hausmädchen ist eine notorische Petze. Und dann stell dir vor, da ruft so ein Typ an und will mich sprechen!«

»Schrecklich.«

»Ich hab' mich vorher mit Walka beraten, was tun. Also, ich komme nach Hause und frage das Mädchen: ›Hat jemand angerufen?‹ Sie starrt mich an und sagt: ›Ja.‹ Und sofort fange ich an, sie mit Namen zu überschütten, einer berühmter als der andere. Ach ja, sage ich, der Chauffeur von Michalkow hatte einen Platten, und deshalb hat er Kontschalowskij um meine Telefonnummer gebeten, aber bekommen hat er sie dann von Eldar Rjasanow, nachdem der von Oleg Tabakow angerufen wurde – es weiß nämlich nur mein Chauffeur, wo sich bei Michalkow das Ersatzrad befindet.«[12]

»Unglaubliche Story.«

»Und sie sagt mir unter der Last all dieser Namen, sichtlich beeindruckt und ganz nachdenklich: ›Der Stimme nach hörte sich dieser Chauffeur an wie ein Schwuler.‹ Kannst du dir das vorstellen? Wie ich gelacht habe!«

»Hast du's Bubi schon erzählt?«

»Dem werde ich die Hölle heißmachen!«

»Dabei hat er doch eine sehr angenehme Stimme.«

»Natürlich! Das ist ja gerade das Komische.«

»Aber wenn sie der Meinung war, ein Schwuler hat angerufen, dann hat sie dich sicher nicht verpetzt.«

»Aber das wusste ich ja vorher nicht.«

»Auch wieder wahr. Was machen wir heute?«

»Wir treffen uns um neun, wie verabredet.«

»Aber ich komme in Jeans.«

»Ich auch. Da geht es nicht so feierlich zu.«

»Und lass uns heute mal nichts trinken.«

»Gut, versuchen wir's. Aber ich fürchte, das schaffen wir nicht.«

»Soll ich also besser ohne Auto kommen?«

»Ja, ohne.«

»Gut.«

»Tschüss, bis dann.«

Um acht Uhr morgens stürmte eine Spezialeinheit der Steuerfahndung meine Bank.

Die Wache versuchte Zeit zu gewinnen und sich mit der Verwaltung in Verbindung zu setzen.

Sie sprengten die Tür.

Es waren circa achtzig Männer. Durch sämtliche Stockwerke der Bank tönte das in solchen Fällen übliche Kommando: »Schnauze auf den Boden!«

Als ich eintraf, hatten sie schon den Server abgeschaltet.

Ich versuchte, mich mit ihnen zu einigen.

Es stellte sich heraus, dass es eine Sondereinheit des Finanzministeriums war: K90-Tsch30.

Sie hatten bereits alle unsere Schwarzgeldgeschäfte entdeckt. Von den anderen Transaktionen hoben diese sich durch ihre runden Zahlen ab.

Einfach so überfällt einen das Finanzministerium nicht. Da steckte jemand dahinter.

Die Nachricht von der Überprüfung der Bank durch das Ministerium gelangte an die Presse, und bereits gegen Mittag hatte sich auf der Straße eine riesige Menge von Kunden versammelt. Sie forderten die Öffnung der Bank, die Auszahlung ihres Geldes und die Schließung ihrer Konten.

Alles Bargeld, das sich in der Bank befand, war von der Spezialeinheit beschlagnahmt worden.

Ich war bereit, es als Schmiergeld zu opfern.

Die Überprüfung dauerte drei Tage.

Vor der Bank versammelten sich immer mehr Menschen.

Wie üblich in solchen Fällen brach Panik aus.

Die Leute hängten Transparente mit Drohungen auf, organisierten eine Wache und rissen meine Porträts mit der Wahlrede ab.

Es war völlig unmöglich, die Bank durch den Haupteingang zu betreten.

Die Panik wuchs wie die Fingernägel eines Toten. Ganz von selbst.

Am dritten Tag einigte ich mich mit dem Finanzministerium.

Breschnew traf ein.

»Ich verlange Rechenschaft darüber, was hier vorgeht!«, verkündete er.

»Alles unter Kontrolle. Bald beginnen wir mit den Auszahlungen.«

»Und was ist das?« Jaroslaw trat ans Fenster und wich sofort wieder zurück.

»Der Herdeninstinkt. Nichts Dramatisches. Das geht vorbei.« Das Letzte, wozu ich Lust hatte, war, Breschnew Erklärungen zu geben.

»Und wo ist das Geld?«

»An einem sicheren Ort.«

»Bisher dachte ich immer, eine Bank sei ein sicherer Ort!«

»Natürlich. Wenn es deine eigene Bank ist. Das heißt, du brauchst nichts zu befürchten.«

»Und was machen wir damit?« Breschnew wies mit dem Daumen auf das Fenster hinter sich.

»Das kriegen wir schon in den Griff.«

»Wann?«

»Ein paar Tage noch.«

Ich ließ Iwanytsch holen. Den Chef meines Sicherheitsdienstes. Iwanytsch kam mit einer grellorangefarbenen Mappe. Ich wollte schon immer wissen, was er darin hat.

Er ging zum Fenster, schaute erst hinunter und dann hinauf zum Himmel, als wolle er eine Wetterprognose abgeben, und setzte sich auf die Fensterbank.

»Stellen Sie Geld frei. Wir müssen einen zusätzlichen Stab schaffen.«

Ich sah ihn schweigend an und wartete auf Erklärungen. Iwanytsch erklärte: »Es gibt jemanden, der nicht nur den anderen Kandidaten unserer Partei Informationen über unsere Strategie zuspielt, sondern der auch für unseren Hauptkonkurrenten arbeitet – für Iljin.«

»Und wer ist das?«, fragte ich. Ich konnte kaum glauben, dass so etwas möglich war.

»Lena.«

»Lena?«

Iwanytsch ließ mir Zeit, diese Nachricht zu verdauen.

»Was ist da los?« Er schaute zum Fenster hinaus. Die Leute begannen schon, Steine zu werfen.

Wir waren gezwungen, Sicherheitsleute rund um die Bank zu postieren.

»Morgen beginnen die Auszahlungen. Lassen wir Lena erst mal in Ruhe.«

»Okay.« Er nickte.

»Jetzt geht es um unser Rating. Die Überprüfung haben wir überstanden, vor dem Volk haben wir eine weiße Weste. Wenn die Auszahlungen beginnen, wird sich die Panik in ein paar Tagen wieder legen. Wir müssen Iljin zu Fall bringen und das Vertrauen der Menschen zurückgewinnen.«

»Ein Attentat?«, fragte Iwanytsch.

»Ein Attentat«, bekräftigte ich.

»Mit letalem Ausgang«, sagte Iwanytsch und blickte mir in die Augen.

Ich dachte an meinen weißen Hai. Zum ersten Mal seit seinem Tod. Bestimmt war es ein Weibchen gewesen. Dumme Trine.

Ich nickte. Iwanytsch schüttelte den Kopf.

»Meine Leute gebe ich dafür nicht her. Sonst kann ich wieder endlos nach Ersatz suchen. Was allein die Überprüfungen kosten! Nein, meine gebe ich nicht her!«

»Wer dann?«

»Ich weiß nicht. Irgendeine Zivilperson.«

Wir schwiegen eine Weile.

Komisch, dass Lena mein Aquarium haben wollte.

»Breschnew?«

Iwanytsch beobachtete gleichmütig die Vorgänge draußen auf der Straße.

»Nein. Wo nehmen wir einen neuen her?«

»Wer dann?«

»Irgendwer, dessen Platz lange Zeit vakant bleiben kann.«

Eindeutig nicht Iwanytsch.

»Irgendwer, mit dem die Leute Mitleid haben werden. Wirklich, Breschnew passt nicht.«

»Eine Frau.« Iwanytsch lächelte. Mit einem solchen Lächeln sagt man im Film: »Cherchez la femme«.

»Eine Frau?«, fragte ich zurück und ergriff meinen Kugelschreiber. Wahrscheinlich dachte Iwanytsch, ich wollte mir notieren, was er sagte.

Wir erörterten die Einzelheiten.

Am folgenden Morgen begann die Bank mit den Auszahlungen. Diese Nachricht ging über alle Radiosender. Ich setzte mich mit Breschnew in Verbindung.

»Jaroslaw, ich habe mir gerade überlegt, dass wir für dich eine persönliche Ausstellung organisieren sollten.«

»Im Kreml?«

»Was – im Kreml?«

»Die Ausstellung.«

»Ach so, ja natürlich, im Kreml. Wo sonst?«

»Ich habe auch schon daran gedacht.«

»Und in der Zwischenzeit bereitest du eine Rede fürs Fernsehen vor. Sprich darüber, dass trotz der Intrigen der Konkurrenz unsere Bank weiterhin voll funktionsfähig ist. Aber bitte ohne deine künstlerischen Egotrips, okay?«

Ich legte auf.

Alles wird gut.

Wir werden die Situation meistern. Wie immer.

»Ja?«

»Hi.«

»Hi, Lada, wo hast du gesteckt?«

»Ich war in Courchevel.«

»Ja? War's schön?«

»Sehr schön. Aber ziemlich leer.«

»Ist noch zu früh.«

»Aber trotzdem ... Mein Hotel war voll. Alles Russen.«

»Wen hast du getroffen?«

»Lenka Petrowa. Sie hat sich scheiden lassen, kannst du dir das vorstellen?«

»Kann ich. Kennst du die Popows, Marina und Oleg?«

»Natürlich.«

»Die haben sich auch scheiden lassen. Und die Ptizas auch.«

»Schrecklich.«

»Wieso schrecklich? Alle lassen sich scheiden. Kennst du etwa irgendwen, der länger als fünfzehn Jahre verheiratet ist?«

»Mich.«

»Na, da bist du aber die Einzige. Mehr gibt es nicht.«

»Marjanka.«

»Also, erstens ist Marjanka noch keine fünfzehn Jahre mit ihrem Mann zusammen, sie und ich haben zur gleichen Zeit geheiratet, und zweitens hat er schon seit drei Jahren irgend so ein junges Ding. Auch nicht gerade eine Bilderbuchehe, oder?«

»Weiß Marjanka das?«

»Wahrscheinlich weiß sie es. Mitfühlende Menschen gibt es ja viele.«

»Da hast du recht. Die erzählen einem jedes Detail.«

»Sie hat auch schon mal jemanden angeheuert. Einen Privatdetektiv, glaube ich, so genau weiß ich es aber nicht.«

»Wozu?«

»Das dumme Huhn wollte Gewissheit. Die hat sie bekommen. Und was hat sie jetzt davon?«

»Ja, aber das kapiert man immer erst hinterher. Wenn man die Möglichkeit hat, an Informationen zu kommen, ist es wirklich sehr schwer, zu widerstehen. Wir sind doch alle Masochistinnen.«

»Dumme Hühner sind wir, keine Masochistinnen. Wir wollen doch erfahren, dass sie uns treu sind, nicht das Gegenteil.«

»Aber das Ergebnis ist gewöhnlich das Gegenteil.«

»Willst du etwa sagen, du machst das auch?«

»Mhm. Ich kann einfach nicht anders.«

»Du lässt ihn observieren?«

»Nein, ich habe meine eigene Methode. Hightech.«

»Und?«

»Als ob du das nicht wüsstest. Ich glaube, ganz Moskau redet von nichts anderem.«

»Wovon?«

»Von Wlads Affären.«

»Und was gedenkst du zu tun?«

»Was soll ich schon tun? Mich scheiden lassen? In meinem Alter!«

»Hör mal, ich hab' einen Anruf auf dem anderen Apparat. Bleibst du so lange dran?«

»Nein, lass uns später noch mal telefonieren.«

»Küsschen.«

Als ich nach Hause kam, war Lada nicht da. Ihr Handy abgeschaltet. Aber ich wollte doch mit ihr reden! Über nichts Besonderes, einfach so. Sie verstand mich immer. Früher. Und unterstützte mich.

Ihr Handy ist abgeschaltet. Sie hat doch einen Akku im Auto!

Ich konnte nicht einschlafen. Mein Kopf arbeitete wie ein Perpetuum mobile.

Ich goss mir etwas Whisky ein.

Vielleicht verschiebe ich die Bankaktiva besser offshore? Solange es noch nicht zu spät ist? Nein, es wird schon alles gut gehen.

Ich weiß nicht, wie viel Whisky ich getrunken hatte.

Wachte um sieben Uhr früh auf.

Hätte am liebsten noch mal genauso viel getrunken.

Ich darf nicht. Ich muss zur Bank.

Der Fahrer kommt erst um neun. Die Bodyguards auch.

Ich beschloss, nicht zu warten.

Setzte mich ans Steuer, kam aber nur mit Mühe in die erste Kurve.

Ist schon eine prima Sache, dieses Dynamic-Drive-System.

Die Zufahrtswege zur Bank waren von Menschen verstopft. Hatten die etwa hier übernachtet oder was? Nur gut, dass ich ganz bescheiden und unauffällig, ohne Chauffeur, gekommen war. Ich fuhr in die Garage.

Transparente waren keine zu sehen.

»Die Leute haben sich etwas beruhigt«, teilte Iwanytsch mit, der im Vorzimmer auf dem Platz meiner Sekretärin saß. Er hatte bestimmt hier übernachtet.

»Gib bekannt, dass wir um zehn mit den Auszahlungen beginnen.«

»Okay. Ich schicke sofort jemanden runter.«

»Ist Dimka hier?«

»Bis jetzt noch nicht.«

Ich rief ihn auf dem Handy an.

»Wlad, ich suche gerade einen Parkplatz. Hier ist ein unglaubliches Gewühl! Irgendein Fernsehsender, ich glaube, CNN, ist auch da.«

»Beeil dich und komm her.«

Als Dimka den Raum betrat, warf er wie gewohnt einen Blick auf die Stelle, an der das Aquarium gestanden hatte.

»Wir beginnen mit den Auszahlungen. Das sollte auch im Radio noch mal durchgegeben werden.«

»Und was machen wir mit CNN?«

»Die werden schon allein klarkommen. Was haben sie hier überhaupt zu suchen?«

»Unsere sind ja auch hier, das Erste, glaube ich.«

»Sorg dafür, dass Breschnew bei ihnen auftritt. Aber pass auf, dass er kein dummes Zeug schwätzt.«

»Wlad, er hat bis heute Früh getrunken. Ich weiß nicht, in welcher Verfassung er jetzt ist.«

»Bring ihn wieder zu Verstand. Leg ihn an den Tropf. Oder gib ihm Bier. Letztendlich ist es sogar gut, wenn er beschissen aussieht. Schließlich hatten wir Probleme.«

»Verstanden. Dann will ich mal nachsehen, wie es ihm geht.«

Gegen Mittag des zweiten Tages ließ der Menschenstrom nach. Die Schlange lichtete sich etwas, die Transparente verschwanden.

Die Leute überlegten mittlerweile schon, ob es sich wirklich lohne, die Konten aufzulösen. Aber noch standen sie Schlange.

Die Bank befand sich am Rand des Bankrotts.

Breschnew trat mit einer Erklärung vor die Kameras, in der er über den Druck von oben sprach, dem unsere Partei ausgesetzt sei. Aber uns würde niemand kaputt machen oder auch nur einschüchtern! Für die Versprechen, die wir unseren Wählern gegeben hätten, stünden wir mit unserem Leben ein.

Die Leute hörten auf, nachts vor der Bank Wache zu schieben.

Die Panik löste sich auf.

Ich hoffte sehr, dass Lenas Erwartungen, das Attentat betreffend, in Erfüllung gehen würden.

Wir müssen unser Ansehen zurückgewinnen. Und unser Rating.

Zum ersten Mal seit einer Woche konnte ich die Bank ungehindert verlassen.

Und zum ersten Mal wieder einigermaßen ruhig durchatmen.

Traf mich im Sheraton mit der Radiomoderatorin. Habe in diesem Hotel ständig ein Zimmer reserviert. Für repräsentative Zwecke.

Iwanytsch findet, ich sollte langsam mal in ein anderes Hotel gehen. Vielleicht zur Abwechslung mal ins Baltschug? Oder ins Metropol?

Lada war in einen Nachtklub gefahren, und ich brauchte Entspannung.

Die Radiomoderatorin ist dafür genau die Richtige. Sie interessiert sich nicht für meine Ehefrau, fragt mich nicht über meine Arbeit aus und bittet mich um nichts. Bisher.

Ich betrank mich.

Wachte um sieben Uhr morgens auf. Zu Hause.

Wie ich dorthin gekommen war, wusste ich nur noch sehr vage. Wahrscheinlich hat mir die Radiomoderatorin doch nicht so besonders gefallen.

Lada machte mir eine Szene.

Sie kam um vier Uhr früh vollkommen betrunken nach Hause.

»Wo warst du heute Nacht?«, schrie sie, und ihre

Stimme war wie immer, wenn sie getrunken hat, mehrere Tonlagen höher als sonst.

»Ich habe versucht, dich anzurufen, Liebste. Ich musste in der Bank bleiben, du weißt doch, welche Probleme ich im Moment habe. Liest du keine Zeitungen?«

»Du bist eine Null!«, brüllte Lada und hielt sich am Stuhl fest, um nicht zu fallen. »Du warst im Sheraton, mit einem Mädchen!«

Woher wusste sie das?

»Unsinn, Liebste. Ruh dich erst mal aus.«

»Ich hasse dich! Hörst du, ich hasse dich!«

»Hast du dich betrunken, um mir das zu sagen?«

»Du bist eine Null! Ein Nichts! Zu nichts zu gebrauchen! Nicht mal Kinder kannst du zeugen! Deinetwegen habe ich kein Kind! Nichts habe ich!«

»Abgesehen von ein paar unwichtigen Kleinigkeiten.«

Ich stellte den Fernseher aus. Ihre Fastenkur schien Lada vergessen zu haben.

Ich war sicher, dass sie gleich völlig hysterisch werden würde. Und so kam es auch.

Lada saß laut heulend auf dem Fußboden.

Ich hatte keine Lust, sie zu beruhigen.

Je älter eine Frau ist, desto weniger Mitleid hat man mit ihr. Oder vielleicht, je besser man sie kennt. Je vertrauter sie einem ist …

Ich ging zu Bett.

Lada schlief im Wohnzimmer ein. Auf dem Fußboden.

Ich hatte ihr nicht mehr rechtzeitig sagen können, dass wir am Freitag zu einem Empfang der Regierung fahren würden. Auf persönliche Einladung des Präsidenten hin.

Am Morgen war sie nicht mehr im Wohnzimmer. Gut so, denn nach solch stürmischen Szenen ist sie gewöhnlich den ganzen Tag über aggressiv. Wenn man in Betracht zog, dass mich vor dem Eingang der Bank schon eine ganze Volksmenge erwartete, dann wäre ein Streit beim Frühstück entschieden zu viel.

Wann hatte ich eigentlich das letzte Mal Urlaub gemacht? Vor zwei Jahren, auf den Malediven. Mit Lada.

23

Es war der 1. April.

Ich bat meine Sekretärin, niemanden durchzustellen. Ich besprach mit dem Verwaltungschef eines Moskauer Bezirks die Bedingungen für eine Zusammenarbeit.

Wir brauchten ihre Stimmen.

Sie erhielten dafür die Kontrolle über die einträglichen Sammeltaxis. Denn die Sammeltaxis laufen nicht über die offiziellen Bücher.

Sie bestanden darauf, die profitabelsten Strecken zu bekommen.

»Hier fährt der Linienbus. Direkt von der Metro.« Der Verwaltungschef war ein schmächtiger kleiner Mann, aber mit sehr schönen weißen Zähnen. Er fuhr mit dem Finger über den Plan, den wir beide schon längst auswendig kannten. »Die Taxen sind hier nicht hundertprozentig ausgelastet.«

»Gut. Wir erhöhen die Frequenzintervalle der Linienbusse. Zum Beispiel auf vierzig Minuten. Da haben Sie dann Ihre Auslastung. Nicht jeder hat Lust, vierzig Minuten auf den nächsten Bus zu warten, oder?«

»Das ginge. Dann müssen wir einen Fahrplan festlegen.«

»Wir nehmen einfach auf dieser Strecke ein paar Busse heraus.«

»Hier zum Beispiel ist ein Neubaugebiet, da wäre es nicht schlecht, neue Strecken zu organisieren. Verlegen wir die Linienbusse dorthin.«

»Einverstanden.«

Ich beschloss, nach Hause zu fahren. Mich mit Lada zu versöhnen.

Morgen müssen wir zusammen an dem Empfang im Kreml teilnehmen.

Ich kaufte sogar Blumen.

Die Verkäuferin hielt mir mehrere Sträuße durchs Autofenster. Ich wählte rotweiße Rosen. Die werden Lada gefallen.

Sita, unser Hausmädchen, huschte aus der Diele, sowie ich die Tür öffnete.

In der letzten Zeit ging mir das immer mehr auf die Nerven.

In der Wohnung war es dunkel, Lada war nicht zu Hause.

Ich knipste das Licht an.

Warf die Blumen aufs Sofa.

Beschloss, sie Sita zu geben. Sie sollte sie ins Wasser stellen.

Rief nach dem Hausmädchen. Sie erschien, den Blick gesenkt. Stiehlt sie vielleicht?

»Stellen Sie die Blumen bitte in eine Vase.«

Sita verschwand mit den Blumen und schloss die Tür lautlos hinter sich.

Die Zeitungen waren an den Rand des Couchtisches geschoben. Daher bemerkte ich Ladas Zettel sofort.

»Sobald das Penthouse fertig ist, ziehe ich dorthin um.

Ich rufe dich an, dann können wir die finanziellen Fragen besprechen. Wenn nicht, ist es mir auch egal.

Meine Sachen habe ich mitgenommen. Ich bin sicher, du wirst nicht Trübsal blasen.

P.S. Denk nicht, das sei ein Aprilscherz.«

Ich riss die Tür des Kleiderschranks auf. Ladas Sachen waren verschwunden. War sie verrückt geworden? So ein Irrsinn. Das konnte doch einfach nicht sein!

Ich kehrte ins Wohnzimmer zurück und las den Zettel noch einmal.

Die Tür ging auf, das Hausmädchen trug eine Vase mit den Blumen herein. Ich hätte ihr die Vase beinahe über den Kopf gestülpt.

Offenbar erriet sie meine Gedanken. Sie stellte die Vase rasch auf den Tisch und huschte aus dem Zimmer.

Ich knüllte Ladas Zettel zusammen und warf ihn hinter ihr her.

Bestimmt hat irgendwer meiner Frau was gesteckt. Irgendwer hat mich irgendwo mit irgendwem gesehen. Wo? Und mit wem?

Ich muss sie anrufen und alles herausfinden. Ihr alles erklären und die Sache wieder in Ordnung bringen. Irrsinn, einfach Irrsinn.

Wahrscheinlich hat sie ihr Handy abgeschaltet.

Nein. Das heißt, sie wird mit mir sprechen. Das heißt, sie wollte mir nur einen Schreck einjagen. Mich erziehen.

»Hallo.«

»Lada, Liebste, was ist passiert? Ich komme nach Hause, da liegt dieser Zettel, du bist fort und hast deine sämtlichen Sachen mitgenommen. Wo bist du?«

»Unwichtig.«

Ihre Stimme war völlig ruhig und nüchtern.

»Was heißt unwichtig? Was soll das alles überhaupt bedeuten?«

»Gibst du mir das Penthouse?«

»Lass uns reden. Was hat das Penthouse damit zu tun? Ich gebe dir alles, was du willst ...«

»Danke.«

»Lada ... Heißt das, du verlässt mich?«

»Ja. Und ruf mich nicht mehr an.«

»Wo bist du? Ich komme sofort, und wir werden über alles reden. Ich sage dir alles, was du wissen willst, ehrlich.«

»Ich fürchte, alles werde ich nicht ertragen.«

»Liebste, ich kann ohne dich nicht sein, wenn ich irgendwas falsch gemacht habe, wenn ich mich zu wenig um dich gekümmert habe ... Du weißt doch, diese Wahlen ...

»Ich wünsche dir Erfolg.«

Sie legte auf.

Ich wählte noch einmal. Keine Antwort.

Ich wählte ein drittes Mal. Abgeschaltet.

Ich warf das Telefon an die Wand. Es prallte ab, die Verschalung sprang auf, und die Batterien fielen heraus.

Sie hat mich verlassen und ist zu ihrem »Bubi« gegangen. Zu diesem jungen Hammel, der ihr einen Haufen Kinder machen wird.

Und sie braucht mein Penthouse. Damit sie dort alle zusammen als große glückliche Familie leben können.

Die Vase mit den Blumen flog ebenfalls an die Wand. Gleich danach hinterließ meine Faust dort ihren Abdruck.

Aber vielleicht ist sie ja auch bei ihrer Busenfreundin, der dicken Lartschik?

»Hallöchen.«

»Hallo. Ist Lada vielleicht bei dir?«

»Nein. Nein, bei mir ist sie nicht.«

»Bei wem ist sie dann?«

»Sie hat mich gebeten, nichts zu sagen.«

»Nun komm, Larissa, mach keinen Ärger. Wo ist meine Frau?«

»Es ist natürlich nicht meine Sache, und du weißt, ich halte große Stücke auf dich, aber ehrlich, Wlad, du hättest früher an deine Frau denken sollen.«

»Du willst mir noch Ratschläge geben?«

»Schrei mich nicht an.«

»Sag ihr, sie soll mich anrufen!«

»Gut.«

»Aber schnell.«

Ich wartete zehn Minuten. Trank den Whisky direkt aus der Flasche. Rief erneut bei Lartschik an. Ihr Telefon war abgeschaltet. Ich konnte es nicht glauben. Meine Frau hat mich verlassen. Ist zu irgendeinem »Bubi« gegangen. Ich muss sie finden.

»Iwanytsch? Hallo, hörst du mich?«

»Ja, ich höre dich. Guten Abend.«

»Lada ist hier etwas ... ausgeflippt. Kurz gesagt, sie hat ihre Sachen gepackt und ist gegangen.«

Iwanytsch schwieg.

»Finde sie. So schnell wie möglich.«

»Gut.«

»So schnell wie möglich. Hast du verstanden?«

»Ja. Und was ist mit dem Empfang morgen?«

Der Empfang im Kreml! Musste sie das alles ausgerechnet jetzt vom Zaun brechen!

»Ich weiß nicht.«

»Ich verstehe.«

»Halt mich auf dem Laufenden.«

»Sobald ich etwas in Erfahrung bringe, melde ich mich.«

»Ich warte.«

Ich öffnete den Safe. Sie hatte ihren gesamten Schmuck und all ihr Geld mitgenommen. Es war zwar nicht allzu viel Geld, aber für die erste Zeit würde sie damit auskommen. Die beiden würden damit auskommen. Selbst wenn ich ihre Kreditkarte sperren ließ.

Jetzt sitzen sie irgendwo und schmieden Pläne für die Zukunft. Ich hätte mir diesen Knaben schon längst vorknöpfen sollen. Wenn nur diese Scherereien in der Bank nicht gewesen wären …

Ich trank noch einen Whisky.

Das Hausmädchen hatte genug Grips, um in ihrem Zimmer in Deckung zu bleiben. Wahrscheinlich hatte sie Lada dabei geholfen, die Koffer zu packen.

Ich trank fast die ganze Flasche Whisky aus.

Rief bei der Rothaarigen an.

Heute hatten sich alle verbündet und ihre Handys abgeschaltet.

Lada war eifersüchtig auf Dascha.

Ich rief Dascha an.

Wir unterhielten uns eine Weile, und ich merkte, dass ich jetzt weder Dascha noch die Rothaarige noch sonst irgendwen wollte.

Lud Dascha ein, mit mir zum Empfang zu fahren.

Legte auf. Begriff, dass das Schwachsinn war.

»P.S. Denk nicht, das sei ein Aprilscherz.«

Irrsinnig komisch, dieser Tag des Lachens.

Die Hausangestellte servierte das Frühstück.

Ich schaute nach, ob im Kühlschrank Bier war. Wie üblich war keins da.

Meine Frau hat mich verlassen.

Ich bemühte mich, nicht daran zu denken.

Lange suchte ich nach einer passenden Krawatte.

Rief mir in Erinnerung, was ich früher angezogen hatte. Erinnerte mich undeutlich.

Fand keine passenden Schuhe.

Zog dieselben an, die ich schon gestern getragen hatte.

Iwanytsch konnte nichts Erfreuliches melden. Er hatte seine Leute vor allen Häusern von Ladas Freundinnen postiert. Vielleicht ging ja eine von ihnen zu ihr. Abwarten.

Iwanytsch sagte, wir müssten den heutigen Tag ausnutzen. Diesen Empfang. Das sei ihm schon gestern klar geworden, als ich sagte, Lada würde mich nicht begleiten.

Er habe schon alles organisiert. Sei so frei gewesen. Ich hätte ja gestern schon genug Probleme gehabt …

Zwei Scharfschützen an der Fahrtstrecke zum Kreml.

Und gut, dass ich Dascha eingeladen hätte. Ein zusätzliches Ablenkungsmanöver könne nicht schaden. Wir werden so tun, als hätte sie mitfahren sollen, habe sich aber im letzten Moment verspätet. Ich werde sie eine halbe Stunde vor der Abfahrt anrufen und sagen, ich könne nicht mehr auf sie warten. Ein Empfang beim Präsidenten, da dürfe ich nicht zu spät kommen.

»Ich komme nicht mit«, sagte Dascha.

Na super, das war ja ein voller Erfolg! Ich begann zu brüllen und auf sie einzureden. Beruhigte mich aber schnell. Ich durfte es ja auch nicht übertreiben, um sie nicht versehentlich noch umzustimmen. Aber sie legte als Erste auf. Seltsam.

Die Tür zu meinem Büro ging auf, und Lena kam herein. Hinter ihr stand Iwanytsch und drückte gleichmütig auf die Tasten seines Handys, als spiele er Tetris.

»Wladimir Wiktorowitsch!« Lena legte flehend die Hände zusammen. »Eine Freundin von mir feiert Geburtstag! Wozu brauchen Sie mich denn dort?«

»Lena, wer ist Chef unseres Wahlkampfstabes?«, fragte ich. »Schicken Sie mir diese Person, ich muss mit ihr auf dem Weg zum Kreml noch ein paar Dinge besprechen.«

»Ich bin es.«

»Na, siehst du!«

»Also schön.«

»Dann düsen wir los?«

Sie nickte.

Punkt zwei fuhren wir ab.

»Hallöchen … Hallöchen! Lada? Weinst du?«

»Uhum.«

»Was ist passiert, mein Mädelchen?«

»Ich kann so nicht weitermachen. Ich kann nicht, verstehst du! Ich halte es nicht aus! Mit dieser Suchanlage, mit diesem Caesar-Satellit, weiß ich immer, wo er sich befindet …«

»Und?«

»Er ist die ganze Zeit über mit irgendwelchen Frauen im Sheraton! Lartschik, ich bin doch nicht aus Eisen!«

»Mein armes Mädchen.«

»Ich kann nicht mehr!«

»Aber du liebst ihn doch!«

»Ja und? Was nützt das? Ich bin ihm völlig egal, zu

keinem einzigen Feiertag hat er mir Blumen geschenkt! Die ganze Zeit ist er bei irgendwelchen Mädchen, mal bei dieser Doktorandin, mal bei irgendeiner anderen! Lartschik, was soll ich tun?«

»Wein doch bitte nicht.«

»Ich kann nicht. Ich kann nicht mehr.«

»Aber ihr lebt doch noch ganz gut. Er hat eben seine Midlife-Crisis, er wird älter, und wenn die Männer älter werden, zieht es sie zu jungen Mädchen.«

»Lartschik, ich habe ihm mein ganzes Leben geopfert, seinetwegen habe ich keine Kinder, glaubst du, er ist mir dankbar?«

»Natürlich ist er das. Er liebt dich doch auch. Ihr habt ja dauernd Sex.«

»Na und, was heißt das schon? Sex hat er nicht nur mit mir.«

»Du weißt selbst, wie wichtig das ist. Ich schlafe mit meinem Mann allerhöchstens zweimal pro Monat. Und beim zweiten Mal kreische ich nur noch anstandshalber.«

»Du simulierst?«

»Ja.«

»Schrecklich.«

»Natürlich ist das schrecklich. Aber was soll ich machen – die Kinder. Und überhaupt.«

»Kinder ...«

»Beruhige dich, Lada. Es kommt alles wieder in Ordnung.«

»Ich kann nicht mehr.«

»Halt durch. Schließlich weißt du selbst, wie wenige akzeptable Männer es gibt.«

»Mag sein.«

»Natürlich. Nur Scheusale. Und alle verheiratet. Und wer nicht verheiratet ist, will eine Junge.«

»Ich kann nicht.«

»Wenn du willst, komm her zu mir.«

»Ich überlege es mir, ja? Und rufe dich dann an.«

»Na, dann erst mal Küsschen.«

»Küsschen. Danke.«

Ich verbrachte einige Stunden in der Staatsanwaltschaft.

Berichtete ausführlich, wer meine Fahrtroute kannte und wusste, in welchem Auto ich sitzen würde.

Ich erklärte, eigentlich hätte ich zusammen mit meiner Frau fahren sollen. Sie habe mich aber am Abend zuvor verlassen.

Mein Anwalt warnte die Staatsanwaltschaft, dass diese Information nicht an die Presse gelangen dürfe.

Ich erklärte, ich hätte stattdessen meine Lehrerin eingeladen, die mich in Sprecherziehung unterrichte. Dascha. Sie habe mich im letzten Monat aus beruflichen Gründen überallhin begleitet. Sie habe jedoch nicht mitkommen können, mir das aber erst eine halbe Stunde vor Abfahrt mitgeteilt.

Meine Mitarbeiterin Lena habe also rein zufällig in diesem Auto gesessen.

Man ließ mich erst am Abend gehen. Auf der Straße

musste ich mich der Presse stellen und ihre Fragen, wen ich hinter diesem Attentat vermutete, beantworten.

»Wladimir Wiktorowitsch! Wem nützt das?«

»Allen, denen wir im Weg stehen.«

»Fürchten Sie ein zweites Attentat?«

»Wer war das getötete Mädchen?«

»Warum hat man auf Sie geschossen, warum nicht auf den Parteivorsitzenden?«

»Glauben Sie, die Überprüfung der Bank war ebenfalls ein Glied in der Kette der gegen Sie gerichteten Aktionen?«

Sobald ich zu Hause war, stellte ich den Fernseher an. Auf allen Kanälen wurde über das missglückte Attentat berichtet.

In drei Tagen wird Lenas Begräbnis sein. Ich werde hingehen müssen.

Das Telefon klingelte.

Alle meine Handys hatte ich schon vor mehreren Stunden abgeschaltet.

Lada.

»Wlad, wie geht es dir?«

»Normal.«

»Möchtest du, dass ich komme?«

»Ja.«

Als sie kam, lag ich auf dem Sofa und schlief. Sie setzte sich neben mich und umarmte mich.

Im Schlaf spürte ich ihre warmen Arme.

Als ich am Morgen aufwachte, lag ich noch immer auf dem Sofa.

Meine Frau schlief zusammengerollt im Sessel gegenüber.

Ich schaute sie lange an.

Wie schön sie ist. Ich werde sie nie mehr weggehen lassen.

Ich bereitete das Rührei für sie selbst zu. Ich koche gern. Früher, vor zehn Jahren, habe ich zum Frühstück immer Crêpes Suzette für sie gemacht.

Sie trank ihren Tee und lächelte.

»Geh nicht fort. Bitte«, sagte ich.

Sie schwieg.

»Ich liebe dich. Und habe dich immer geliebt. Es war einfach eine schwierige Zeit. Aber wir haben sie überstanden. Wir beide. Und jetzt wird alles gut. Ich verspreche es dir.«

Ich ging zu ihr und umarmte sie.

»Geh nicht fort«, flüsterte ich ihr ins Ohr.

Sie lächelte wieder.

»Ich muss aber wenigstens noch mal weg, um meine Sachen zu holen.«

»Nicht nötig! Wir kaufen alles neu. Schließlich fangen wir ein neues Leben an, und das muss man in neuen Sachen tun.«

»Lass uns nach Paris fahren! Für ein paar Tage, ja?«

»Einverstanden. Sobald die Wahlen vorüber sind, fahren wir los, abgemacht?«

»Abgemacht.« Lada seufzte. »Aber wenn wir nicht

fahren, dann verlasse ich dich für immer. Und deine Mädchen …«

Ich verschloss ihr mit der Hand den Mund.

»Keine Mädchen mehr. Vergiss sie. Ich liebe nur dich.«

24

Lenas schwarz gerahmtes Porträt war im Foyer der Bank aufgehängt.

Ringsum standen Blumen.

Von den Titelseiten aller Zeitungen schaute mich mein eigenes Gesicht an.

Die Menschen versammelten sich auf der Straße zu Meetings, um unsere Partei zu unterstützen.

Neue Mitglieder füllten unsere Reihen.

Die panischen Abhebungen und Kontenschließungen hörten auf.

Das Attentat hatte in der Öffentlichkeit große Resonanz gefunden. Als Folge stieg mein Rating so steil an, dass es selbst die optimistischsten Prognosen Lenas übertraf.

Es sah ganz so aus, als könnten wir es schaffen, bei den Wahlen die Zehn-Prozent-Hürde zu überwinden.

»Warum ist Breschnew nicht da?«, fragte ich Dimka.

»Er hat eine Depression.«

»Er soll an den Meetings teilnehmen. Eine Depression ist doch normal. Schließlich haben wir einen Trauerfall.«

Dimka sah mich an und wandte dann seinen Blick ab.

»Einen Trauerfall«, wiederholte ich.

»Aber gestern ist er in Tränen ausgebrochen.«

»Hauptsache, er weint nicht vor der Presse. Zuzutrauen wäre es ihm.«

Ich schickte den Chauffeur nach Hause, er sollte Lada Blumen bringen. Beauftragte ihn, den allergrößten Strauß zu kaufen.

»Die ganze Boulevardpresse vermutet Iljin hinter dem Attentat auf dich«, teilte Dimka mit.

»Gut gemacht, Jungs.«

Ein Anruf von der Staatsanwaltschaft.

Man informierte uns über den Stand der Ermittlungen und teilte uns mit, es sei noch ein Gespräch mit Lada und vor allem mit Dascha erforderlich.

Iwanytsch berichtete mir, woher Lada von meinen Eskapaden wusste. Das Ortungssystem Caesar-Satellit.

Ich dummer Esel. Wahrscheinlich hatte ich in ihrer Gegenwart das Passwort erwähnt. Beinahe hätte ich deswegen meine Frau verloren.

Ich rief Lada an: »Was machst du, Liebste?«

»Ich verdaue.«

»Was genau?«

»Deine Blumen und deine Pfannkuchen.«

»Und?«

»Hat mich beides schwer beeindruckt.«

»Und das ist nur der Anfang.«

»Du erschreckst mich.«

»Was machen wir morgen Abend?«

»Wir?«

»Natürlich wir. Leider kann ich dich aus Gründen der politischen Korrektheit nicht zum Abendessen ...«

»Ist nicht schlimm, bin ich gewöhnt ...«

»... ins Restaurant einladen. Aber ich lade dich zum Abendessen zu Hause ein. Bei Kerzenlicht. Kochen werde ich selbst. Wie früher, weißt du noch?«

»Wlad, ich liebe dich.«

»Ich liebe dich auch.«

»Ich dich aber mehr.«

»Einverstanden, du mich mehr.«

»Blödmann.«

»Sehr richtig, Blödmann. Wer liebt sonst schon noch seine eigene Frau nach fünfzehn Jahren Ehe?«

»Ich hab' so gute Laune ...«

»Es wird sie dir niemand mehr verderben.«

Ein Anruf aus dem Verlag.

Gestern war der Internationale Tag des Kinderbuchs.

Wir sponserten Bücherspenden für sechzig Kinderheime in ganz Russland.

Der Verlag feierte sein zehnjähriges Bestehen und wollte eine grandiose Wohltätigkeitsaktion durchführen. Mit unserer Beteiligung.

Ich kochte zum Abendessen Risotto mit Tintenfisch. Lada saß auf dem Küchentisch, schaute zu und gab boshafte Kommentare ab.

Das Hausmädchen guckte alle fünf Minuten ängstlich um die Ecke.

»Und zum Nachtisch?«, wollte Lada mit lauter Stimme wissen. »Was kriege ich zum Nachtisch?«

»Kennst du den Film ›Neuneinhalb Wochen‹? Genau so einen Nachtisch wirst du bekommen.«

»Wird dir das nicht ein bisschen zu viel?«

»Dir vielleicht, aber da kann man nichts machen.«

»Ach, was du nicht sagst! Mir wird das zu viel?«

Lada sprang mir auf den Rücken. Das kam so unerwartet, dass ich fast das Gleichgewicht verloren hätte.

»Du bist hier derjenige, der sich übernimmt!«

Das Hausmädchen fasste sich endlich ein Herz und kam in die Küche. Aber damit endete ihr Mut auch schon. Sie stand mitten im Raum und schwieg verwirrt.

»Sita, alles ist in Ordnung«, sagte ich, und Lada ging sogar zu ihr, um sie im Fall einer plötzlichen Ohnmacht auffangen zu können.

»Danke«, stotterte Sita.

»Wir kochen Risotto, das müssen Sie nachher unbedingt probieren«, sagte Lada lächelnd.

Sita schielte ungläubig auf die Pfanne.

»Wirklich lecker«, versicherte ich. »Vielleicht nicht so lecker wie bei Ihnen, aber trotzdem gut.«

»Das heißt, Sie brauchen mich nicht mehr?«, fragte Sita.

»Nein, nein, wir brauchen Sie nicht. Wir machen alles selbst.« Lada schlang ihre Arme um mich, kaum dass sich die Tür hinter dem Hausmädchen geschlossen hatte.

Wir küssten uns. Gleichzeitig rührte ich mit der rechten Hand die Meeresfrüchte in der Pfanne um. Lada öffnete mir mit ihrer rechten Hand den Gürtel. Mit der linken angelte sie den Reis aus dem Schrank.

Der Schnee war längst verschwunden, hier und dort zeigte sich Gras, und unter den ersten Strahlen der Frühlingssonne begannen schon die Blumen zu knospen.

Das Glockengeläut auf dem Wagankowskoje-Friedhof verband Vergangenheit mit Gegenwart. Und Gegenwart mit Ewigkeit. Und solange die Glocken nicht verstummten, schien nur die Ewigkeit zu zählen.

Beim Begräbnis schwor Lenas Vater, er werde den Mörder finden und Rache nehmen.

Die riesigen hundertjährigen Fichten strebten zum Himmel, so wie unsere Blicke und mehr noch unsere Seelen.

Ich warf eine Handvoll frische Erde ins Grab. Wie alle anderen auch.

In der Kirche zündete ich eine Kerze an und schaute lange in die Flamme. Sie flackerte wie in Agonie. Man sagt, eine Kerze sei ein stummes Gebet. Meine Kerze schrie. Aber vielleicht war es auch nur die Zugluft.

Lada rief an. Ihre in Paris lebende Freundin habe entbunden. Zwillinge. Und wünsche sich Lada als Patin. Wir seien beide zur Taufe eingeladen.

»Liebster! Ist das nicht toll! Und du wirst Pate sein! Wir werden richtige, echte Patenkinder haben! Und uns um sie kümmern!«

»Wann ist die Taufe denn?« Ich war in der Duma, wollte gerade überprüfen, welche Fortschritte die Renovierung meines künftigen Büros machte. Bislang war nur der Fußboden erneuert worden.

»Übermorgen. Es geht alles so schnell, weil Michel krank geworden ist, nichts Schlimmes, aber sie wollen die beiden deshalb möglichst bald taufen lassen. Das hat ihnen der Priester geraten. Sag, ist das nicht ein entzückender Name – Michel?«

Ich konnte auf keinen Fall nach Paris fliegen.

»Entzückend.«

»Und das Mädchen heißt Jeanne. Ich rufe deine Sekretärin an und bitte sie, sich um die Tickets zu kümmern, ja?«

»Lada ...«

»Was?«

»Ich bin nicht sicher, ob ich fliegen kann ...«

»Nicht sicher?«, fragte Lada zurück, und ich merkte, gleich würde sie in Tränen ausbrechen.

»Du weißt doch, meine Arbeit ...«

»Ja, ich weiß. Schon gut. Ich werde ihr sagen, sie soll sich einen anderen Paten suchen.«

Lada legte auf.

Warum passiert alles immer zur falschen Zeit?

Ich wählte Ladas Nummer: »Lada, weißt du, was wir machen?«

»Was?« Sie versuchte, sich nicht anmerken zu lassen, dass sie weinte.

»Wir fliegen mit der Nachtmaschine und sind am Morgen da. Die Taufe ist doch morgens, oder?«

»Ja.«

»Und danach fliege ich nach Moskau zurück, und du bleibst noch ein paar Tage, wenn du möchtest.«

»Ich möchte. Ich möchte eine Weile bei den Kindern sein.«

»Na, wunderbar.«

»Ich liebe dich. Ach, ist das toll!«

Ich hielt den Hörer vom Ohr weg, um nicht taub zu werden.

»Ich dich auch.«

Dimka kam herein und glotzte mir erstaunt ins lächelnde Gesicht.

»Ich habe die Reise in die Berge abgesagt. Meine Frau hat gebrüllt – grauenhaft.«

»Und ich fliege nach Paris.«

»Was?«

»Nach Paris. Keine Angst. Nur für einen halben Tag.«

»Mit wem?«

»Mit meiner Frau.«

»Cool.«

Lada hat Angst vorm Fliegen. Sie trinkt schon vor dem Start Sekt. Und hält meine Hand. Und schaut der Stewardess ängstlich ins Gesicht. Und flüstert irgendein spezielles Gebet.

»An dieser ganzen Sache ist nur eins gut«, sagte sie, als das Flugzeug langsam an Höhe gewann.

»Was?«

»Wenn wir sterben, dann zusammen.«

Die Boeing 747 zerfetzte die Wolken wie ein Welpe sein Spielzeug.

Lada klammerte sich an meiner Hand fest, und ich fand es angenehm, dass sie neben mir saß und meine Hand suchte, wenn sie Angst bekam, so wie sie es schon vor fünfzehn Jahren getan hatte.

Paris empfing uns mit frühlingshaftem Wetter. Wir quartierten uns im Costes ein, bummelten über die Champs Elysées, hielten in der Kirche Saint Sulpice die lächelnden Zwillinge im Arm, und die Glocken in Paris läuteten anders als die in Moskau: Zu diesen Klängen wollte man lieben, lachen und leben.

Lada begleitete mich zum Flughafen Charles de Gaulle, wir küssten uns an der Gangway und fürchteten weder fremde Blicke noch Paparazzi.

Von Scheremetjewo aus fuhr ich zur Bank, kümmerte mich um die Geschäfte und rief stündlich bei Lada an. Sie hatte schon alle Spielzeugläden in Paris leer gekauft und schickte sich jetzt an, zu Babykleidung überzugehen.

Im Sheraton traf ich mich mit Dascha. Sie stand natürlich ganz unter dem Eindruck des Attentats.

Ich musste ihr vorsichtig beibringen, dass sie vermutlich eine Vorladung von der Staatsanwaltschaft bekommen würde. Dass sie keine Angst zu haben brauche, aber nicht mehr als nötig sagen solle.

Sie schaute mich mit verliebtem Blick an.

Mir schien, als hätte ich sie jahrelang nicht gesehen.

Über Nacht blieben wir im Hotel.

Nicht einmal die Nähe der Prostituierten machte sie noch verlegen.

Vor Ladas Rückkehr ließ ich die ganze Wohnung mit Blumen schmücken.

Und schwor mir – sobald die Wahlen vorüber sind, kaufe ich Lada alles, was sie sich wünscht. Sogar brillantenbesetzte Autofelgen.

FINALE

Wenn Ereignisse wie Menschen Fragebögen ausfüllen könnten, würden wir ihre Daten und ihren Geburtsort genauer kennen ... Dann wäre es einfacher, Schlüsse aus ihnen zu ziehen, ihre Lehren zu begreifen und tragische Wiederholungen zu vermeiden.

Juri Korolkow, »Kio Ku Mizu!«
(»Top Secret – Bei Gefahr verbrennen«)

Aus unseren Mauern würden wir alle in Mengen herbeiströmen für einen so wunderschönen Tod, wenn wir nur um dieser Abscheulichkeit willen lebten.

Fernando Arrabal,
»Der extravagante Kreuzzug eines verliebten Kastraten«

Heute ist der Tag der Bodenmelioratoren.

Ich habe meinen Kalender natürlich mit nach London genommen.

Obwohl ich mich in London ehrlich gesagt auch ohne Feiertage wohlfühle.

Aber wenn ich Sehnsucht nach Moskau bekomme, schlage ich den Kalender auf. Und reiße eine Seite heraus.

Ich stelle mir dabei vor, wie Rita die gleiche Seite abreißt. Und zu dem kleinen Mischa sagt: »Heute ist der Tag der Bodenmelioratoren. Kannst du dir das merken?«

Und ihm zum Frühstück eine Banane gibt.

Der kleine Mischa geht zu Terminator und sagt: »Heute ist der Tag der Bodenmelioratoren.«

Aber das ist ein sehr schwieriges Wort, und Mischa spricht es undeutlich aus. Deshalb versteht Terminator nicht richtig, was er meint, grinst aber trotzdem fröhlich.

Ich unterhalte mich manchmal mit Mischa am Telefon. Er stottert fast gar nicht mehr.

Ob wohl der KRK inzwischen auch über alle Feiertage Bescheid weiß?

Rita nimmt jetzt Fahrstunden. Der KRK will ihr ein Auto kaufen.

Ein Pfundskerl ist sie. Gibt ihre Arbeit nicht auf. Sagt, eine Frau müsse selbstständig sein.

Allerdings beklagt sie sich, dass ihre Honorare manchmal nicht einmal für ein Paar Stiefel reichen.

Ich saß in der riesigen Mall im Zentrum Londons und trank einen Kaffee.

Ich bin oft hier. Meine Arbeitsstelle ist ganz in der Nähe. Und es gibt hier sehr leckere Teilchen. Ich kenne keinen Ort in Moskau, wo es so leckere Teilchen gibt.

Ein junger Mann mit einer Tätowierung am Hals machte mir schöne Augen.

Übrigens nicht zum ersten Mal.

Sieht ganz sympathisch aus. Aber ein Anzug statt dieser zerrissenen Jeans würde mir besser gefallen. Ein Anzug, wie Wlad ihn trägt. Und keine Tätowierung und Zottellocken, sondern ein ordentlicher Haarschnitt. Wie der von Wlad.

Schöne Augen braucht man mir auch nicht zu machen. Alles muss sich wie von selbst ergeben. Sofort.

Rita schickte mir eine SMS.

Merkwürdig, gerade hatte ich noch an sie gedacht.

»Setz dich schnellstens mit mir in Verbindung.«

Schnellstens? Meine Batterie ist fast leer.

Sicher kann ich sie auch in einer halben Stunde zurückrufen, wenn das Handy wieder aufgeladen ist.

Ich schickte ihr eine SMS: »In einer halben Stunde.«

Eine Minute später rief Rita mich selbst an.

»Rita, was ist passiert? Mein Handy geht gleich aus!«

»Dascha, schnell! Hör mir genau zu! Diese Geschichte mit Wlad. Der Vater von Lena hat Nachforschungen angestellt.« Rita schnatterte derart rasch, dass ich nur mit Mühe verstand, was sie sagte. »Dascha, in seinem Auto ist eine Bombe. Kostja arbeitet für ihren Vater. Dieses Attentat war inszeniert. Und du hättest an ihrer Stelle sein sollen, hörst du?«

»Ich? Wo ist eine Bombe?«

»Bei Wlad! In seinem Auto! Begreifst du? Ich habe mich entschlossen, es dir zu sagen. Er wollte dich töten.« Das Handy hatte schon zweimal warnend gepiepst. »Ihr Vater hat alles herausbekommen ...«

Das Telefon verstummte. Rita verschwand.

In Wlads Auto ist eine Bombe.

Mein Handy. Ich schüttelte es heftig, als würde das helfen.

Ich stürzte zum Ausgang. Irgendwo musste es doch öffentliche Telefone geben. Ein Mädchen in Uniform. Ich sprach es an. Ich müsse dringend im Ausland anrufen.

Wlads Handy mit seinen gewölbten Ziffern leuchtete in meinem Kopf auf. Ich konnte jede einzelne Ziffer physisch spüren. Als würde ich eine eigene Verbindung aufbauen.

Das Mädchen setzte ein routiniertes Lächeln auf. Ich hätte sie am liebsten angeschrien. Sie kam mir vor wie ein Roboter. Wenn ich sie anbrüllte, würde sie vielleicht erschrecken und aufhören zu lächeln. Und begreifen, dass ich Hilfe brauchte.

Wlad, ich bitte dich, ich flehe dich an, setz dich nicht in deinen Wagen.

Ich rannte durch die ganze Mall, landete wieder im Café. Schnappte mir meine Handtasche. Vielleicht schaffte ich es noch rechtzeitig, wenn ich vom Büro aus anrief.

»Kann ich Ihnen helfen?« Ich begriff zuerst gar nicht, dass diese Worte an mich gerichtet waren.

Der Typ mit der Tätowierung.

»Ein Telefon!«, schrie ich. »Können Sie mir ein Telefon geben?«

»Bitte. Rufen Sie an. Ist alles in Ordnung mit Ihnen?«

Er reicht mir sein Telefon. Ich reiße es ihm buchstäblich aus der Hand. Der Bursche lächelt freundlich. Ich starre das Telefon in meiner Hand schweigend an.

»Die Nummer wissen Sie?«

Einige Minuten verstreichen. Oder kommt mir das nur so vor?

Ich lächle zurück. Schüttle den Kopf.

»Schon gut. Hier, Ihr Telefon.«

Er nimmt einen Fliederzweig aus der kleinen Vase.

»Ich würde Ihnen gern einen Riesenstrauß schenken.«

»Danke. Aber ich mag keine Blumen.«

ANMERKUNGEN

1 1975 gedrehte, sehr erfolgreiche Filmkomödie, die russische Version von »Charleys Tante«. Armen Dshigarchanjan (*1935) ist ein aus Armenien stammender bekannter Schauspieler.

2 Der Vorname des Moskauer Bürgermeisters Luschkow lautet Jurij, das ist die russische Form des Namens Georg.

3 Arsenij Tarkowskij (1907–1989), russischer Lyriker und Vater des Filmregisseurs Andrej Tarkowskij. Das Erste der beiden hier angeführten Gedichte wird in Andrej Tarkowskijs Film »Der Spiegel« vom Autor selbst vorgetragen.

4 Rita ist die Kurzform von Margarita, also ist Rita eine Namensvetterin der Margarete von Valois, die als Königin Margot aus Alexandre Dumas' gleichnamigem Roman in Russland sehr bekannt ist.

5 Rot und weiß sind auch die Farben des Moskauer Fußballklubs Spartak.

6 Gemeint ist das Weiße Haus in Moskau, der Sitz der russischen Regierung am Kutusowski-Prospekt.

7 Grigorij Leps (*1962), beliebter Chansonsänger.

8 Ein Lied über die Holzpuppe Buratino, den russischen Pinocchio. Das Kinderbuch von Alexej Tolstoj wurde mehrfach verfilmt.

9 Eine Anspielung auf den Panzerwagen, den Lenin nach seiner Rückkehr im Jahr 1917 vor dem Finnischen Bahnhof in Petrograd (heute wieder St. Petersburg) bestieg, um eine Re-

de vor dem Volk zu halten. »Lenin auf dem Panzerwagen« steht bis heute an dieser Stelle als Denkmal.

10 Gennadij Sjuganow (*1944), Gründer und Vorsitzender der neuen Kommunistischen Partei der Russischen Föderation

11 Blau (goluboj) bedeutet in der russischen Umgangssprache schwul.

12 Nikita Michalkow (*1945), Andrej Kontschalowskij (*1937, Michalkows älterer Bruder), Eldar Rjasanow (*1927): bekannte Filmregisseure; Oleg Tabakow (*1935): berühmter, vielfach ausgezeichneter Theater- und Filmschauspieler.